Rudolph Wurlitzer

Zebulon

★

Rudolph Wurlitzer

ZEBULON

Roman

Deutsch von Rudolf Hermstein

Residenz Verlag

Bibliografische Information der Deutschen Bibliothek:
Die Deutsche Bibliothek verzeichnet diese Publikation in der Deutschen Nationalbibliografie; detaillierte bibliografische Daten sind im Internet über http://dnb.ddb.de abrufbar.

www.residenzverlag.at

Grafische Gestaltung und Satz: boutiquebrutal.com
Gesetzt aus der Aragon
Lektorat: Günther Eisenhuber
Gesamtherstellung: CPI Moravia Books

ISBN 978-3-7017-1596-1

DER WINTER, in dem Zebulon seine Fallen am Gila River aufstellte, war kälter und länger gewesen als jeder, den er bis dahin erlebt hatte, und bescherte ihm zusätzlich zu zwei erfrorenen Zehen und einer Pfeilwunde in der Schulter von einem Crow-Überfall auch noch die überraschende Ankunft zweier kältestarrer Gestalten, die mitten in einem Frühjahrsschneesturm mehr tot als lebendig in seine Hütte gerumpelt kamen.

Der eisige Windstoß von der offenen Tür her weckte ihn nicht, sondern wurde Teil eines wiederkehrenden Traums: ein langer, endloser Sturz durch einen leeren Himmel hinab in ein sturmgepeitschtes Meer ... *Komm näher,* heulten die turmhohen Wogen.

Er schlug die Augen auf und war sich im ersten Moment nicht sicher, ob der Mann und die Frau, die ihn anstarrten, nicht hungrige Geister waren. Ihre Brauen und Nasenlöcher waren eisverkrustet, ihre aufgedunsenen Gesichter wund und rot von der Bäume sprengenden Kälte. Der Mann trug einen Zylinder, den er mit einem langen roten Schal unter seinem bärtigen Kinn festgebunden hatte, und ein Bisonfell voller Eisklumpen. Die Frau schien ein Shoshone-Halbblut zu sein. Sie steckte in einem riesigen Soldatenmantel mit Sergeant-Streifen auf den Schultern und zwei Einschusslöchern auf der Brust.

Der Mann sank auf die Knie, fluchend und würgend vom Qualm des Feuers und dem überwältigenden Gestank aus dem Latrineneimer. Er sprach in einem heiseren Flüstern, als sei ihm der Kehlkopf eingedrückt worden.

»Ich hab schon gedacht, wir sind verratzt, bis das Halbblut mir gesagt hat, dass du am Gila kampierst. Die weiß Sachen, die hat sonst kein Sterblicher parat.«

Der Mann war Lobo Bill, ein alter Trapper und Pferdedieb, berühmt für seine langatmigen Geschichten und seine

Tobsuchtsanfälle, mit denen Zebulon in diversen Saloons und Unterkünften von Tularosa bis Cheyenne Bekanntschaft gemacht und vor denen er oft genug die Flucht ergriffen hatte. Als er seinen Zylinder abnahm, zeigte sich, dass sein Gesicht auf einer Seite von der Wange bis zum Kiefer aufgeschlitzt war, als hätte ein Metzger es säuberlich tranchieren wollen.

Lobo Bill nickte zu der Frau hin, die mit dem Rücken zur Wand dastand und Zebulon mit riesigen leeren Augen anschaute. »Die hat's nicht so mit Wörtern, aber wenn sie doch mal die Klappe aufmacht, verpasst sie dir eins, dass dir Hören und Sehen vergeht. Trotzdem, ich steh in ihrer Schuld. Sie hat mir den Arsch gerettet, wie dieser Vielfraß auf mich los ist. Hat das Vieh in Stücke gehauen und mich gleich mit aufgeschlitzt. Hab sie in Alamosa beim Pokern mit einem Pferdehändler gewonnen. Straight Flush gegen sein Full House. Das Blatt des Jahrhunderts. Sie ist halb Shoshone und halb Irin. ›Nicht-hier-nicht-da‹, so nenn ich sie, und ich kann froh sein, dass ich sie hab, so wie die Dinge dieser Tage nun mal liegen, oder auch nicht, je nachdem, woher der Wind weht, und sogar, wenn er nicht weht.«

Lobo Bill und Nicht-hier-nicht-da zogen sich aus. Als sie aufgetaut waren, warfen sie sich auf den Stapel Bärenfelle neben der Feuerstelle.

Zebulon brachte den Rest der Nacht damit zu, das Feuer zu schüren und aus einer seiner letzten Flaschen Taos White Lightning zu trinken, und dabei wälzte er Erinnerungen an Lobo Bill und all die anderen verrückten Trapper, die er gekannt hatte, daran, was er und sie gewesen waren – oder auch nicht – und was er hätte tun oder sein sollen, je nachdem, ob er es aus dem Tal oder vom Berggipfel aus betrachtete. Nicht dass von den alten Zeiten in den Bergen nichts mehr übrig gewesen wäre, obwohl der Tag mit Sicherheit kommen würde. Es war etwas anderes, das Lobo Bill und sein Halbblut mit hereingebracht hatten, ein Schatten oder ein Geheimnis, etwas Undefinierbares. Vielleicht war es aber auch nur der Anblick der zwei fremden, verlorenen Gestalten, dic schnarchcnd auf scincm Bett lagen.

Als der Morgen dämmerte, legte sich der Wind und mit ihm die meisten seiner Vorahnungen, jedenfalls so weit, dass er neben seinen Gästen einschlafen konnte.

★

ALS ER AUFWACHTE, spritzte hartes, sprödes Licht gegen die Wände der Hütte. Von Lobo Bill war nichts zu sehen. Als er Nicht-hier-nicht-da fragte, schüttelte sie den Kopf und verdrehte die Augen, und deshalb dachte er, dass Lobo Bill entweder losgezogen war, um seine Maultiere und Fallen zu suchen, oder beschlossen hatte, sich ganz aus dem Staub zu machen. Der Boden war gefegt worden, der Latrineneimer ausgeleert, die Vorräte an Mehl, Tabak, Whiskey, Kaffee und Dörrfleisch säuberlich in einer Ecke gestapelt, und beiderseits der Feuerstelle waren Holzscheite aufgeschichtet.

Die ungewohnte Sauberkeit der Hütte und das mürrische Schweigen von Nicht-hier-nicht-da waren ihm unbehaglich, so als hegte die Frau geheime Gedanken oder, Gott stehe ihm bei, irgendeinen abgefeimten Plan. Sei's drum, dachte er. Was kommen sollte, würde kommen, ob er wollte oder nicht.

Während sie beide darauf warteten, dass Lobo Bill sich blicken ließ, jagte Zebulon Niederwild und bereitete sich auf das alljährliche Frühlings-Rendezvous vor, indem er die Hunderte von Bisamratten- und Biberfellen zusammentrug und sortierte, die er in den Astgabeln mehrerer Bäume gestapelt hatte.

Nach drei Tagen war Lobo Bill immer noch nicht zurückgekommen. Nicht-hier-nicht-da saß die meiste Zeit auf der Bank vor der Hütte, den Blick starr auf den Fluss gerichtet, in dessen dunkelblauem Eis sich die ersten großen Spalten auftaten. Am Abend vermied sie es, ihn anzusehen, während sie eines der Kaninchen zubereitete, die er geschossen hatte.

Nach dem Essen zog sie sich nicht in die Ecke zurück, die sie zu ihrem Schlafplatz erkoren hatte, sondern setzte sich zu ihm ans Feuer. Mit einem verschmitzten Blick zu ihm hin nahm sie ihm die Flasche Taos White Lightning aus der Hand, trank den Rest aus und ging dann schwankend an ihren Platz.

Nachts wachte er davon auf, dass sie mit ihren langen Fingernägeln blutige Striemen in seinen Bauch und seine Lenden kratzte, und damit hörte sie auch nicht auf, als sie ihn in sich zog und ihre Beine mit aller Gewalt um seine Taille schlang, als wollte sie ihn in der Mitte durchbrechen.

Den Rest der Nacht dirigierte sie ihrer beider rasende Leidenschaft nach ihren eigenen unersättlichen Bedürfnissen. Am Morgen verließ sie die Hütte, ohne ihn anzusehen oder ein Wort zu sagen.

Zwei Tage später kam sie mitten in einem Gewitter zurück. Sie stellte sich vor ihn hin und schaute ihm in die Augen, während er ihr die Kleider auszog, sie rücklings auf den Tisch legte und ihr die Arme über dem Kopf niederdrückte.

Als die Tür aufging, stieß er gerade in sie hinein, als wären sie nie getrennt gewesen. Er merkte, dass Lobo Bill mit erhobenem Beil neben ihnen stand, fand aber, dass er sich auf die gleiche Art verabschieden konnte, wie er gezeugt worden war. Halb und halb genoss er diese Aussicht, und auf jeden Fall würde er den Teufel tun und Lobo Bill die Genugtuung verschaffen, sich zu entschuldigen. Er rammelte noch wilder drauflos und stieß einen langgezogenen Juchzer aus: »Uaaaaaaaaaaa!«

Unter seiner Raserei brach der Tisch zusammen, und sie stürzten beide zu Boden. Lobo Bills Beil verfehlte Zebulons Schädel um einen Fingerbreit und riss ein tiefes Loch in den Bauch von Nicht-hier-nicht-da.

Bevor Lobo Bill reagieren konnte, schnappte sich Zebulon die Pistole aus seinem Gürtel und schoss ihm zwischen die Augen.

Unfähig zu sprechen oder sich zu bewegen, saß er auf dem Boden und sah zu, wie Nicht-hier-nicht-da sich zur Tür hinaus schleppte.

Als er ihr endlich nachging, stand sie nackt auf einer Eisscholle in der Flussmitte und versuchte mit beiden Händen das Blut zurückzuhalten, das aus ihrem Bauch quoll.

»Du hast den einzigen Mann umgebracht, der sich jemals was aus mir gemacht hat«, sagte sie. »Und jetzt hast du auch noch mich umgebracht.«

Es waren die ersten Worte, die er aus ihrem Mund vernahm.

Während die Eisscholle langsam versank und sie flussabwärts trug und das eiskalte schwarze Wasser ihr über Schenkel und Hüften stieg, rief sie ihm noch etwas zu: »Von nun an wirst du wie ein Blinder zwischen den Welten treiben, ohne zu wissen, ob du tot oder lebendig bist, ob die unsichtbare Welt existiert oder ob du träumst. Drei Mal wirst du vor dir selbst verschwinden, und vor allen, die du kennst, und drei Mal wirst du –«

Sie sagte noch etwas, aber er verstand ihre Worte nicht mehr, während sie langsam unter dem Eis versank.

★

Als die Tage länger wurden und keilförmige Schwärme von Gänsen und Enten am Himmel erschienen, schnallte Zebulon seine Felle zwei Maultieren auf den Rücken und ritt auf seinem Pferd los. Er war ein hochgewachsener, grobknochiger Mann, der in schmierigen Hirschlederhosen durch die Berge zog, mit verfilztem blondem Haar, das ihm über die Schultern fiel, der knorrige Rumpf von oben bis unten übersät mit Narben von Messer- und Pfeilwunden und von geheimen, unvorstellbaren anderen Verletzungen.

In dem Jahr fand das Rendezvous am Purgatory River statt, am Ausgang eines schmalen, mit Grüppchen von Pappeln und verkümmerten Erlen bestandenen Tals. Als Zebulon mit seinem Pferd auf das weitläufige Lager halb verhungerter Indianer und betrunkener Mountain Men zusteuerte, vertrat ihm eine uralte Arapaho-Squaw den Weg, die einen Zylinder und eine schmutzige braune Decke über einem langen roten Rock trug. In einer Hand hielt sie eine aus einer Wapiti-Geweihstange geschnitzte Kriegskeule, in der anderen eine Rassel. Während er sein Pferd um sie herum lenkte, glitt ein leuchtender Schleier aus rauchigem Licht zitternd ihren Körper hinab. Er musste daran denken, wie Nicht-hier-nicht-da ihn mit zornigen, anklagenden Augen angestarrt hatte. Bei näherem Hinsehen löste sich die Gestalt in die einer Mulattin mit hohen Wangenknochen und schließlich in die starre Totenmaske einer weißhaarigen mexikanischen Vettel auf.

Die Arapaho lachte über seine Angst. Sie schüttelte ihre Rassel und umkreiste ihn drei Mal, bis ihm die Sinne schwanden und er kopfüber vom Pferd fiel. Als er sich aus dem Schlamm aufrappelte, war sie verschwunden, als sei sie nie dagewesen.

Er ritt weiter auf das Lager zu, angespornt von langgezogenen Juchzern und Pistolenschüssen der versammelten

Trapper, die Vorräte mit Fellen bezahlten, Pferde tauschten, Glücksspiele machten und Händel austrugen. Diesmal würde er die Sau rauslassen, sagte er sich, das hatte er sich verdient, obwohl die knickrigen Agenten der Gesellschaften einem die Vorräte – Whiskey, Kaffee und Schießpulver, unter anderem –, ohne die kein Mountain Man leben konnte, er selbst schon gar nicht, nur für zwei Monate auf Pump verkauften. Und obwohl er wusste, dass sich die Gespräche an den Lagerfeuern nicht mehr darum drehen würden, wer skalpiert worden oder ertrunken war oder wer wem was und warum angetan hatte. Nichts da. An diesem einen Abend war er nicht in der Stimmung, sich das Gejammer über den Niedergang des Pelzhandels anzuhören, über den ausufernden kalifornischen Goldrausch oder über die Massen ignoranter Flachländer, die über die Berge ausschwärmten wie Heuschrecken, oder über die letzten Tage des freien Trappers, das Ende jener Zeiten, als ein Mountain Man reiten konnte, wohin er wollte, und jeden Unfug anstellen durfte, der ihm in den Sinn kam. Eine Lebensweise, die von neuen Drecksnestern und ahnungslosen Greenhorns aus dem Osten immer mehr verdrängt wurde, die vom Einzug der Zivilisation und vom Feiertagsgebot faselten – das zu befolgen zumindest für ihn und seinesgleichen nicht in Frage kam. Nicht mit mir, bekräftigte er. Als einer dieser Verrückten aus den Bergen würde er die Zähne in alles schlagen, was ihm vor die Nase kam, und die Freuden dieses Rendezvous genießen bis zum Umfallen. Komme, was da wolle.

Nachdem er für seine Felle ein zu niedriges Angebot in bar akzeptiert hatte, ließ er sich bis zur Bewusstlosigkeit vollaufen. Vor rauschhafter Begeisterung überschäumend, beteiligte er sich an einem Wettkampf im Tomahawkwerfen, dem sich mehrere Runden Three Card Monte anschlossen, dann eine schnelle Nummer mit einer Pawnee-Squaw und, zusammen mit einem Dutzend anderer Berg-Desperados, eine wüste Massenprügelei in fettem Schlamm, die ein jähes Ende nahm, als ein durchgedrehter Polacke ihm die Unterlippe abbeißen wollte.

»Ein Hurra auf die Berge!«, rief Zebulon, trieb dem Polacken mit einem Faustschlag die Nase halb in den Schädel und trat ihm noch seine letzten paar Zähne aus. Dann torkelten die beiden Männer Arm in Arm zu den anderen Verrückten hinüber, die am Ufer des Hochwasser führenden Purgatory rauchend und trinkend um ein Feuer saßen. Sie soffen die ganze Nacht durch, und der vom Tauwetter angeschwollene Fluss rauschte an ihnen vorbei, während sie schlabberige Bisonkutteln in ihre gut geölten Schlünde stopften, Lieder sangen und die windigen Lügengeschichten eines langen Winters austauschten.

Am nächsten Morgen stampfte er durch einen trommelschlagenden, fiedelkratzenden Fandango und spielte dann Poker auf einer über die gefrorene Erde gebreiteten, zerrissenen Decke. Er gewann mehr, als ihm zustand, wenn man bedachte, dass er nicht in der Lage war, die Zahlen auf den Karten auseinander zu halten.

»Je schlechter, je besser«, schrie er, während er sein Siegerblatt Karte für Karte hinknallte. In früheren Jahren hätte er nicht aufgehört, ehe er nicht seine gesamte Winterausbeute verloren hatte und bei der Fur Company bis über beide Ohren verschuldet war. Das war die Alles-oder-Nichts-Parole, nach der er immer gelebt hatte. Das nächste Jahr kam bestimmt, und wenn sein Beutel endlich leer war und sein Körper zerschunden und zerbrochen, kehrte er in die Berge zurück, um seine Wunden verheilen zu lassen, zu jagen und zu wandern, wohin immer der Wind und seine primitiven Instinkte ihn trieben. Es war ein großartiges, rundum freies

Leben, das er für selbstverständlich hielt und von dem er glaubte, es würde nie enden. Doch dieses Jahr war alles anders, und er besaß immerhin noch die Geistesgegenwart, eines seiner Maultiere zu verkaufen und davonzureiten, bevor er ganz mit leeren Händen dastand. Alles hat ein Ende, sagte er sich, während er seine Möglichkeiten erwog. Pferde stehlen und züchten – darin besaß er genügend Geschick und Erfahrung, um sich eine Rinderfarm am Oberlauf des Green zu sichern. Vielleicht konnte er sein Glück auch einmal im kalifornischen Goldrausch versuchen, obwohl diese Massenorgie der Habgier auf seiner Liste ganz unten stand. Eins war jedenfalls sonnenklar: Er wurde nicht jünger; verdammt, er war fast fünfunddreißig – oder gar vierzig? Er hatte nie mitgezählt, und seine Leute hatten sich nie die Mühe gemacht, es ihm zu sagen. Wie auch immer, er fuhr auf einem ramponierten Floß einen Fluss ohne Wiederkehr hinunter und würde früher oder später in die Stromschnellen geraten, wenn er sich nicht bald etwas einfallen ließ. Er konnte oft nicht mehr richtig klar denken, sein Körper war nicht mehr, was er einmal gewesen war, und immer deutlicher spürte er die unheilvolle Gegenwart eines dunklen Schattens, der hinter ihm emporstieg.

Auf dem Rückweg in die Berge wollte er sich den Luxus einer Rast in Panchito gönnen, einer verwahrlosten Siedlung in der Hochwüste, wo er schon öfter Unterschlupf gesucht hatte – mit einem Bauchschuss, auf der Flucht vor kriegerischen Indianern oder nach Pferdediebstählen auf einer der riesigen spanischen Ranches südlich von Santa Fe. Hier konnte er in aller Ruhe einen trinken und bei einer erfahrenen Hure liegen, ohne befürchten zu müssen, dass er eine Kugel in den Rücken verpasst bekam oder beim Poker von Falschspielern ausgenommen wurde.

Zwei Tagesritte vor Panchito kam ein Sturm von Norden herabgefegt, und zweimal wurde er aus dem Sattel geworfen, von eisblauen Hagelschauern, die ihn wie Rasierklingen ins Gesicht schnitten. Da er in dem steinigen Gelände kein Lager aufschlagen konnte, ließ er Pferd und Maultier einfach ohne Halt und ohne jedes Richtungsgefühl weitertrotten. Mehrmals schaute er zurück, als würde er verfolgt, aber nichts regte sich hinter dem schweren Leinenvorhang aus fallendem Schnee. Als er endlich eine geschützte Mulde erreichte, pflockte er das Pferd und das Maultier an, grub sich in eine Schneewehe ein und deckte sich mit einem Bisonfell zu.

Tags darauf flaute der Sturm ab, und er ritt weiter durch hohe Schneewehen, seine Mokassins und Leggings steifgefroren, die Augen des halbtoten Pferdes und des Maultiers mit Eis verkrustet. Am Abend riss die Wolkendecke auf, und er konnte die Sangre de Cristo Mountains sehen, deren kalte zinnoberrote Gipfel ein gewisses Maß an Erlösung versprachen, jedenfalls so viel, dass er weiterstapfen konnte, in Richtung auf Panchito und eine Rast in der billigen Cantina der Stadt.

Die Vorfreude auf Zuflucht endete mit einem dumpfen Grollen, dem eine gewaltige Lawine aus entwurzelten Bäumen, Felsbrocken und Schnee folgte, die ihn vom Pferd riss wie ein Zündholz in einem Wasserfall. Er rannte, überschlug sich, rollte Hals über Kopf am Rand der brodelnden Masse entlang, bis er in einer tiefen Verwehung landete.

Halb bewusstlos lag er mit gespreizten Armen und Beinen auf dem Rücken und wartete auf einen zweiten Ausbruch oder die letzten Nachwehen, je nachdem, was zuerst kommen würde. Er war nicht ungeübt darin, sich der anderen Seite zu stellen, der *jornada del muerto,* wie man den Tod südlich der Grenze nannte. Es hatte andere Zeiten gegeben: Als er sich in einem Schneesturm verirrt hatte und beinahe erfroren war, mehr als einmal in einer Saloon-Schießerei verwundet, von Apachen auf dem Kriegspfad beinahe skalpiert wurde oder kopfüber von einem Felsen gestürzt war, um nur einiges zu nennen.

Er wurde aus seinen Gedanken gerissen, als eine zweite Lawine herabstürzte, mit einem Donnern, als sei ein Staudamm gebrochen. Nach vorn geschleudert, mehr tot als lebendig, kroch er auf eine kleine Lichtung inmitten von Fichten und Riesen-Lebensbäumen, wo es ihm gelang, aus herabgefallenen Ästen notdürftig einen Wigwam zu bauen.

Als er aufwachte, starrte sein Pferd ihn aus erschrockenen Augen an. Eine Meile weiter fand er sein Maultier, dessen Beine sich aus einer riesigen Wächte himmelwärts streckten.

★

Einen Tag später erreichte er Panchito, eine triste Ansammlung von Lehmhütten, die sich um eine Cantina scharten. Durch das Heulen des schneidend kalten Windes hörte er die fernen Akkorde eines wildgewordenen Klaviers, begleitet von Ausbrüchen stupiden Gelächters.

Eine leere Postkutsche stand vor der Cantina. Ein Stück weiter mühte sich ein kleiner O-beiniger Mann, der einen Schaffellmantel und die Federboa einer Hure um den Hals trug, nach Kräften, auf ein Pferd zu steigen. Als er schon fast im Sattel saß, rutsche sein Fuß aus dem Steigbügel, und er fiel kopfüber auf den gefrorenen Schlamm.

Mit glasigen, unsteten Augen schaute er zu Zebulon auf. »Ich hab dich schon mal irgendwo gesehen.«

»Glaub ich weniger«, sagte Zebulon.

Der O-Beinige versuchte noch einmal, auf sein Pferd zu steigen, dann gab er auf. »Vielleicht bist du gestern Abend mit Hatchet Jack reingekommen«, sagte der O-Beinige. »Die Leute sagen, dieses wieselgesichtige Halbblut sollte man teeren und federn. Find ich nicht. Mir wär ein langer Strick und ein kurzer Fall lieber für den Mistkerl.«

Zebulon stieg ab und schob sich an ihm vorbei in die Cantina.

Drei Öllampen, die von einem Balken herabhingen, warfen ein trübes Licht in den schmalen, niedrigen Raum. Hatchet Jack saß an der Bar, in einer rot-weißen Uniform der mexikanischen Armee, auf dem Kopf eine schwarze Melone mit einer schräg über der Krempe befestigten Rabenfeder. Seine linke Wange hinab lief eine Narbe in der Form eines langgezogenen S, von einer Wunde, die Zebulon ihm vor langer Zeit beigebracht hatte.

Hatchet Jack schaute ihn aus einem blauen und einem schwarzen Auge an.

»Bist schwer aufzustöbern, du komischer Vogel. Hab dich auf dem Rendezvous gesucht, aber du warst schon weg. Die haben gesagt, du hättst eine Glückssträhne gehabt und wärst mittendrin abgehauen. Hat sich nicht nach dir angehört.«

»Es war ein harter Winter«, sagte Zebulon. »Ich klammer mich an das bisschen, was ich hab.«

»Ich will dich nicht um ein Almosen anbetteln«, sagte Hatchet Jack, »falls du das denkst.«

Die knotigen Finger des Klavierspielers rollten mit mechanischer Präzision über die kaputten Tasten. Am anderen Ende des Tresens saßen zwei abgekämpfte Huren und beobachteten eine in einem Glaskrug zusammengerollte Klapperschlange. Wenn der Klavierspieler einen dissonanten Akkord anschlug, drehte die Schlange den Kopf hin und her und suchte nach einem Ausweg.

Zebulon schenkte sich aus Hatchet Jacks halbvoller Flasche Taos White Lightning ein; der Whiskey brannte in seinen Eingeweiden wie ein Brenneisen. Während er darauf wartete, dass Hatchet Jack sagte, was er auf dem Herzen hatte, betrachtete er eingehend die drei ausgestopften Elchköpfe, die in einer Reihe an der Wand hinter dem Tresen hingen. Ihre Murmelaugen waren ihnen bis auf eines ausgeschossen worden, und die Geweihe und die Köpfe selbst hatten Kerben und Schrammen von Tomahawks und Wurfpfeilen.

»Ich brauch deine Hilfe bei deinem Pa«, sagte Hatchet Jack. »Ich will, dass er mir verzeiht.«

Verzeihen: Zebulon hatte das Wort noch nie benutzt, ja nicht einmal darüber nachgedacht.

»Es ist sieben Jahre her, dass du bei ihnen oben warst?«, fragte Hatchet Jack.

»Eher zwei.«

Hatchet Jack schüttelte den Kopf und schenkte sich Taos White Lightning nach. »Wie ich das letzte Mal raufgeritten bin, da bin ich total durchgedreht. Die Woche davor hatten Arapaho auf dem Kriegspfad Pa bis zum Hals in einem

Sumpf eingegraben, bei steigendem Wasser. Hat ihm auch nix geholfen, dass ich ein Halbblut bin. Hat gesagt, ich soll ihn gefälligst nicht Pa nennen. Hat gesagt, er hätt mich nie aufnehmen dürfen, nachdem er mich bei dem Pokerspiel gewonnen hatte, und ich soll schauen, dass ich weiterkomm. Da hab ich ihn verprügelt.«

»Du hast Pa verprügelt?«, fragte Zebulon.

»Hab ihm gesagt, er soll sich eingraben lassen und zum Teufel gehen. Das waren meine Worte. Dann bin ich abgehaun, mit seinem großen Fuchs und einem Haufen von seinen Fallen.«

»Wie hat's Ma aufgenommen?«

»Hat ihm mit dem Axtstiel eins über die Rübe gezogen, bevor er Kleinholz aus mir machen konnte. Gern geschehen, hat sie gemeint, aber es wär schön, wenn ich verschwinde und mich nie wieder blicken lasse. Und das hab ich getan. Bis jetzt.«

Hatchet Jack genehmigte sich wieder einen kräftigen Schluck Taos White Lightning. »Ein alter mexikanischer *brujo* hat mir gesagt, ich soll mich mit ihm versöhnen. Heißt Plaxico. Du kennst ihn nicht. Wie ich aus den Bergen gekommen bin, bin ich geritten bis an mein eigenes Ende und hab den üblichen Mist gemacht, bevor ich bei dem angeheuert hab. Hat große Medizin, der Alte. Ganze Säcke voll Kraft. Hat mir alles über die spirituelle Welt beigebracht. Was man tun soll und was nicht. Wie man seine Kraft findet und sie behält, statt sie billig zu verhökern. Er hat gesagt, jemand hat mich mit einem Fluch belegt, nachdem dein Pa mich aufgenommen hat, und wenn ich mich von dem befreien will, muss ich mich mit ihm versöhnen.«

»Und wie stellst du dir das vor?«

»Keine Ahnung.«

»Was für ein Fluch?«

»Irgendwas von wegen zwischen zwei Welten feststecken. Nicht wissen, wo oben ist. Von einer Frau hat er geredet. Wie ich da nachgehakt hab, hat er nichts mehr gesagt.«

»Pa legt dich um, sowie du dich blicken lässt«, sagte Zebulon, der nichts mehr von Flüchen hören wollte.

»Außer, du reitest mit mir rauf«, sagte Hatchet Jack. »Ich bitte dich, Zeb. Nur das eine Mal. Du bist der einzige, der weiß, wie man mit dem alten Dreckskerl klarkommt.«

»Hab ich früher mal gewusst. Jetzt nicht mehr.«

Hatchet Jack schüttelte den Kopf. »Ich hab mir den Arsch aufgerissen, ein prima Pferd geklaut und ein Bündel Fallen, die wollte ich ihm zurückgeben. Blöderweise hatte ich Pech beim Pokern. Ein Full House gegen den Straight Flush von irgend so einem weißen Nigger. Hab das Pferd und die Fallen und alles andere verloren.«

Er machte eine Pause. »Schau. Ich lass mich da auf was ein, wo ich keine Ahnung von hab, und ich brauch deine Hilfe.«

Als eine der Huren ihr Whiskyglas auf den Tresen knallte, machte Hatchet Jack dem Barkeeper ein Zeichen, er solle ihr nachschenken.

»Das hat man davon«, sagte er. »Seit ich sie gepimpert hab, sitzt sie mir im Nacken wie das letzte Eichhörnchen vom Winter. Besser, ich würd mich mit Mutter Daumen und ihren vier Töchtern verlustieren.«

Der Klavierspieler hämmerte eine neue Melodie herunter. Der hintere Teil des Raums war voll mit Alles-oder-Nichts-Spielern sowie drei Vaqueros, die mit schweren Lidern an der Wand auf dem Boden saßen, betrunken oder halb schlafend. Vier weitere Männer saßen an einem Tisch und unterhielten sich leise, während sie Zebulon musterten. Arbeitslose Rancharbeiter, vermutete Zebulon. Am nächsten Tisch spielte ein dickwanstiger Rancher Poker mit einem Postkutscher, einem heruntergekommenen Mann mit einem

Zwirbelbart und einer verdreckten Augenklappe. Hinter ihnen saß ein Mann halb vornübergesackt an einem Tisch, entweder betrunken oder möglicherweise tot; sein Gesicht lag auf seinen Unterarmen, ein schwarzer Umhang bedeckte seine ausgemergelten Schultern. Neben ihm saß eine Frau in einem hochgeschnürten dunkelgrünen Ballkleid und mit silbernen Ohrringen, die in einem langen Bogen auf ihren Hals herabfielen. Ihr bronzefarbenes Gesicht, das wie altes Reispapier leuchtete, war von medusenhaften, tiefschwarzen Haarsträhnen umrahmt. Zebulon hatte noch nie eine solche Frau gesehen, nicht einmal auf seiner üblichen Tour durch die Puffs von Denver, die bekanntermaßen auf gemischte Hautfarben spezialisiert waren. Die Frau rauchte einen langen mexikanischen Stumpen, und der Blick, mit dem sie ihn musterte, wirkte eher müde als neugierig. Vielleicht langweilte sie sich auch nur.

»Gespenstisch«, sagte Hatchet Jack. »Die kommen mit der Postkutsche und fahren weiter nach Süden, ins gute alte Mex. Sieht mir so aus, als ob sie dem alten Gockel gehört. Oder vielleicht auch umgekehrt.«

Die Frau nahm ein Kartenspiel aus ihrer Handtasche. Sie hob mit einer Hand ab und legte auf dem Tisch eine Patience.

»Hilfst du mir jetzt oder nicht?«, fragte Hatchet Jack.

Zebulon behielt den Postkutscher und einen der Vaqueros im Auge, die sich zu der Frau an den Tisch gesetzt hatten. »Ich spiel jetzt erst noch ein bisschen Karten, und dann hau ich mich hin.«

Hatchet Jack wollte protestieren, besann sich aber, nahm die Flasche Taos White Lightning und ging langsam die Treppe hinauf. Nach kurzer Besprechung kippten die beiden Huren den Rest ihrer Drinks und folgten ihm.

Zebulon überlegte kurz und entschied sich gegen das, was es bedeutet hätte, ihnen nachzugehen, trank dann noch einen Schluck und ging quer durch den Raum zu einem ramponierten Billardtisch, dessen geflickter grüner Bezug Flecken von verschüttetem Whiskey und Erbrochenem hatte. Er glitt wie ein Two-Step-Tänzer um den Tisch herum und stieß mehrmals die weiße Kugel, nur um sich zu beweisen, dass er es noch konnte. Dann ging er zu der Frau hinüber, die Pokerkarten an den Vaquero und den Postkutscher austeilte. »Platz für einen mehr?«, fragte er.

Sie behielt die Augen auf den Karten. »Es ist immer Platz für einen mehr – solange einer mehr am Schluss einer weniger ist.«

Sie sprach mit einem Akzent, einem englischen, vermutete er, und auch in einem weicheren Tonfall, der, wie er meinte, zu irgendeiner afrikanischen Mundart gehören musste.

Er stellte einen Stapel Silberdollars auf den Tisch.

»Ein guter Rat«, sagte der Postkutscher, »Delilah macht keine Gefangenen.«

»Natürlich mache ich Gefangene«, erwiderte Delilah und sah Zebulon mit einem angedeuteten Lächeln an. »Die Probleme kommen von dem, was ich hinterher mit ihnen mache.«

»Kann ich bestätigen.«

Der Mann mit dem schwarzen Umhang neben ihr hob den Kopf, so dass ein schmales Gesicht zum Vorschein kam, das sich durch ein dünnes Oberlippenbärtchen und einen Spitzbart mit weißen Strähnen auszeichnete.

»Ich rate zur Vorsicht, wenn Sie nicht von einer Felswand stürzen wollen«, murmelte er und ließ den Kopf wieder schwer auf den Tisch sinken.

Sie spielten Seven Card Stud, nichts Besonderes. Die Einsätze blieben mehr oder weniger gleich – keiner fiel weit zurück, bis auf den Vaquero, der auf jedes Blatt setzte als wäre es sein letztes. Als der Vaquero schließlich seinen gesamten

Einsatz verloren hatte, verbeugte er sich respektvoll vor der Frau und verließ den Raum.

»Ich genieße das Privileg, die Lücke zu füllen«, sagte der Mann im schwarzen Umhang und schaute die anderen an, als hätte er keine Ahnung, wo er war oder welche Lücke er füllen wollte.

Höchstwahrscheinlich ein Russki, dachte Zebulon, der den Akzent schon einmal gehört hatte. Entweder das oder ein Türke oder ein Polacke.

Von dem Moment an, als Ivan, wie Delilah ihn nannte, sich an den Tisch setzte, hatte Zebulon den Verdacht, dass sie die Karten von der Unterseite austeilte: Es lag an der Art, wie ihre Finger die Karten mit routinierter Leichtigkeit auffächerten, wie sie mit einer Hand abhob, während sie über die Finger der anderen Münzen rollen ließ.

Ihre präzisen Bewegungen verzauberten ihn wie ein träumerisches Ritual, und auch wenn er sich noch so sehr anstrengte, gelang es ihm nicht, den Bann zu brechen. Während der Abend voranschritt und die Karten von Hand zu Hand gingen, ohne dass sich ein klarer Gewinner abgezeichnet hätte, überließ er sich einem eigenartigen Gefühl der Erleichterung. Ihm war, als hätte er das alles schon einmal durchlebt, in derselben dämmrigen Cantina, in der die meisten Öllampen heruntergebrannt waren, als hätte er schon einmal dieselben rastlosen Akkorde von dem ramponierten Klavier mit den gesprungenen und fehlenden Tasten gehört, dieselbe Reihe von Elchköpfen mit den ausgeschossenen Augen gesehen, dasselbe leise Gemurmel beim Setzen und Erhöhen gehört, dasselbe klatschende Geräusch beim Mischen der Karten, deren Zahlen und Bilder so verknittert und abgewetzt waren, dass sie kaum noch zu erkennen waren. Er ahnte, dass er Ärger bekommen konnte, weil Gewinnen und Verlieren keine Rolle mehr zu spielen schienen, als seien die Ergebnisse schon beschlossene Sache.

Zuschauer bei dem Spiel waren der O-Beinige und ein paar Landstreicher und Rancharbeiter, die allesamt Nebenwetten abschlossen. Hatchet Jack, der mit den beiden Huren wieder heruntergekommen war, schaute vom Ende des Tresens aus zu.

Als Delilah drei Könige aufdeckte und damit seine drei Buben schlug, leerte sich Zebulons Beutel fast vollständig. Er ging deshalb wieder an den Billardtisch, wo er drei Spiele gegen einen der Rancharbeiter und dann noch zwei gegen den O-Beinigen gewann, was seine Barschaft mehr als verdoppelte.

Als er an den Tisch zurückkehrte, kam Hatchet Jack herüber und setzte sich Delilah gegenüber.

Die Neuankömmlinge brachten Ivan dazu, sein Blatt mit solcher Wucht hinzuknallen, dass ein Glas vom Tisch fiel und auf dem Boden zerschellte. »Ganz bis ans Ende, Gentlemen«, sagte er. »Keine Ausnahmen und keine Rabatte erlaubt. Das sagt einer, der kommt und schon gegangen ist und trotzdem bereit ist, wiederzukommen.«

»Sie sind doch schon völlig weggetreten, Graf«, sagte der Postkutscher. »Das seh ich Ihnen an.«

»So würde ich es nicht nennen, mein Freund«, erwiderte Ivan. »Es ist mehr der Blick aus der Grube der Finsternis in den Schrecken des endlosen Raums. Das passiert am Ende einer langen Nacht, wenn man gelangweilt und töricht genug ist, die Zügel der Beherrschung schleifen zu lassen.«

»Und ich sage, Sie bluffen.« Hatchet Jack schob sein Geld in die Tischmitte.

»Ich bluffe, meinen Sie? Na, na, na.« Ivan stellte zwanzig Goldadler neben Jacks Einsatz. »Was ist das Leben anderes als ein einziger Bluff? Ich sehe Ihren Call und erhöhe auf hundert Silberdollar.«

Als Delilah und Zebulon mit Ivans Erhöhung mitgingen, warf Hatchet Jack seine Karten hin und trat an den Tresen.

Delilah teilte die letzten Karten mit dem Bild nach unten aus, und dabei bemerkte Zebulon, dass ein Zittern ihren Ärmel herab bis in ihre Fingerspitzen lief.

Ivan deckte drei Asse auf.

Der Postkutscher deckte eine Pikzehn auf, zusätzlich zu den beiden Zehnen, die schon auf dem Tisch lagen.

Delilah brachte eine Herzdame zum Vorschein und vervollständigte damit einen Straight Flush gegen Zebulons Full House.

Während sie den größten Pot des Abends einsammelte, torkelte der O-Beinige auf Zebulon zu und schwenkte seine Pistole. »Ich kann mich genau an dich erinnern. Du bist der Abschaum aus den Bergen, der mir in Galisteo meinen Braunen geklaut hat. Du und dieses Halbblut.«

»Bin nie in Galisteo gewesen«, sagte Zebulon und griff nach seiner Pistole.

Bevor einer von beiden abdrücken konnte, zerschoss jemand von der anderen Seite des Raums aus zwei Gaslampen und eine Fensterscheibe.

Das Letzte, was Zebulon noch registrierte, bevor er zusammenbrach, war, dass er aus der Cantina stolperte und die Straße hinuntergehen wollte.

★

Zebulon sah nicht die Sterne, die wie silberne Feuerstöße aus einem Gewehr über den Himmel schossen, auch nicht den Ziegenbock, der neben ihm Abfälle fraß, oder den mexikanischen Jungen, der auf der Kante des Arroyos hockte und darauf wartete, ihm die Stiefel zu stehlen.

»*Quién es?*«

Er drehte sich auf den Rücken, sein Kopf dröhnte, als sei er in einer riesigen Kirchenglocke eingeschlossen.

»*Quién es?*«, wiederholte der Junge.

Ja, wer war er eigentlich? Und wo war er? Und wohin wollte er? Er setzte sich auf und wischte sich das getrocknete Blut aus den Augen. Neben ihm lag ein Mann, umgeben von zerschmissenen Flaschen und Resten von verdorbenem Fleisch. Der Mann hatte ein Loch in der Stirn, und sein verfilztes blondes Haar fiel ihm in blutigen Strähnen übers Gesicht. Zebulon sah genauer hin. Irgendetwas kam ihm bekannt vor an den mit Fransen besetzten Hirschlederhosen, den zerrissenen Mokassins und daran, dass er in einer Hand die Herzdame hielt. Zebulon sah zu, wie eine Fliege über die Wange des Mannes kroch. Es war eine lange Reise, so wie die Fliege krabbelte, stehen blieb, dann weiterkrabbelte. Vom Leben zum Tod, dachte er, und wieder zurück. Und wie ging es ihm auf seiner Reise? War er tot oder lebendig, oder war er zwischen beiden Welten gefangen wie ein Blinder? Er schloss die Augen, und als er sie wieder aufmachte, war der Mann nicht mehr da.

Er erinnerte sich an ein Full House und eine Herzdame, einen Schuss, dem weitere Schüsse folgten, und wie er dann aus der Cantina getaumelt und kopfüber in den Arroyo gefallen war. Er holte tief Luft. Er war nicht tot. Nicht dass es so schlimm gewesen wäre, tot zu sein, so wie es in letzter Zeit gelaufen war.

Das Kauen des Ziegenbocks ließ ihn an seinen Pa denken. Vielleicht war es auch der Geruch nach altem Urin. Wenn der

Mistkerl noch lebte, würden er und Ma gerade ihre Winterfelle für den Verkauf herrichten. Er müsste zu ihnen reiten und helfen. Immer noch besser, als in diesem Nest zu versauern, bei den alt gewordenen Banditen und zweitklassigen Falschspielern, von denen ihn einer hatte umlegen wollen. Oder war das zu einer anderen Zeit in einer anderen Stadt gewesen?

»*Quién es?*«, fragte der Junge.

Auf dem Weg ins Nirgendwo, seit er vor fünf Jahren seine Familie in den Sangre de Cristo Mountains verlassen hatte. Der Ziegenbock kam näher und sah dummdreist auf ihn herab, als wollte er ihn daran erinnern, dass seine Zeit abgelaufen war. »Nichts da«, murmelte er. Noch nicht. Sicherheitshalber hob er den Colt und schoss dem Ziegenbock eine Kugel ins Auge. So oder so, er war wieder da. Der stinkende Abfall, der tote Ziegenbock, wie sich der Colt in seiner Hand anfühlte, das alles bestätigte ihn darin, jedenfalls so weit, dass er an dem mexikanischen Jungen vorbeistolperte, der in der Hocke rückwärts kroch, als hätte er ein Gespenst gesehen.

Er ging auf wackligen Beinen durch die ausgestorbene Straße auf die Cantina zu. Durch das Stöhnen des Windes hörte er die leisen Klavierklänge.

Die Postkutsche war weg. Sein Pferd war nicht dort, wo er es angebunden hatte, also bestieg er das erste, auf das er stieß. Bevor er losreiten konnte, kam der O-Beinige durch die Pendeltür gestolpert, um zu pinkeln, was ein mühsames Unterfangen war, weil er einen Arm in einer Schlinge trug.

Erschrocken schaute er zu Zebulon hoch. »Ich hätt schwören können, du bist tot, aber jetzt sitzt du da auf meinem Pferd. Hör zu. Es war eine lange Nacht, und ich hab nicht mitgekriegt, was da gewesen ist. Aber ich hab nicht auf dich geschossen. Ich hab's versucht, das schon. Sicher. Aber mich hat's erwischt, bevor ich dich umlegen konnte. Das könnte diese Hure gewesen sein, die, die den Straight Flush aufgedeckt hat. Sie und der Ausländer, dem sie gehört. Mein Wort drauf, die sind ein teuflisches Pärchen, die zwei. Raffinierter als dreiköpfige Schlangen. Wie die das letzte Spiel gewonnen hat, da war auf einmal die Hölle los. Soweit ich das mitgekriegt hab. Wie gesagt, ich war nicht gerade in Hochform.«

Die verwirrten, trüben Augen des Mannes erinnerten Zebulon an den Ziegenbock.

»Ich nehm mir dein Pferd«, sagte Zebulon, »als Entschädigung. Und vielleicht schieß ich dir noch deinen Abzugsfinger weg, dafür, dass du versuchst hast, mir das Licht auszublasen.«

Der O-Beinige schaute zu dem Saloon zurück, aus dem die zwei Huren ihn durch das kaputte Fenster auslachten. Von denen war keine Hilfe zu erwarten.

Seine Hand zitterte, als er die Pistole hob. »Niemand nimmt mir ein Pferd weg oder denkt auch nur dran. Und ich war's nicht. Entweder der Ausländer war's oder einer von den Vaqueros oder den Rancharbeitern am Billardtisch. Oder dieses Halbblut. Hatchet Jack. Frag ihn. Er sitzt da drin. Ich kann einen Verlust verkraften. *Verloren* ist mein zweiter Vorname. Verloren und nie wiedergefunden. Wenn du mir nicht glaubst, können wir's gleich hier und jetzt erledigen.«

»Wie du willst«, sagte Zebulon. »Aber wenn du mich schon hinterrücks abknallst, pack wenigstens vorher deinen Pimmel weg.«

Er saß ab und ging an ihm vorbei in die Cantina, ohne sich um seine Reaktion zu kümmern.

»Ich kapier das nicht«, sagte der O-Beinige zu den beiden Huren. »Der Kerl ist von den Toten auferstanden. Was soll ich machen, ihn nochmal direkt zur Hölle schicken?«

In der Cantina erinnerten nur dunkle Flecken auf dem Boden, ein paar zertrümmerte Stühle und eine kaputte Fensterscheibe an die Schießerei.

Hatchet Jack saß mit verbundenem Kopf am Tresen.

Zebulon schob dem Barkeeper Hatchet Jacks Geld hin und zeigte auf eine Flasche Taos White Lightning.

»Ein selten trübes Nest hier«, sagte Hatchet Jack. »Schauen wir besser, dass wir möglichst schnell weiterkommen.«

»Wer hat auf mich geschossen?«, fragte Zebulon.

»Erinnerst du dich nicht?« Hatchet Jack rollte ein Schnapsglas zwischen seinen Handflächen. »Wie ich an den Tresen bin, hat jemand, ich weiß nicht mehr wer, gesagt, die Frau hätte von der Unterseite ausgeteilt und so mit der Herzkönigin ihren Straight Flush vollgemacht, gegen dein Full House. Oder vielleicht war's auch umgekehrt. Ein paar Kerle sind reingekommen, aber ich war zu sauer und zu besoffen, um hinzuschauen. Im nächsten Moment schlägt mich einer bewusstlos. Wie ich wieder zu mir komm, bist du weg, und ich bin rauf und hab meinen Rausch ausgeschlafen. Keine Ahnung, was sonst noch war. Wen interessiert's! Wir mischen noch mit. Im Gegensatz zu manchen anderen.«

»Hast du was gesehen?«, fragte Zebulon den Barkeeper, einen untersetzten Mann mit einem Schnauzer und breiten roten Hosenträgern.

»Null«, antwortete er. »Ich war draußen, hab Nachschub geholt, Whiskey. Wie ich wieder reinkomm, war alles vorbei und keiner mehr da. Ich weiß nichts mehr. Mann, das war vorletzte Nacht.«

»In zwei Nächten kann viel passieren«, sagte Hatchet Jack. »Oder in einer. Oder in keiner.«

»Du bist schon zwei Nächte hier?«, fragte Zebulon.

Hatchet Jack schenkte sich einen Schluck Whiskey ein. »Sag ich doch, ich war oben. Jetzt haben alle schon gepackt oder sind losgeritten. Vielleicht ist dir ja aufgefallen, dass ich nicht in der allerbesten Verfassung bin. Wenn sich einer nicht traut, dich abzuknallen, nimmt er womöglich mich aufs Korn. Aber dafür bin ich nicht hierher. Also, was ist jetzt? Reitest du mit mir zu Ma und Pa rauf, ja oder nein? Es ist ja nicht so, dass du was Besseres vorhättest.«

»Sag mir noch eins«, bat Zebulon. »Hast du diesen Braunen in Galisteo mit dem Lasso eingefangen?«

»Nein, verdammt«, erwiderte Hatchet Jack. »Ich hab mir einen Braunfalben geschnappt. Der Braune war keinen Schuss Pulver wert.«

Als sie durch die Pendeltüren gingen, saß der O-Beinige auf einer Bank. Er schaute nicht auf, als Hatchet Jack die Straße hinunter ritt, gefolgt von Zebulon auf dem Pferd, das ihm gehörte.

★

HATCHET JACK UND ZEBULON ritten nordwärts über die Hochwüste auf die Spanish Peaks der Sangre de Cristo Mountains zu. Nach zwei Tagen erreichten sie am Ende eines tief eingeschnittenen Tals die einsame Hütte, halb bis zum Dach in Schneewehen vergraben.

Es hatte sich kaum etwas verändert. Auf dem Dach fehlten nach wie vor die meisten Schindeln, in dem behelfsmäßigen Korral standen drei halb verhungerte Maultiere, und aus dem Kamin kräuselte sich dünner Rauch wie ein einsames Fragezeichen. Nachdem sie ihre Pferde über den zugefrorenen Fluss geführt hatten, der sich vor der Hütte vorbeischlängelte, rief Zebulon laut »Hallooooo«. Als keine Antwort kam, brachten sie ihre Pferde in den Korral und stießen die steifgefrorene Tür aus Bisonfell auf.

Eine sehr alte Frau mit einem strengen Gesicht saß in roten langen Unterhosen hinter einem aus drei Planken gezimmerten Tisch und zielte mit einer Schrotflinte direkt auf sie. Vor ihr lagen zerfledderte Spielkarten für eine Patience über die Tischplatte verteilt. Brauner Tabaksaft lief ihr das Kinn hinab, und ein dünner Vorhang aus grauem Haar fiel über eine Hälfte ihres verwüsteten Gesichts.

»Ich hab gedacht, dein Pa kommt zurück«, sagte sie zu Zebulon. »Hab mich schon drauf gefreut, den alten Graubart schnurstracks zur Hölle zu schicken.«

Sie musterte ihn von Kopf bis Fuß. »Ziemlich weit weg von deinen Jagdgründen, stimmt's, mein Sohn? Das Letzte, was ich gehört hab, war, dass du dich mit Flachländern und goldgierigen Argonauten rumgetrieben hast.«

»Ja, hab ich, Ma«, sagte Zebulon. »Aber jetzt nicht mehr.«

»Ein trauriges Häufchen Elend bist du«, fuhr sie fort. »Siehst verdammt noch mal aus wie ein Geist. Übel zugerichtet und dürrer als eine Schlange auf Stelzen.«

»Das wird schon wieder«, versicherte er ihr.

»Kann sein, aber du bist noch nicht übern Berg.«

»Tag, Ma«, unterbrach Hatchet Jack.

»Tag auch«, erwiderte sie und spuckte einen dicken Schwall Tabaksaft in die Richtung, wo der Spucknapf stand. »Und sag nicht ›Ma‹ zu mir. Nenn mich beim Vornamen oder schaff deinen klapprigen Halbblutarsch wieder weg von hier.«

»Na gut, Annie May.« Hatchet Jack nahm eine Flasche Whiskey vom Tisch und genehmigte sich einen kräftigen Schluck, dann reichte er die Flasche an Zebulon weiter.

»Du hast ganz schön dicke *cojones*, dich hier noch mal blicken zu lassen«, fuhr Annie May fort. »Das Letzte, was ich von dir gehört hab, war, dass du unten am Brazos Rinder gestohlen hast.«

»Rinder bringen heute nichts mehr ein«, sagte Hatchet Jack.

»Kann ich bezeugen«, sagte Zebulon, zog sein blutiges Hemd aus und ließ es auf den Lehmboden fallen.

»Glaub ich dir sofort«, sage Annie May und warf ihm einen müden Blick zu. »Bezeugen, was andere sagen, war schon immer deine besondere Stärke. Genau wie die Schürzenjägerei.«

Sie drehte den Kopf zu Hatchet Jack hin. »Was führt dich her?«

»Ich muss mit Pa ins Reine kommen«, sagte Hatchet Jack. »Mit Elijah, mein ich. Einen Schlussstrich ziehen.«

»Bist du jetzt ein Heiliger geworden, oder nur einfach *loco*?«, fragte die alte Frau.

»Er ist ein Heiler geworden«, erklärte Zebulon.

Annie May lachte gackernd und schlug sich auf die Schenkel. »Mich laust der Affe. Du kommst zu spät, Mr. Healer-Dealer. Er hat seinen traurigen Arsch nach Kalifornien geschleppt. Wer weiß, wohin? Jetzt musst du dich mit mir auseinandersetzen.«

»Das ist nicht dasselbe.«

»Ach nein? Das Pferd und die Fallen, die du gestohlen hast, haben mir genauso gehört wie ihm. Von Rechts wegen müsste ich dich wegen Diebstahl umlegen und damit basta.«

Hatchet Jack zuckte die Achseln. »Tu dir keinen Zwang an. Ein Pferd hab ich immerhin, das ich dir zurückgeben kann. Fallen allerdings keine.«

»Jetzt essen wir erst mal«, entschied sie. »Dann überlegen wir.«

Seufzend richtete sie den Blick auf Zebulon, der mit seinem Bowiemesser eine Hose seines Vaters in Streifen schnitt.

»Wenn ich daran denke, dass du alles bist, was ich in die Welt gesetzt habe«, sagte sie. »Jedenfalls alles, woran ich mich erinnern möchte.«

Sie packte die Flasche Whiskey und musterte seine blutige Brust. »Was ist passiert?«

»Wahrscheinlich hat einer auf mich geschossen.«

»Wahrscheinlich?« Sie humpelte zu ihm hinüber und goss ihm den Rest des Whiskeys über die Brust. Er heulte auf, aber weniger vor Schmerz als wegen der Vergeudung. Er schauderte, als sie ihm vorsichtig einen Streifen Hosenstoff um die Brust wickelte.

»Wieso ist da kein Einschussloch?«, fragte sie.

»Hab ich mich auch schon gefragt«, sagte er.

»Vielleicht ist die Kugel durch dich durch gegangen. Wer war das?«

»Ziemlich sicher ein Arschloch, das Karten von der Unterseite ausgeteilt hat.« Er wies mit einer Kopfbewegung auf Hatchet Jack. »Sagt er jedenfalls.«

»Du warst dabei?«, fragte sie Hatchet Jack.

»Ich bin erst dazugekommen, wie alles schon vorbei war«, sagte Hatchet Jack.

Zufrieden mit ihren Künsten als Krankenschwester, stand Annie May auf. »Dass ihr mich ja nicht mit euren schaurigen Geschichten belastet, ihr alle beide«, sagte sie warnend. »Oder damit, was ihr getan habt oder nicht getan habt oder tun werdet. Ich bin zu alt für diese Scheiße.«

Sie nahm eine Keksdose und ein Stück Dörrfleisch von einem durchhängenden Regalbrett. Sie knallte beides auf den Tisch, setzte sich, zündete sich eine gebogene Pfeife aus Elfenbein an und sah Hatchet Jack und Zebulon beim Essen zu.

»Viele Felle erbeutet diesen Winter?«, fragte Hatchet Jack, der auf dem Dörrfleisch herumkaute.

Annie May zuckte die Achseln und entließ dann abermals einen Strahl Tabaksaft, verfehlte aber den Spucknapf um fast einen halben Meter. »Hab jede Menge Fallen aufgestellt, aber verdammt wenig erwischt. Kaum Biber, ein paar Bisamratten und Otter, zwei, drei Füchse. Kaum die Mühe wert. Die Berge sind nicht mehr das, was sie mal waren, jedenfalls nicht für ein altes Mutterschwein wie mich.«

Sie ließen eine zweite Flasche Whiskey herumgehen. Als sie leer war, legten sich Hatchet Jack und Zebulon auf einen Stapel Felle, zu müde, um von den Ratten Notiz zu nehmen, die auf dem Boden nach Krümeln schnüffelten.

Annie May schloss die Augen, rauchte weiter und genoss die Anwesenheit von zwei schnarchenden Männern. Als die Erinnerungen an einen neugeborenen Sohn und einen unersättlichen Liebhaber aus den Bergen sie zu überwältigen drohten, schlurfte sie in die Nische hinter dem Ofen, in der ihr Bett stand.

Am nächsten Morgen beseitigte Zebulon ein Wieselnest unter einem Balken, derweil Annie May am Fenster saß und zuschaute, wie Hatchet Jack ihre wenigen Felle sortierte und sie dann bündelte und zwei abgemagerten Maultieren auf den Rücken schnallte.

»Hätt ich nie gedacht, dass ich euch beide noch mal am selben Trog sehen würde«, sagte sie. »Nicht nach dem, was Hatchet mit euerm Pa angestellt hat. Ganz zu schweigen von dem, was Pa ihm angetan hat.«

»Er bittet ja um Verzeihung, Ma. Das fällt ihm nicht leicht.«

»Verzeihung hab ich nicht in meinem Sack. Wenn dein Pa hier wär, würd er ihm seine Verzeihung über den Schädel ziehen.«

Zebulon machte die Tür auf und warf das Wieselnest hinaus. Hatchet Jack kniete auf der Erde und beschlug sorgfältig eines der Maultiere.

»Hatchet hat mir ein paar Mal bei Schlägereien und Schießereien aus der Patsche geholfen«, sagte er. »Dafür bin ich ihm was schuldig.«

Annie May zuckte die Achseln. »Sieht dir ähnlich, auf jede noch so kleine Freundlichkeit reinzufallen. Die Wahrheit ist doch, es hat dir das Herz gebrochen, als Pa Hatchet mitgebracht und der versucht hat, dich im Fluss zu ersäufen. An den Haaren hab ich dich rausziehen müssen. Seit damals schnappst du dankbar nach jedem Knochen, den man dir hinwirft.«

Sie seufzte, weil sie sich nicht mehr erinnerte, wie viel Zebulon über Hatchet Jack gewusst hatte.

»Ich sag dir mal ein paar Sachen, die Hatchet von deinem Pa gelernt hat«, sagte sie. »Beim Kartenspielen bescheißen. Jemand reinlegen, ihm die Hölle heiß machen und ihm dann einreden, es wär andersrum gewesen. Nur so, aus Jux und Tollerei.«

»Ein gerissener Hund ist er schon«, stimmte Zebulon zu. »Das muss man ihm lassen.«

»Aber egal«, sagte sie, als hätte sie sich eines Besseren besonnen. »Er gehört nun mal zur Familie. Ich hab ihn fast genauso großgezogen wie dich, deswegen hat er ein bisschen Nachsicht verdient, wenn schon nicht von Gott, dann wenigstens von dir und mir. Der arme kleine Halbblut-Findling.«

Sie holte einmal tief Luft, bevor sie endlich damit herausrückte, was sie eigentlich auf dem Herzen hatte: »Noch was, mein Sohn. Wenn ich meine Felle verkauft hab, war's das für mich. Ich hab nicht vor, in einem billigen möblierten Zimmer über dem Laden von einem blöden Flachländer auf mein letztes Stündlein zu warten.«

»Vielleicht sollte ich dich einfach nach Mexiko bringen«, meinte Zebulon. »Damit dir die Sonne die alten Knochen wärmt. Ich setz dich in irgendeine kleine *hacienda* mit einer Veranda vorn dran und einer Cantina ein Stück die Straße runter. Wär nicht das Schlechteste.«

»Was zum Teufel soll ich in Mexiko? Mein Futter mit diesen Bohnen- und Chilifressern wiederkäuen? Nichts da. Wenn ich meinen Kadaver auf die andere Seite schleppe, ist der Himmel meine Decke und ich hab einen Berg, an den ich mich anlehnen, und einen Krug, aus dem ich trinken kann. Das reicht mir.«

Diesen Spruch hatte er über die Jahre immer wieder gehört, oder zumindest Varianten davon, und je nach ihrer Stimmung gab er immer dieselbe Antwort: »Du hast mich in die Welt gebracht, Ma. Ich begleite dich hinaus.«

Diesmal unterbrach sie ihn: »Ich hab dich nicht für so sentimentalen Quatsch erzogen, mein Sohn. Du tust, was vor dir liegt, und ich mach's genauso.«

★

AM NÄCHSTEN MORGEN RITTEN sie alle drei in einen sanften Frühlingsregen hinaus. Sie ließen sich Zeit, weil Annie May es nicht eilig hatte, den Ort zu verlassen, den sie seit dreißig Jahren kannte und den sie, wie ihr allmählich klar wurde, nie mehr wiedersehen würde.

Am Abend kampierten sie in den bröckelnden Ruinen eines verlassenen Pueblos, wo der Wind um ihr Feuer heulte wie ein Chor trauernder Witwen. Mitten in dem Abendessen aus Mays Keks- und Dörrfleischresten stand Hatchet Jack plötzlich auf und drehte den Kopf rasch hin und her.

Ein steinalter Mexikaner stand im Dunkeln, sein fast zahnloses Gesicht durch eine leere Augenhöhle gezeichnet. Sein bis aufs Skelett abgemagerter Körper war in zerrissene Leggings und ein langes weißes Baumwollhemd gehüllt.

»Ihr verlasst einen Pfad wie ein verwundeter Büffel«, sagte der Mexikaner mit einem weichen spanischen Akzent.

»Plaxico!«, rief Hatchet Jack. »Wie hast du mich gefunden?«

»Ich habe dich nicht gefunden. Du hast mich gefunden.«

»Aber –«

»Dein Problem ist, das du zu viel denkst. Und nicht genug.«

Ohne ein weiteres Wort drehte er sich um und verschwand. Verstört von der geisterhaften Erscheinung des alten Mexikaners, lief Annie May auf und ab und hob die Arme in Abwehr gegen die Elemente: »Ein Hurra auf die Berge und auf alle alten Krieger aller Zeiten! Meine Jungen und ich, wir sind in Frieden gekommen, und wir werden in Frieden wieder gehen, und wir wären dankbar, wenn ihr toten oder sterbenden roten Nigger und Bohnenfresser euch eure Begrüßungen verkneifen könntet. Eines nicht mehr fernen Tages werde ich mein Zelt im Innern des großen Kreises aufschlagen. Aber jetzt noch nicht. Nicht heute Abend.«

Zebulon und Hatchet Jack schlossen sich ihr an, schlurften um das Feuer herum, schneller und immer schneller, und stießen ihre Gebirgsjuchzer aus: »Uaaaaaaaaaaa! Uaaaaaaaaaaa! Uaaaaaaaaaaa!«

Sie ließen sich auf den Rücken fallen, tranken den letzten Whiskey aus und sangen dazu ein altes Familienlied:

Old Long Hatcher gone under on the north Platte,
Found him a bar but the bar laid him flat.

Hatchet Jack griff in seine Tasche und holte eine Tüte Bonbons heraus. Er schob sich die Hälfte davon in den Mund und warf die Tüte Zebulon zu, der sich eine Handvoll nahm und die Tüte an Annie May weiterreichte, die den Rest verdrückte.

»Wir schänden geheiligten Boden«, sagte Hatchet Jack. »Nicht ausgeschlossen, dass Plaxico uns dafür büßen lässt.«

Annie May seufzte. »Wenn man mal einen von diesen alten Käuzen gesehen hat, kennt man sie alle. Zum Teufel mit ihm. Trotzdem würd ich mich gern heilen lassen. Wie wär's, Mr. Healer-Dealer? Willst du mal zeigen, was du kannst? Mein Knie ist hin, mit der Schulter stimmt was nicht, in meinem Bein steckt seit zehn Jahren eine Pfeilspitze, meine Zähne sind ausgefallen oder verfault, die Schleuse zu meinem Darm ist verstopft. Und nicht nur das, ich bin auch gehässig und voller böser Gedanken.«

»Damit werd ich schon fertig«, sagte Hatchet Jack, aber es klang kein bisschen zuversichtlich.

»Schau dir auch mal Zeb an, wenn du schon dabei bist«, schlug Annie May vor. »Aus dem wird man nicht schlau; jemand hat ihn angeschossen, er hat aber kein Loch in der Brust. Als wüsste er nicht, ob er hier ist oder unter der Erde.«

Hatchet Jack schüttelte den Kopf, er wollte nichts mehr davon hören. »Ich hab noch nie zwei auf einmal behandelt. Ich war immer nur der Helfer.«

»Spann uns trotzdem zusammen«, sagte Zebulon. »Kümmer dich nicht um ihr Gejammer.«

Hatchet Jack drückte ihnen den Zeigefinger in Schultern und Wangen, blies ihnen Tabakrauch über Kopf und Schultern und ins Gesicht. Dann stand er auf und breitete die Arme aus, um den Nachthimmel und die schwarzen Wolken zu umschließen, die unter der Mondsichel dahinwanderten wie eine Prozession riesiger Knochen.

»Alter Vater«, rief er, »widersteh mir jetzt nicht!«

Er beugte Nacken und Kopf, schloss die Augen, sank auf die Knie und hämmerte mit den Fäusten auf die Erde.

Der Wind erstarb, als hätte jemand einen Hahn zugedreht.

Annie May schüttelte fassungslos den Kopf. »Ich lass mich nackt ausziehen und in Gänsefett braten. Vielleicht ist der Junge doch kein so unverschämter Lügner.«

Als der Wind sich wieder erhob, verschwand Hatchet Jack in der Dunkelheit. Sie dachten schon, er hätte sich davongemacht, da kam er wieder.

»Plaxico sagt, wir können kommen.«

Sie folgten Hatchet Jack einen steilen Pfad hinunter und stiegen dann eine schmale, gewundene Treppe hinab auf eine Steinterrasse, die von einem Feuer und einer einzelnen Fackel in einer Felswand beleuchtet wurde. Jenseits der Terrasse sah man einen tiefen Canyon zwischen zwei Bergen, die wie schwere Brüste geformt waren.

Plaxico saß im Schneidersitz am Rand eines großen Kreises aus weißem Mehl, das mit Maishülsen und bunten Steinperlen vermischt war. An den bröckelnden Wänden über ihm warfen berittene Krieger Lanzen nach fliehenden Silberlöwen und Antilopen.

Hatchet Jack bedeutete Zebulon und Annie May, sich Plaxico gegenüber zu setzen, und nahm dann selbst einen Platz am tiefer gelegenen Ende des Kreises ein, hinter einem Altar aus flachen Steinen. Auf der einen Seite des Altars stand eine Marienstatue neben einer Adlerfeder und einer bunten Kachina-Puppe. Auf der dunkleren Seite wand sich das Skelett einer Klapperschlange um einen Totenschädel. Ein Dutzend Tomahawks sowie Schwerter und Jagdmesser steckten vor dem Altar in der Erde.

Hatchet Jack stand auf. »Diese Medizin stammt aus dem alten Mexiko. Sie weckt die Toten auf und kann auch noch mehr. Sie hat die Macht, sich in die Unterwelt der Schlange, die Mittelwelt des Silberlöwen und die höhere Welt des Adlers einzuschmeicheln. Ich hab's noch nie ausprobiert, aber so hat man's mir beschrieben. Also los!«

Plaxico saß hinter dem Altar, schlug eine flache Trommel und stimmte einen unverständlichen Sprechgesang an. Er brach mehrmals ab, um Hatchet Jack Anweisungen auf Spanisch zuzurufen, und dieser bedeutete Annie May und Zebulon, sich an den oberen Rand des Kreises zu stellen. Dann trat er mit einer Kalebasse in den Händen zu ihnen.

Hatchet Jack trank, reichte dann die Kalebasse an Zebulon weiter, der trank und reichte sie Annie May. Nachdem sie getrunken hatte, gab sie die Kalebasse Hatchet Jack zurück, der sie Plaxico reichte, und dieser trank den Rest aus. Hatchet Jack beriet sich mit Plaxico, zog ein langes gebogenes Schwert aus der Erde und stürzte sich auf Mutter und Sohn, tanzte schreiend um sie herum und ließ das Schwert über ihren Köpfen durch die Luft sausen.

Annie May und Zebulon standen wie angewurzelt da und sahen zu, wie Hatchet Jack das Schwert wieder an seinen Platz vor dem Altar zurückbrachte und neben dem Feuer zusammenbrach. Hinter ihm schlurfte Plaxico schwankend um den Kreis, stöhnte und schüttelte seine Rassel.

Die Medizin brauste in giftigen Wellen durch ihre Körper, und schließlich sanken sie auf alle viere und erbrachen sich und würgten, bis nichts mehr kam. So blieben sie, bis das erste Licht der Morgendämmerung zitternd am Horizont erschien. Als die Konturen der Berge schärfer hervortraten, schrie Annie May auf, weil ein langer Zug von Himmelsgängern über die verschneiten Gipfel auf sie zukam. Einige waren Konquistadoren und Mountain Men, andere Hopis, Navajos, Zunis und Apachen. Alle begrüßten mit erhobenen Armen die aufgehende Sonne. Als Letzter erschien Annie Mays längst verstorbener Bruder. Ihm folgten ihre Mutter und ihr Vater und dann der Prediger ihrer Jugend, der ihr mit feurigen Sermonen über Sünde und Buße Angst eingejagt hatte und der jetzt, als sie über das Tal blickte, traurig und verwirrt schien. Der Himmel veränderte sich, und der Aufmarsch löste sich auf und wich einem Bild von ihr selbst als kleinem Mädchen, das mitten im hohen, wogenden Gras einer Wiese stand, eine Haube tief über den Kopf gezogen, die bloßen Füße fest auf der schwarzen Erde, und vor Angst laut schrie, während ein Adler in langsam enger werdenden Kreisen zu ihr herabschwebte. Ihre Mutter sah von der Tür ihrer Heimstatt aus zu, wie der Adler sie sanft mit seinen Fängen aufhob und mit ihr über die grasbewachsenen Ebenen davonflog, den Vorbergen und den hohen Gipfeln entgegen. Bruchstücke ihres Lebens tauchten eines nach dem anderen auf: ihre ersten Schuhe, ihr Brautbett, der lange weiße Bart ihres Vaters hinter dem Maultier in der letzten Furche eines umgepflügten Ackers, ihr Mann Elijah, der sie auf dem Tanzboden herumwirbelte und sie dann auf den Schultern durch die Tür der Hütte trug, die er für sie gebaut hatte; und dann krabbelte der kleine Zebulon auf dem Lehmboden herum. Sie weinte und weinte, überwältigt von den Erinnerungen und vom nahenden Schatten ihres eigenen Todes.

»Sind wir tot?«, rief sie. »Oder scheint es nur so?«

Zebulon schloss ihren schwachen, gebrechlichen Leib in die Arme, während Hatchet Jack, im Bann seiner eigenen Visionen und ohne ihr lautes Schluchzen und ihre jähen Lachanfälle zu bemerken, mit den flachen Händen auf die Erde schlug. »Wer sind meine wirklichen Eltern«, heulte er, »und warum haben sie mich im Stich gelassen?«

Nur das Heulen des Windes antwortete ihm.

»Seht ihr die Wahrheit, die darin liegt, ihr beiden?«, rief Annie May. »Leben und Tod. Der Adler und der Aufwasch und das Klohäuschen. Der Herd und der Schnee. Das Pferd und die Berge und der Tabaksaft. Kein Zweifel. Alles ist nur ein Übergang, ihr und ich und alles Übrige. Wir sind die Dummen, Jungs!«

Zebulon trat an den Rand der Terrasse. Vor ihm wellten sich die Berge wie drei kopulierende Schlangen. Er weinte, weil ihn die Kräfte zu verzehren drohten, mütterlich und liebevoll, gewaltsam und furchterregend, eine warme, zischelnde Brise, die durch die festen Knoten seines Daseins wehte. Er wusste, was er schon immer gewusst und immer wieder vergessen hatte: dass er aus denselben Elementen bestand wie die Pflanzen, die Tiere und der Regen, der jetzt in dichten Vorhängen über das tiefe Tal zog, gefolgt von der Sonne und einem erderschütternden Donnergrollen, das sich jäh in das Gebrüll eines Silberlöwen verwandelte. Er war Teil von alledem, ein Tropfen Wasser im Ozean, eine zerdrückte Wildblume unter dem Stiefelabsatz eines Gesetzlosen, ein von der Sonne ausgeglühtes Gerippe in der Wüste.

Als Hatchet Jack plötzlich vor ihm stand, löste sich die Vision in einem Nebeldunst auf.

Den Rest der Nacht schliefen Mutter und Sohn in enger Umarmung, jeder getröstet durch den Atem des anderen. Als sie aufwachten, waren sie allein, und die Sonne stand direkt über ihnen und schien wie durch ein riesiges Prisma.

Hinter ihnen war der Altar verschwunden und der Kreis ausgelöscht, als hätte nichts davon je existiert.

Von jedem Gedanken und jedem Gefühl entleert, kletterten sie durch die Ruinen, bis sie Hatchet Jack fanden, der gerade sein Pferd belud. Plaxico saß an einer Mauer und drehte sich eine Zigarette.

»Ich zieh los.« Hatchet Jack zitterten die Hände, als er sich in den Sattel schwang. »Ein Teil der Medizin hat gewirkt, und ein Teil ist verloren gegangen.« Er schaute Plaxico an, dann Annie May. »Die Geister haben mir gesagt, dass ich schlecht beraten wäre, dir das Pferd zu geben.«

»Wen kümmert das denn?«, sagte Annie May leise. »Es ist alles ein und dasselbe, mit Pferd oder ohne.«

Sie schauten Hatchet Jack nach, der davongaloppierte, ohne zu winken oder sich umzudrehen, als würde er von einer Wirrnis unbekannter Geheimnisse verfolgt.

»Er hat wirklich mit einigen der Geister gesprochen«, sagte Plaxico. »Aber am Rest hat er sich verschluckt. Ein zu üppiges Mahl für einen Anfänger.«

Und dann war auch er weg, wieder verschwunden in dem Pueblo.

★

Annie May und Zebulon rochen Broken Elbow schon, bevor sie es sahen. Was noch vor einem Jahr ein Handelsposten mit ein paar Hütten gewesen war, war jetzt eine lange, zerfurchte Straße mit offenen Abwasserrinnen, auf der ein schreckliches Chaos herrschte. Betrunkene Goldsucher schrien in einem Dutzend verschiedener Sprachen durcheinander, ein nackter Chinese kroch, von einer kreischenden Hure verfolgt, an ihnen vorbei in eine Gasse, halbtote Ochsen zogen überladene Lastkarren durch Schlamm und schmelzenden Schnee, vorbei an Schildern, auf denen Waren zu unverschämten Preisen feilgeboten wurden: Stiefel $ 30, Mehl $ 35, Decken $ 30, Wäsche $ 20. Auf jedem nicht bewohnten Fleckchen Erde wühlten Schweine in stinkenden Abfallhaufen, überall lagen Bergbaugeräte, tote Hunde, kaputte Leiterwagen, Reserveräder, Fässer und Bauholz herum, und in behelfsmäßigen Korralen standen Maultiere und Pferde knietief im Mist. Weiter weg, an den Ufern eines schnell fließenden Flusses, hockten Hunderte von Männern in hohen Stiefeln – vor allem Indianer, Mexikaner und Chinesen – an wiegenähnlichen Goldwaschrinnen, während andere weiter oben in einem Canyon die Erde in steilen Schächten mit Pickeln und Schaufeln bearbeiteten.

Am Ende der Straße saßen sie vor einem zweigeschossigen Handelsposten ab.

In dem hallenartigen Raum liefen Angestellte hin und her und trugen zusammen, was die Kunden auf Spanisch, Französisch oder Englisch verlangten: Gewehre, Konserven, landwirtschaftliche Geräte, Wagenkästen oder Viehfutter in Säcken. Einige der älteren Angestellten winkten Annie May zu, als sie auf einen dicklichen jungen Mann zuging, der an einem hohen Pult saß und Beträge in ein riesiges Hauptbuch eintrug.

Annie May richtete sich zu ihrer vollen Größe auf, konnte aber trotzdem kaum über das Pult schauen.

»Ich bin Annie May Shook, und ich bin hier, um meine Felle zu verkaufen.«

Der Angestellte nickte, würdigte sie aber keines Blickes, sondern nahm seine Brille ab und rieb sich die überanstrengten rotgeränderten Augen.

Annie May klopfte mit dem Schaft ihrer Schrotflinte gegen das Pult. »Ich will beide Ohren, wenn ich rede, Mister. Wo ist der Major?«

Der Angestellte setzte sich in aller Ruhe die Brille auf die Nase. »Major Poultry hat die Firma letzten Winter verkauft. Sie müssen jetzt mit mir verhandeln.«

»Hab was übrig gehabt für den Major«, sagte Annie May. »Der war immer fair mit uns Leuten aus den Bergen.«

»Geschäft ist Geschäft«, sagte der Angestellte halbwegs geduldig. »Egal, wer kauft und wer verkauft.«

Annie May kratzte sich am Kopf, holte ihre Pfeife hervor und machte Anstalten, sie anzuzünden, steckte sie dann aber doch wieder in ihren Bisonfellumhang zurück. »Also gut. Wie ist der Preis für Felle?«

Der Angestellte schaute auf Annie May hinab wie auf eine lästige Fliege. »Der Pelzmarkt liegt am Boden. Wird sich auch nicht mehr erholen. Das heißt, ich gebe Ihnen fünfzig Cent pro Fell. Entweder Sie schlagen ein, oder Sie lassen es bleiben.«

Sie sah verständnislos zu ihm hoch. »Das ist nicht Ihr Ernst.«

»Wir kriegen die Zahlen aus St. Louis, Madam. Bar oder Tausch.«

Annie May wurde laut. »Zwei Dollar pro Fell, Mister St. Louis. Und meinen üblichen Kredit auf Tabak, Patronen und Mehl. So war es die letzten dreißig Jahre, und so bleibt es auch. Nicht mehr und nicht weniger.«

Der Angestellte klappte hörbar das Hauptbuch zu. »Tut mir leid, das ist unmöglich.«

»Alsdann, Mister St. Louis, dann muss Ihnen ein altes Beifußhuhn aus den Bergen mal zeigen, was alles möglich ist.«

Annie May zielte mit ihrer Flinte auf den Angestellten, dann aufs Fenster, dann auf eine Reihe Gurkengläser.

Der Angestellte wich in Panik zurück und prallte auf Zebulon, der ihn gegen ein Regal mit Konserven stieß, so dass er mitsamt den Dosen zu Boden krachte.

Schon besser, dachte Zebulon und sah sich in dem Raum um. Er griff hinter die Theke, schnappte sich einen Krug Whiskey, entkorkte ihn und trank einen tüchtigen Schluck, dann warf er den Krug Annie May zu, die ihn mit einer Hand auffing. Als der Angestellte sich vom Boden aufrappelte, zerschlug sie den Krug auf seinem Schädel.

»Ein Hurra auf die Berge!«, rief sie.

Sie hievte sich auf einen Tisch und schoss mit ihrer Flinte in die Luft. Die Schrotkugeln trafen eine von der Decke hängende Gaslampe, die explodierte, als sie am Boden aufschlug, und fauchende Flammen zur Decke schickte.

»Ein Hurra auf die Berge!«, rief Zebulon.

Er riss dem Angestellten ein großes Goldnugget ab, das er an einer Schnur um den Hals trug.

»Als Entschädigung«, sagte er.

Dann packte er einen Axtstiel, stieß ein Regal mit Konserven um und warf eine Fensterscheibe ein, während um ihn herum die Kunden an sich rafften, was in Reichweite war, und zur Tür rannten.

Zebulon fand Annie May zusammengesunken unter dem Tisch, mit einer Kugel in der Brust. Er nahm sie behutsam in die Arme, doch im nächsten Moment explodierte hinter ihnen ein Fass Petroleum, und die Decke stürzte ein, Fensterscheiben gingen zu Bruch, zwei Goldsucher starben, und das ganze Gebäude ging in Flammen auf.

Zebulon trug Annie May ins Freie und legte sie auf die durchhängenden Bretter des Bürgersteigs. Neben ihnen hatten Männer eine Eimerkette gebildet und gossen Wasser in die Flammen.

Annie Mays Stimme sank zu einem Flüstern herab. »Hirsch ist Hirsch ... Puma ist Puma, und diese alte Bergauster ist ein toter Waschbär. Ich hab dir das ein oder andre Mal Unrecht getan, Junge, genau wie du mir ... aber das gibt's in jeder Familie.« Sie setzte sich auf, wollte ihn ansehen, doch ihre Augen trübten sich. »Hab immer gedacht, ich würde mal auf die alte Art abtreten. Aufrecht und mit meinem eigenen Atem ... Aber wir haben einen ganz schönen Wirbel gemacht in der Stadt hier, stimmt's, mein Sohn?«

»Und ob, Ma«, antwortete er.

»Hab ich dir irgendwann mal gesagt, wie es zugegangen ist, dass Hatchet zu uns kam?«

»Nein, nie«, erwiderte er, obwohl sie es ihm schon tausendmal erzählt hatte.

»Pa hat ihn beim Pokern von einem Mex gewonnen, bei einem Rendezvous unten am Purgatory ... Alles war im Pot, alles, was der Mex besaß – Fallen, Pferde, Felle, und als Zugabe auch noch der kleine Hatchet. War noch ein Zwerg damals, mehr nicht. Als Pa seine letzte Karte aufgedeckt hat, kam raus, dass er verloren hatte, und das hat ihn so in Rage gebracht, dass er den Mex abgestochen hat, dafür, dass er hatte sehen wollen. Pat hat Hatchet aus schlechtem Gewissen mitgenommen, und vielleicht auch, weil er dachte, er könnte noch einen Helfer gebrauchen. Mit Sklaven hat er's schon immer gehabt, dein Pa ...«

Sie verstummte, und er dachte, sie sei gestorben, doch dann sprach sie wieder.

»Bist du bei mir, mein Sohn?«

»Ich bin hier, Ma.«

»Na dann. Hatchet war ein komischer Junge. Hat ständig versucht, dich im Fluss zu ertränken. Und dann hast du dasselbe mit ihm probiert, nur um gleichzuziehen … Wenn du deinen Pa findest … sag ihm … Ach, hol's der Teufel, sag ihm nichts. Der hat nie was für uns getan, uns immer nur Elend gebracht. Und jetzt hat er sich ganz verdrückt, ist unter die Goldsucher gegangen. Der alte Schwanzlutscher.«

Sie schaute auf, ihre Augen flehten ihn an, sie nicht gehen zu lassen, und dann starb sie.

Er saß da und hielt sie in den Armen, während die Wassereimer in der Kette hin und her wanderten. Als das Feuer gelöscht war, umzingelten ihn der Sheriff und der Besitzer des Handelspostens samt mehreren Angestellten mit gezogenen Pistolen. Einer der Angestellten hielt einen Strick mit einer Schlinge am Ende in der Hand.

Als Zebulon hochgezerrt wurde, kam Hatchet Jack durch die Menge galoppiert, ein gesatteltes Pferd hinter sich herziehend.

Schüsse fielen, doch bevor irgendeiner aufsitzen und ihnen nachreiten konnte, waren Zebulon und Hatchet Jack die Straße hinunter verschwunden.

Zehn Meilen von der Stadt trennten sie sich. Zebulon wollte nach Mexiko, Hatchet Jack nach Kalifornien, wo er seinen Frieden mit Elijah zu machen hoffte.

★

ALS ZEBULON DIE HOCHWÜSTE erreicht hatte, zögerte er, dann ritt er zurück in die Berge. Zwei Tage später kam er mitten in der Nacht bei der Hütte an. Die Spielkarten seiner Mutter lagen noch ausgebreitet auf dem Tisch. Er nahm eine auf und schob sie wieder in den Stapel, ohne nachzusehen, ob es die Herzdame war. Was vorbei ist, ist vorbei, dachte er, zündete ihre Tonpfeife an und setzte sich an den Tisch. Und nichts davon kommt zurück. Kein Hurra mehr auf die Berge. Alles vorbei. Für immer vorbei.

Da er im Haus nicht schlafen konnte, ging er hinaus und machte ein kleines Feuer. Als das erste Morgenlicht wie ein hungriges Raubtier über die Berge geschlichen kam, packte er einen brennenden Stock und warf ihn durch die offene Tür. Dann ging er um die brennende Hütte herum und rief seiner Mutter seinen letzten Trappergruß zu: »Uaaaaaaaaaaa…! Uaaaaaaaaaaa…! Uaaaaaaaaaaa…!«

Am Talausgang schaute er ein letztes Mal zurück. Es war nur noch ein dünnes Rauchwölkchen zu sehen, das der Sonne entgegentrieb.

Von da an war es ein schneller Ritt über die Hochwüste Richtung Mexiko, mit einem Aufenthalt in Alamogordo, lang genug, um die dortige Bank zu überfallen – er tat das unter völliger Missachtung seiner Sicherheit, sodass er nicht nur ohne einen Kratzer entkam, sondern auch mit einer halben Satteltasche voller Goldmünzen. Er ritt weiter nach Südosten, änderte seine Richtung, als er ferne Gewehrschüsse hörte, und wich einem Trupp White Mountain Apaches aus, den ein Zug schwarzer Kavallerie in einem Talkessel umzingelt hielt. Tags darauf überquerte er den Rio Grande, dann ritt er weiter nach Osten, durch Chihuahua zum Golf von Mexiko und nach Veracruz hinunter, wo niemand fragte oder sich darum scherte, wer er war oder woher er kam.

In Veracruz nahm er ein Zimmer im besten Hotel, gab sein Geld für die schwüle Leidenschaft einer einarmigen Saloonsängerin aus, die mit seiner geschundenen Seele spielte wie eine erfahrene Katze, bevor sie ihre Beute umbringt. Mach dir nichts draus, sagte er sich. Miranda Serenade, so ihr Künstlername, stillte die Sehnsüchte seines Körpers, wenn auch nicht die Verwirrung seines Herzens. Nach einer Woche zog er in Mirandas Zimmer über dem Saloon, das er nur nachts verließ, um nach unten zu gehen, wo er zwanghaft spielte und in jeder Vortragspause seiner sentimental singenden Geliebten eine Lokalrunde schmiss.

Miranda war von ihm angetan, anfangs zumindest, weil er gut genug aussah und freigebig genug war, um ihre ständigen Sorgen wegen des Geldes und ihres fortgeschrittenen Alters zu lindern. Er kaufte ihr eine schwarze Perlenkette und eine elegante Pferdekutsche und verdrehte ihr den Kopf mit phantastischen Plänen. Der großartigste bezog sich auf ein verrücktes Vorhaben, von dem er zufällig am Hafen gehört hatte; es ging um eine Gruppe Männer unter der Führung eines General Walker, allesamt altgediente Abenteurer, die sich vorgenommen hatten, Nicaragua zu erobern – ein Vorhaben, das, wie er ihr versicherte, mit Sicherheit von Erfolg gekrönt sein würde. Sie würde ständig bei ihm sein, versprach er ihr, als seine Muse, seine feurige Göttin, sogar seine Ministerin oder Kulturkönigin, falls sie dazu eine Neigung verspürte. Sie würden in Léon oder Granada einen Palast bewohnen, mit allem Prunk europäischer Könige. Sie würde ihren eigenen Salon haben, vielleicht sogar zwei, und genügend Dienstboten, um jeder Laune frönen zu können. Wenn sie genug davon hätten, über das Land zu herrschen, könnten sie sich nach Madrid oder Bahia oder in die neue Stadt San Francisco zurückziehen, wohin zur Zeit anscheinend die halbe Welt unterwegs war. Oder in alle drei. Das würde keine Rolle spielen. Die Wahl würde er ihr überlassen. Natürlich glaubte sie so wenig daran wie er, hatte er die Pläne doch an einem Nachmittag entworfen, nachdem sie einander lange hektisch geliebt und sich anschließend großzügige Portionen Laudanum genehmigt hatten. Mirandas Vorstellungen waren praktischer: Sie wünschte sich einen exklusiven Modistinnenladen für adelige Damen oder einen Musikpalast im Zentrum einer Stadt. Erst das Geschäft. Dann das Baby. Liebe nicht unbedingt nur als Nebensache, aber doch mit einigem Abstand erst an dritter Stelle.

Als ihm bei einem langen nächtlichen Kartenspiel das Geld ausgegangen war, sah er sich außerstande, sich Mirandas Zorn zu stellen. Er schaute auf sie hinab, wie sie schlafend dalag, in dem schwarzseidenen Nachthemd, das er ihr erst am Morgen zuvor gekauft hatte, küsste sie zum letzten Mal und zog leise die Tür hinter sich zu.

Er war zwanzig Meilen nach Texas hinein geritten, da sah er einen Steckbrief an der Wand einer Futtermittelhandlung:

ZEBULON SHOOK TOT ODER LEBENDIG GESUCHT WEGEN BANKRAUB, MORD, BRANDSTIFTUNG UND PFERDEDIEBSTAHL

Es war nicht die Sorge um seinen guten Ruf oder die Angst vor dem Gesetz, die ihn bewog, nach Veracruz zurückzukehren. Die schlichte Wahrheit war, dass er Miranda Serenade vermisste – ein nagendes, brennendes Gefühl, das er noch nie erlebt hatte.

Es war ein dampfiger, beklemmender Nachmittag. Miranda begrüßte ihn an der Tür. Sie trug ihr schwarzseidenes Nachthemd und zielte mit einer Derringer-Taschenpistole direkt auf sein wehes Herz.

»Soll ich dir sagen, was du bist, Zeb-u-lon? Auch bloß so ein verdammtes *gringo cabrón* Arschloch mit einem ausgebrannten Silvesterkracher als Schwanz und keinem Herzen.«

Auf seine Erklärung, dass er in vernünftigem Rahmen bereit sei, ihre Wünsche zu erfüllen, erwiderte sie, darüber werde sie nachdenken, wenn er zuvor etwas Handfestes auf den Tisch des Hauses lege. Zum Beispiel Geld. Sein verkommenes, verlaustes Herz sei ihr egal. Mit dem Teil von ihm habe sie längst abgeschlossen.

Als er nicht antwortete, schlug sie ihm die Tür vor der Nase zu.

Er setzte sich auf eine Parkbank und dachte über alles nach. Abgesehen von seinem Pferd, seinem Colt-Revolver aus Armeebeständen und einer Barschaft, die noch für eine Woche reichte, nannte er nichts Wertvolles sein Eigen. Natürlich konnte er wieder zurückreiten und versuchen, das Familiengeschäft weiterzuführen. Er war im Pelzhandel weithin bekannt und angesehen. Doch er hatte diesem Leben endgültig und feierlich *adios* gesagt, und man konnte nicht zu etwas zurückkehren, was vorbei war. Natürlich blieb ihm immer noch eine Laufbahn als Gesetzloser. Mit seinen neuen Referenzen als gesuchter Verbrecher konnte er nach Arizona hinaufreiten, wo ein lokaler Krieg im Gange war. Oder er konnte bei allen möglichen Desperados anheuern. Oder er konnte sich in den Wilden Westen absetzen, sich ins Oregon Territory durchschlagen oder nach Alaska, wo noch niemand je von ihm gehört hatte. Und dann war da Miranda. Er konnte sie um eine zweite Chance anflehen, obwohl er wusste, dass sie ihm, sollte sie töricht genug sein, ihn zurückzunehmen, irgendwann mit einer Bratpfanne den Schädel einschlagen würde. Oder ihm noch Schlimmeres antun. Ganz zu schweigen davon, was er ihr antun konnte, mit oder ohne Herz.

Auf der anderen Seite des Parks spielte eine Mariachi-Kapelle bei der feudalen Geburtstagsfeier eines Lokalpolitikers.

Weiter weg lehnten zwei texanische Söldner am Stamm einer Pappel und tranken abwechselnd aus einer Flasche Mescal. Er hatte sie ein paar Nächte zuvor in einem Saloon gesehen, wo sie mit ihren Kenntnissen über Sprengstoffe und Schusswaffen geprahlt und darüber schwadroniert hatten, wie gefragt ihre speziellen Dienstleistungen bei diversen gut betuchten Banditen und Revolutionären seien. Der ältere der beiden, der das Pseudonym »Salty Smith« hatte, war einem Gerücht zufolge aus einem Zuchthaus in Yuma ausgebrochen, hatte dabei zwei Wärter umgebracht und sich dann John Wesley Hardin angeschlossen, als dieser das letzte Mal in Texas gewütet hatte.

Die Söldner waren nicht erbaut, ihn zu sehen, weil sie gehört hatten, dass er steckbrieflich gesucht wurde und einer der Verrückten aus den Bergen war, die immer nur Ärger machten. Nachdem er einen Schluck Tequila aus ihrer Flasche getrunken hatte, fragte er sie, ob sie was für ihn zu tun hätten. »Irgendwas außer den Dreck in einem Saloon wegräumen und den Laufburschen für mexikanische Flittchen machen.«

Salty nickte, obwohl er kaum zugehört hatte, weil seine Aufmerksamkeit aufs andere Ende des Parks gerichtet war. Er winkte einem Kellner, der am Rand der Geburtstagsfeier stand. Von da an lief alles langsamer. Der Kellner zündete ein Streichholz an und barg es in den hohlen Händen wie ein heiliges Feuer, während ein zweiter Kellner vorsichtig eine große Holzkiste hochhob. Die beiden Söldner standen auf, klopften sich den Staub von den Hosen und ließen ihre Blicke über den Park und in die Seitenstraßen wandern. Langsam, gewollt lässig, verließen sie den Park, während hinter ihnen eine Bombe hochging und den Politiker und mehrere Geburtstagsgäste zerriss. Gleich nach der Explosion erschienen Männer auf einem Dach und schossen wahllos auf die schreiende und in alle Richtungen durcheinanderlaufende Menge.

Zebulon rannte eine gewundene Straße hinunter und bog in eine Gasse ab, als ein Trupp berittener Polizisten um eine Ecke kam. Er machte kehrt und stolperte auf eine belebte Straße voller Cafés und Bekleidungsgeschäfte hinaus. Ein paar Leute waren mitten auf der Straße stehengeblieben, um auf die Schüsse zu horchen, die aus der Ferne wie Silvesterkracher klangen. Er lief an ihnen vorbei zum Hafen hinunter. Plötzlich verstummten die Schüsse. Vögel zwitscherten in den Bäumen. Drei Jungen kickten ein Seilknäuel wie einen Ball gegen eine Lehmmauer. Nicht weit von ihnen stand ein Straßenverkäufer neben einem Karren und rief seine Fische und Krebse aus. Zebulon zwang sich, langsamer zu werden, und ging weiter, bis er den Hafen erreichte. Als ein paar Straßen weiter eine Kanone donnerte, gefolgt von neuerlichen Gewehrschüssen, trat er durch die Eingangstür eines palastartigen dreistöckigen Hotels.

Die hohe, geräumige Lobby war leer bis auf ein gut gekleidetes Paar, das mit seiner Anmeldung beschäftigt war. Beide schienen nicht zu merken, was in der Stadt vor sich ging. Zebulon nahm sich eine Zeitung und setzte sich in einen Sessel. Er tat so, als würde er lesen, konnte aber die Augen nicht von der Frau lassen, die mit dem Rücken zu ihm am Empfang stand. Sie trug ein rotes Seidentuch um die Schultern, und ihr dichtes schwarzes Haar glänzte wie poliertes Ebenholz. Es war Delilah, die Frau aus der Bar in Panchito.

Vor dem Hotel sang ein Mann ein schwermütiges Lied von der Seele einer Frau, die niemand, nicht einmal der Liebhaber, den er besang, verstehen konnte. Es klang, als würde der Mann im Traum eines anderen ertrinken oder Selbstmord begehen.

Zebulon stand auf, obwohl er keine Ahnung hatte, wohin er gehen oder was er tun sollte. Er war schon halb aus der Tür, als Delilah nach ihm rief.

»Ich dachte, Sie wären tot.«

Ihre Augen hefteten sich auf den Colt, den er in einem Hüftholster trug, schwenkten dann auf das vierzig Zentimeter lange, an seinen rechten Oberschenkel geschnallte Bowiemesser, auf seinen schwarzen Sombrero und schließlich auf den hellblauen Sarape, der zur Farbe seiner erstaunten Augen passte.

»Anscheinend haben Sie sich wieder erholt«, sagte sie. »Gratuliere.«

Als er ein paar Schritte auf sie zuging, kreuzte sie die Hände vor ihren Brüsten. *Hilf mir,* besagte ihre Geste. *Und was immer du tust, bleib weg.*

So impulsiv, wie sie nach ihm gerufen hatte, wandte sie sich ab und ließ ihn stehen. Er richtete den Blick auf Ivan, ihren Begleiter, an den er sich von dem Kartenspiel in dem Saloon her erinnerte. Er trug einen weißen, flachkrempigen Filzhut schräg über einer Seite seines Gesichts und über den Schultern denselben schwarzen Umhang wie damals. Er stolzierte in handgenähten gelben Lederstiefeln in der Lobby auf und ab, stieß einen Gehstock mit silbernem Griff auf den Boden und räsonierte auf Spanisch laut über die Verfügbarkeit der Flitterwochen-Suite des Hotels, die er angeblich vor drei Wochen gebucht hatte. Der Angestellte warf die Hände in die Höhe und rief, dass die Reservierung nirgends verzeichnet sei. *Nada. Nada. Nada.* Eine solche Buchung habe es nie gegeben. Das einzige freie Zimmer sei im ersten Stock und gehe auf die Straße hinaus. Er könne es sich ja überlegen. Nehmen Sie's, oder lassen Sie's bleiben. Mehr könne er nicht sagen.

Zebulon ging wie von einem unsichtbaren Seil gezogen durch den Raum. »Geben Sie ihm, was er bestellt hat«, sagte er zu dem Angestellten. »Sonst kriegen Sie es mit einem *malo loco gringo* zu tun. *Comprende?*«

Er packte den Angestellten am Kragen, hob ihn über die Theke und ließ ihn auf den Boden fallen. Dann zog er seinen Colt, zielte auf den Kopf des Mannes und spannte den Hahn.

Der Angestellte gab den Schlüssel heraus und rief nach einem Boy, der *muy pronto* das Gepäck der Gäste in die Präsidentensuite hinauftragen solle.

Bevor der Boy herbeieilen konnte, gab Ivan den Schlüssel an Delilah weiter, die nach ihrer beherrschten Passivität zu urteilen nicht zum ersten Mal eine solche Situation erlebte.

Wortlos nahm sie zwei pralle Lederkoffer und schleppte sie die gewundene Treppe hinauf; zurück blieben eine Tasche und ein hölzerner Cellokasten.

Der Mann mit dem schwarzen Umhang verneigte sich vor Zebulon. »Wie ich sehe, haben Sie es doch geschafft, am Leben zu bleiben.« Er hielt inne und reichte ihm die Hand. »Graf Ivan Baranofsky. Es wäre mir eine große Ehre, wenn Sie mir auf ein Glas Gesellschaft leisten wollten.«

Zebulons Blick richtete sich auf die schlanken Fesseln und die langen, muskulösen Beine der Frau, die langsam die Treppe hinauf verschwanden.

»Ich nehme das Gepäck«, erbot er sich.

»Nicht nötig«, erwiderte der Graf. »Delilah ist sehr kräftig.«

Nach kurzem Zögern nahm Zebulon die Tasche und den Cellokasten und lief, immer zwei Stufen auf einmal nehmend, die Treppe hinauf.

Er probierte alle Türen auf der Etage durch, bis er ihre Suite fand. Sie stand am Fenster und schaute auf den Hafen hinaus.

»Verfolgen Sie mich?«, fragte sie, ohne sich umzudrehen. »Oder haben Sie den Eindruck, dass ich Sie verfolge?«

Ihre bloßen Schultern und die hohe, gebogene Linie ihres Nackens erinnerten ihn an einen stelzenden Kranich.

»Ich verfolge das, was ich jage«, antwortete er.

»Also sehen Sie in mir ein Tier?«

»Ich wollte nur behilflich sein.«

»Dabei lassen Sie es nicht bewenden.« Sie hielt ihn in ihrem Blick gefangen, dann ging sie zum Bett hinüber und öffnete die Schnallen eines handgenähten Lederkoffers.

»Würde es Sie erheitern zu hören, dass ich Expertin bin, wenn es darum geht, wilde Tiere einzufangen?« Sie entnahm dem Koffer eine Rassel und schüttelte sie, umkreiste ihn mit rollenden Augen und stieß dabei einen pulsierenden Gesang aus, der aus der Tiefe ihres Brustkorbs zu kommen schien.

»Ich mag es nicht, wenn ich umkreist werde«, sagte er warnend. »Wenn ich in der Falle sitze, fühle ich ...«

»Ich weiß«, sagte sie. »Sie sind gefährlich.«

Sie lachte, schüttelte die Rassel dicht vor seinem Gesicht und warf sie dann aufs Bett.

»Wenn Sie nicht in die Lobby zurückgehen, wird Ivan heraufkommen und Sie erschießen. Dafür ist er berühmt.«

»Mit Ivan werde ich schon fertig«, sagte er.

»Sind Sie sicher?« Ihre Frage schien sich genauso an sie selbst wie an ihn zu richten.

Da ihm keine Antwort einfiel, zuckte er die Achseln und ging aus dem Zimmer.

Graf Baranofsky wartete in der Lobby auf ihn. Er fasste ihn am Arm, führte ihn in die Cantina des Hotels und bestellte an der Bar eine Runde Whiskey. Als die Drinks kamen, hob der Graf sein Glas auf Mexiko, die Vereinigten Staaten, den nagelneuen Staat Kalifornien und schließlich Russland – doch nicht auf den Zaren, der, wie er stolz hervorhob, eine Belohnung auf seinen Kopf ausgesetzt habe. Dann fragte er, ob Zebulon hier in Veracruz ansässig sei.

»Auf der Durchreise«, erwiderte Zebulon.

»Genau wie wir«, sagte der Graf. »Gott sei Dank ist unser Schiff angekommen. Wir hatten es schon vor sechs Wochen erwartet.«

Zebulon griff nach einem Teller mit gebratenem Tintenfisch und Käse-Enchiladas. »Die Frau, mit der Sie zusammen sind –«

»Sie ist meine Bedienerin«, sagte Ivan. »Oder Gefährtin, je nach den Umständen und dem kulturellen Gesichtspunkt, den man hat. Wir waren auf dem Landweg nach Kalifornien unterwegs, doch als wir in Denver eingetroffen sind und einem harten Winter entgegensahen, beschlossen wir, eine Postkutsche nach Mexiko zu nehmen und um Südamerika herum nach Kalifornien zu segeln. Wir hatten uns auf eine Ruhepause in Veracruz gefreut, die jedoch so lange nicht hätte dauern sollen.«

»Und wie ist es Ihnen während dieser Pause ergangen?«, erkundigte sich Zebulon.

»Ganz fürchterlich. Dieses ist unser drittes Hotel. Jedes noch frustrierender als das vorhergehende. Mürrische Bedienung. Noch schlechteres Essen. Moskitos. Fliegen. Bettwanzen. Doch trotz dieser Unannehmlichkeiten hat die Stadt durchaus ihre schwülen Reize; auch wenn es, wie wir nur allzu bald erfahren mussten, eine Stadt der unangenehmen Überraschungen und der Gewalt ist.«

Der Graf seufzte, dankbar für die Gelegenheit, sich mit einem Fremden unterhalten zu können, den er nie wiedersehen würde. Pedantisch genau beschrieb er ihre Reise von Venedig nach New York, einschließlich der Seitenstraßen von Algier, der Restaurants von Málaga und Lissabon und schließlich der körperlichen Strapazen der Reise auf dem Landweg nach Denver – einer Reise, auf der sie bei der Überquerung des Mississippi um ein Haar ertrunken wären, als sie von Comanche angegriffen wurden, und in einer

Kneipenschlägerei in New Mexico nur knapp dem Tode entronnen waren.

Der Graf zögerte, unsicher, wie viel er preisgeben sollte. »Ein Vorfall, wie ich hinzufügen könnte, den Sie zu provozieren nicht abgeneigt waren.«

»Ich erinnere mich nicht, was da lief«, sagte Zebulon. »Ich war in einem Schlangennest gefangen.«

»Als Sie sich an den Tisch setzten, haben Sie ganz offensichtlich Streit gesucht. Ich war allerdings mächtig betrunken. Dann sind wir gleich mit der Postkutsche weitergefahren, sodass ich nicht feststellen konnte, was sonst noch geschah.«

»Sie nennen sie Delilah?«, fragte Zebulon.

»Ein biblischer Name. Ihr richtiger Name ist zu schwer auszusprechen, irgend so ein ostafrikanisches Gebrabbel. Ich habe sie in Paris kennengelernt, wo sie das Pech hatte, Magd eines französischen Offiziers zu sein. Sie ist teils französischer, teils abessinischer Abkunft, mit dem einen oder anderen Spritzer Babylon, Ägypten und weiß der Himmel was noch. Ich wäre ohne sie verloren. Zum Glück konnte ich ihren Besitzer aus gewissen finanziellen Schwierigkeiten befreien.«

»Sie meinen, Sie haben sie ihm abgekauft.«

Der Graf lachte, erfreut, von Angesicht zu Angesicht einem richtigen Mann aus dem Westen gegenüberzusitzen, der sich nicht scheute zu sagen, was er dachte. »Es waren keine geschäftlichen Überlegungen, die mein Handeln diktierten. Mehr ein impulsives Gebot des Herzens.«

Delilah glitt auf sie zu und wartete geduldig, bis Zebulon ihr den Stuhl zurechtrückte, eine Galanterie, zu der er sich noch nie durchgerungen hatte.

Ohne in die Speisekarte zu sehen, bestellte der Graf diverse Horsd'œuvres und danach Burritos und Chicken Mole.

Aus den bohrenden Fragen des Grafen über die Rituale und Strapazen des Lebens in den Bergen schloss Zebulon, dass ihm Gelegenheit gegeben wurde, sich sein Abendessen zu verdienen, vielleicht sogar den Weg aus der Stadt, und er stürzte sich voller Begeisterung in eine Schilderung seiner Abenteuer in Kalifornien – die er sich allesamt ausdachte, weil er nie dort gewesen war. Gespannt und fasziniert hörten sie zu, während er seine Geschichte weiterspann und ausschmückte. In blumigen, oft langatmigen Details beschrieb er Indianerüberfälle und Begegnungen mit Grizzlys, tollwütige Vielfraße und feuchtfröhliche Mountain Rendezvous, wo aus den Lügen verrückter Trapper Wahrheit wurde und aus der Wahrheit Lügen, Frühlingsfeste nach ihren winterlichen Beutezügen, die oft einen Monat oder länger dauerten, bis alle heiser oder tot oder pleite waren.

»Ja, also«, fuhr er fort, als sie den mit Äpfeln gefüllten Maisküchlein zusprachen. »Ich hab in Kalifornien und dem Wilden Westen so manches erlebt. Bin auf dem Oregon Trail angeschossen, skalpiert und auf den High Sierras liegengelassen worden, weil man mich für tot hielt, hab mir in mehr als einem Abwassergraben den Bauch erfroren und am Gila und am Green Fallen gestellt, wär um ein Haar im Columbia ertrunken und hab mehr Stunk gemacht als jeder Trapper, dem Sie jemals begegnen werden, war Barkeeper in Hangtown, Flussschiffer auf dem Sacramento, Räuber, Croupier, Büffelhäuter, Lastwagenfahrer, Holzfäller und Streckenarbeiter. Das alles und noch viel mehr. Ich war in Alaska und im Versteinerten Wald, hab die Opry in San Francisco gehört, desertierte rote Nigger bis nach Mexiko gejagt und weiter runter, um mit General Walker Nicaragua zu befreien, und hab meinen Teil chinesisch, irisch und deutsch parliert, um nur ein paar Sachen zu nennen.«

Sie starrten ihn an, verblüfft über diesen Sturzbach seltsamer, exotischer Wörter, von denen sie kaum eines verstanden.

»Aber Sie haben doch«, fragte der Graf, »angesichts der Spannweite Ihrer höchst bemerkenswerten Abenteuer, auch sicher schon einmal Gold gesucht?«

»Gold, sagen Sie?« Zebulon wischte sich mit dem Handrücken über das Gesicht und kippte rasch zwei Gläschen und dann noch eines. »Gold? Der Mann, der hier vor Ihnen sitzt, hat jede Menge davon ausgebuddelt. Mehr als einmal ein Vermögen gemacht und wieder verloren. Sogar Goldnuggets auf die toten Augen einer jungen Mexikanerin gelegt, die in Sonora abgeknallt wurde, weil sie zur falschen Zeit den falschen Freier angesprochen hat. Gold war meine Musik, meine Fiedel und mein Piano, ich hab jede Menge Serenaden gesungen, zur Begleitung von Spitzhacke und Schaufel, Waschrinne und Sickertrog, und bin auf so manche Goldader gestoßen. Ich hab in drei Tagen mehr Gold verspielt, als die meisten Pilger in ihrem ganzen Leben finden. Jawohl. Ich war am Feather, am South Fork und am Agua Fría, bin auf dem Mariposa pleite gegangen, hab am Sullivan's Creek Gold gefunden, hab mir einen Saloon gekauft und ihn die Woche drauf in Placerville verspielt, bin nördlich von Virginia City auf eine fette Ader gestoßen und von meinem Partner bis aufs letzte Hemd ausgeraubt worden; hat ein Jahr gedauert, bis ich seinen Skalp in Sutterville an die Kirchentür genagelt hab. Und immer hab ich meine Beute schneller ausgegeben, als ich sie zusammengekratzt hatte. Nehmen Sie, was Sie wollen – Tucker's Bend oder Hangtown oder irgendeins von diesen runtergekommenen Nestern voller ahnungsloser Goldsucher, die eine Schaufel nicht von einem Wagenrad unterscheiden können –, die sind alle ganz unten und wieder zu dem geworden, was sie mal waren. Ein Glück, kann ich nur sagen.«

Er sah Delilah an. »Wenn Sie von Gold träumen, wachen Sie irgendwann auf und merken, dass nichts davon bleibt als ein Traum. Und schließlich nicht mal mehr das.«

Sie nickte, als wüsste sie alles über Träume.

Gaslampen wurden angezündet, als sich der Speisesaal langsam mit Gästen füllte, die allesamt von den Ereignissen des Tages erregt und benommen waren. Auf der Straße draußen ertönte plötzlich eine Salve wie von einem Erschießungskommando. Ein Hund bellte, und ein einsamer Betrunkener sang ein Lied von einer untreuen Geliebten. Dann Stille.

Delilah zeigte auf das Nugget, das Zebulon um den Hals hängen hatte, dasselbe, das er dem Angestellten in Broken Elbow abgerissen hatte.

»Ist das aus Kalifornien?«

»Ich hab's einfach aufgeklaubt«, erwiderte er. »Nur zu. Nehmen Sie es. Wo das herkommt, gibt es noch jede Menge davon.«

Er gab ihr das Nugget, sie zögerte, dann gab sie es ihm zurück.

»Ich würde meine lieber selbst sammeln«, sagte sie.

»Herrgott noch mal, Delilah«, sagte der Graf. »Das kommt doch von Herzen. Es ist schlechter Stil, ein so spontanes Geschenk zurückzuweisen.«

»Und es bringt Unglück«, ergänzte Zebulon.

Züchtig neigte sie den Kopf und ließ sich von ihm das Nugget um den Hals hängen.

»Sie wollen also nach Kalifornien?«, fragte der Graf.

»Auf die eine oder andere Art«, sagte er. »Sobald ich genug Zaster für die Passage zusammengekratzt habe. Es ist nicht so leicht für einen *gringo*, hier unten eine bezahlte Arbeit zu finden.«

»Dann wohnen Sie also nicht hier im Hotel?«, fragte der Graf.

Plötzlich wollte Zebulon nichts mehr von dem Grafen und seiner seltsamen Gefährtin wissen, oder was immer sie war. Sicher, er verdiente sich sein Abendessen und war dankbar für jeden Knochen, den man ihm hinwarf, aber dämliche Ausländer aufs Kreuz zu legen war nicht seine Art, obwohl ihm das schon öfter gelungen war, als er gern zugegeben hätte.

»Wo haben Sie denn gesteckt?«, fragte eine schrille englische Stimme hinter ihm. »Ich hab überall nach Ihnen gesucht.«

Ein großer, hagerer Mann, der einen leuchtend roten Sarape, einen gelben Sombrero und eine nagelneue, blitzblanke türkisgrüne Gürtelschnalle trug, kam auf sie zugetaumelt, begleitet von einer einheimischen Hure, die sich mit dem Laufen schwer tat, weil sie nur einen Schuh anhatte.

»Haben Sie nicht mitgekriegt, dass hier eine blutige Revolution läuft?«, fragte der Mann. »Angeblich ist ein hiesiger Politiker in einem Park in die Luft gesprengt worden. Aber egal! Das Schiff läuft mit der Flut aus, *compadres! Muy pronto!*«

Zebulon kannte die Hure; sie war eine erfahrene und zuvorkommende Professionelle, mit der er ein paar Nächte verbracht hatte, bevor er sich mit Miranda zusammengetan hatte.

»Wer ist dieser blöde *gringo,* Lupita?«, fragte er sie auf Spanisch.

Sie schüttelte den Kopf und zwang sich zu einem Lächeln, während sie den Schuh auszog. »*Muy loco hombre.* Lauter schlechte Gewohnheiten. Frag mich nicht. Als Gefälligkeit, für alles, was ich dir gegeben hab, von Herz zu Herz, bitte ich dich, leg ihn um. Oder sorg wenigstens dafür, dass er bezahlt, was er mir schuldet.«

»Was sagt sie?«, fragte der Engländer.

»Dass sie nicht ohne Sie leben kann. Und dass sie Sie und dann sich selbst erschießt, sollten Sie sie verlassen wollen.«

Lupita zupfte den Engländer am Ärmel, streichelte ihm die Wange und hielt die Hand auf, bis er in seine Tasche griff und ihr sieben Silberdollars gab. Nach beendeter Transaktion schraubte sie langsam ihre Zunge in Zebulons Ohr und humpelte dann wieder auf die Straße hinaus.

Zebulon wandte sich zur Tür, doch der Graf fasste ihn am Arm. »Ich habe einen Vorschlag, der Sie aus Ihrem finanziellen Dilemma befreien wird.«

Zebulon schaute Delilah an, sie starrte zurück, und ihre Augen verengten sich, als sei eine Vorahnung über sie gekommen.

»Wenn Sie uns zu den Goldfeldern führen«, fuhr der Graf fort, »bin ich bereit, Ihre Passage nach San Francisco zu bezahlen. Als Erstes reisen wir zu Sutter's Fort, um uns mit Captain John Sutter zu treffen, dessen Mut ich schon lange bewundere. Ich habe des Öfteren mit seiner Frau in der Schweiz über mögliche geschäftliche Unternehmungen diskutiert – Ranches, Handel, solche Dinge. Nach unserem Besuch bei Sutter werden wir dann so rasch wie möglich zu den Goldfeldern weiterreisen. Sie haben von Sutter gehört, nehme ich an?«

»Von Sutter gehört?«, sagte Zebulon. »Jeder hat schon von Captain John Sutter gehört. Als auf seinem Land Gold gefunden wurde, hat das einen richtigen Ansturm ausgelöst.«

Delilah wandte sich an Ivan. »Ist es dir wirklich ernst mit diesem Angebot, Ivan? Du weißt, wozu es führt, wenn du deinen Impulsen nachgibst.«

»Völlig ernst«, erwiderte der Graf, und seine Stimme wurde lauter. »Wir brauchen einen erfahrenen Mann, der uns mit den Vorräten und beim Transport hilft, jemanden, der uns vor Gefahren schützt, wenn welche auftauchen. Einen Mann wie …«

»Zebulon Shook«, hörte Zebulon sich sagen. »*A su ordonez*. Zu Ihren Diensten. Ich bekomme einen festen Lohn, und alles Gold, das Sie finden, wird dreißig-siebzig geteilt.«

Der Graf zögerte, schaute Delilah an, die über das Angebot nachdachte und dann den Kopf schüttelte.

»Zwanzig-achtzig«, sagte der Graf.

»Abgemacht«, erwiderte Zebulon.

Der Graf schüttelte ihm die Hand. »Das Schiff ist die *Rhinelander.* Deutsch. Gut ausgestattet. Sie können es nicht verfehlen: Es ist ein dreimastiges Handelsschiff, und die Galionsfigur ist eine barbusige Frau mit einer Reihe dreiköpfiger Schlangen um den Hals. Eine bei Seeleuten beliebte Göttin. Sagt man jedenfalls. Von unserem Kapitän weiß ich, dass sie die schöne Frau aus der griechischen Mythologie darstellt, die das tosende Meer beruhigt.«

»Na, das ist doch was«, sagte der Engländer. »Obwohl man ja mit einer schönen Frau nie vorsichtig genug sein kann. Meinen Sie nicht auch? Auf jeden Fall sind Sie uns willkommen an Bord, Mister Shook.«

Nebenan hörte Zebulon Billardkugeln klicken. An Delilah vorbei ging er durch die Lobby und das Restaurant in einen Salon, in dem ein Billardtisch stand.

Er stieß die weiße Kugel ein wenig herum, nur um sich zu beweisen, dass er es noch nicht verlernt hatte. Dann legte er das Queue auf den Tisch und machte sich, ohne seine neuen Arbeitgeber eines Blickes zu würdigen, auf den Weg zum Hafen.

★

DIE *RHINELANDER* SEGELTE DURCH aufgewühlte Gewässer, ihre Laderäume voll mit Vorräten für die kalifornischen Goldfelder. Zebulon, der seekrank in seiner Kabine bleiben musste, nahm es nur undeutlich wahr, als der Wind plötzlich mit Sturmstärke auf West umsprang und mit lautem Kreischen das Ruder losriss, so dass es ein Loch ins Heck zu schlagen drohte. Nachdem der Schiffszimmermann die Steuerleinen gekappt hatte, trieb das Schiff zwei Tage ruderlos dahin und stand schließlich vor der Westküste Floridas.

Als sich Zebulon endlich an Deck blicken ließ, war das Meer eine spiegelglatte blaue Fläche, und der Zimmermann reparierte das Ruder. Die meisten Passagiere drängten sich an der Steuerbordreling und schauten gebannt zu einer Landzunge hinüber. Hohe, wellenförmige Sanddünen flimmerten dort in den Hitzewellen, und die Senken waren mit Mangroven und Krüppelkiefern gesprenkelt.

Hinter ihm sagte jemand: »Eine scheußliche Unpässlichkeit, *mal de mer.* Bringt einen dazu, das Meer zu verfluchen. Viel besser, die Welt wäre platt. Dann könnte man über den Rand hinaussegeln, und die liebe Seele hätte Ruhe, meinen Sie nicht auch?«

Der Engländer aus dem Hotel in Veracruz reichte ihm eine schlaffe Hand. »Archibald Cox. Ich glaube, wir sind uns noch nicht vorgestellt worden.«

Zebulon nickte kaum merklich. Seine Aufmerksamkeit galt Delilah, die mit dem Grafen an der Heckreling stand. Sie trug ein weißes Musselinkleid, das ihr bis zu den nackten Füßen reichte, und ein locker gebundenes schwarzes Kopftuch.

»Ein seltsamer Vogel, der Russe«, redete Cox weiter. »War mal Militärattaché an der Londoner Botschaft. Ein bisschen übertrieben, wie er sich mit der ägyptischen Hure aufspielt oder als was sie sich dieser Tage ausgibt.«

Er zeigte zur Poop, von der eine stattliche Gestalt mit schräg sitzendem Hut und schwarzer, hochgeschlossener Uniform auf die Besatzung hinabschaute, die damit beschäftigt war, ein Rettungsboot auszubringen. »Ein perverser alter Mistkerl, unser Kapitän. Hat's mit Drill und Philosophie. Jetzt schickt er uns an Land, damit wir uns die Füße vertreten.«

Sie gesellten sich zu dem Grafen und Delilah in dem Rettungsboot, zusammen mit dem Ersten, drei Matrosen und den übrigen Passagieren: zwei deutschen Kaufleuten mittleren Alters, die auf Hacken und Schaufeln spezialisiert waren, einem polnischen Textilhändler, einem finnischen Soldaten, nach dem in drei europäischen Ländern wegen Urkundenfälschung und Waffenhandels gefahndet wurde, und einem New Yorker Journalisten, der den Auftrag hatte, eine Artikelserie über den Goldrausch zu schreiben. Sie alle waren neugierig auf Zebulon, der, wie sie vom Grafen gehört hatten, nicht nur ein legendärer Mountain Man war, sondern auch ehemaliger Kundschafter beim Militär, Indianerkämpfer und Forschungsreisender.

Der Graf watete als Erster an Land. In der herrschaftlichen Pose eines *conquistador* kniete er nieder, und Delilah hielt einen Sonnenschirm über ihn, während er ein feierliches Gebet anstimmte.

Er wurde von Zebulon unterbrochen, der drei Indianer erspäht hatte, die auf dem Kamm einer Düne standen, zusammen mit einem hünenhaften Neger in abgeschnittenen Seemannshosen und mit einem Strohhut auf dem Kopf.

»Wir haben Gesellschaft«, sagte Zebulon. »Schauen Sie langsam und ruhig hoch und lassen Sie Ihre Waffen stecken.«

Die Indianer starrten unverwandt auf sie herab, ihre mürrischen Gesichter von Typhus und Parasiten vernarbt. Alle drei hielten wie auch der Neger gefiederte Lanzen und trugen Kattunhemden und perlenbesetzte Gürtel über ihren Leggings.

Als Zebulon die Hand zum Gruß hob, kamen sie langsam die Düne herunter. In Zeichensprache fragte er sie, woher sie kämen. Als einer nach Norden zeigte, fragte er sie in Kiowa aus, probierte es dann mit ein paar Worten Arapaho und Sioux, doch sie verstanden nichts davon.

Schließlich trat Delilah vor und sprach den Neger in einer afrikanischen Sprache an. Als er nicht reagierte, versuchte sie es mit einem anderen Dialekt und dann noch mit zwei weiteren, bis der Neger plötzlich lachte und in die Hände klatschte. Mit feierlichen Unterbrechungen erzählte er ihr, dass die Seminolen ihm zwar geholfen hätten, seinen portugiesischen Sklavenhändlern zu entkommen, als ihr Schiff gestrandet war, ihn aber behandelten, als ob er einer minderwertigen Rasse angehöre, und sich weigerten, ihn als einen Mann der Weisheit anzuerkennen, vor allem in Fragen von Krieg und Landwirtschaft. Als er sie von der Düne aus sah, habe er auf den ersten Blick erkannt, dass sie aus einer alten, königlichen Familie stamme, und obwohl sie von offenkundig unfähigen weißen Männern umgeben sei, glaube er, dass ihre Reise, was immer deren geheimer Zweck sei, nicht ohne Mut und Ehre sei. Er beendete seine Ansprache mit der Mitteilung, dass er sich freuen würde, ihr auf ihr Schiff zu folgen.

»Er ist ein afrikanischer Häuptling«, erklärte Delilah den anderen. »Weil die Seminolen ein unwissendes Volk sind und ihn nicht mit dem gebührenden Respekt behandeln, möchte er mit uns auf unser Schiff kommen.«

»Auf keinen Fall«, sagte der Graf.

Die Besatzungsmitglieder und die anderen Passagiere, alle zunehmend ängstlich geworden, verwiesen darauf, dass das Schiff voll besetzt sei und der Kapitän niemals einen weiteren Passagier an Bord lassen würde, schon gar nicht einen mittellosen Schwarzen, es sei denn natürlich, er erklärte sich bereit, Sklave zu werden.

Delilah erklärte dem Neger, dass leider alle Passagiere des Schiffs von Habgier und Eroberungsdrang besessen seien. Und nicht nur das, sie habe auch seit längerem böse Vorahnungen über den Mann, mit dem sie reise – einen Mann, der sie, wie sie gestehen müsse, einmal besessen habe, nun aber, obwohl er sie endlich aus der Knechtschaft entlassen habe, immer grausamer und unberechenbarer werde.

Der Neger richtete sich zu seiner vollen Größe auf und senkte den Blick seiner traurigen, glühenden Augen tief in ihre. Vielleicht habe sie ja Recht. Wenn sie töricht genug sei, sich mit solchem Durcheinander und korruptem Verhalten abzufinden, sei er besser dran, wenn er bleibe, wo er ist.

Er entfernte sich, dann blieb er stehen und kam langsam zurück, um zu fragen, ob er sie kaufen oder eintauschen könne. Er besitze große Mengen an Perlen und Fellen sowie alles an Früchten, was man auf dem Schiff brauchen würde. Er warf Zebulon einen Blick zu. Im Übrigen stehe fest, dass sie so bald wie möglich fliehen müsse, weil einer der Männer, mit denen sie reise, von einem sehr merkwürdigen Geist durchdrungen sei, anders als jeder, dem er bislang begegnet sei.

Delilah erwiderte, dass sie, da man ihr die Freiheit geschenkt habe, nicht mehr verkäuflich sei, und dass sie, wenn sie eines Tages weglaufe, es auf eigenen Wunsch tun werde und nicht auf Betreiben eines anderen.

Der Neger nickte, glaubte ihr aber kein Wort. Er nahm eine Handvoll Kaurimuscheln aus einem Säckchen, das er an einer Schnur um den Hals trug, warf sie hoch in die Luft und kniete dann nieder, um die Muster zu betrachten, die sie im Sand bildeten.

Sie sei in fremdem Besitz, sagte er ihr. Aber nicht in dem eines Mannes. Sie sei von einem Fluch besessen.

Der Graf packte sie ungeduldig am Arm. »Kommst du mit, oder ziehst du die Gesellschaft eines Wilden vor?«

Als sie zögerte, stapfte er hinter den anderen her, die sich allesamt bereits auf den Rückweg zum Boot gemacht hatten – nur Zebulon war zurückgeblieben.

»Würden Sie in Erwägung ziehen, das Schiff zu verlassen?«, fragte sie, nur halb im Scherz.

»Nie und nimmer«, erwiderte Zebulon. »Nicht einmal, wenn es hier Gold gäbe.«

Der Neger, der ihren Wortwechsel beobachtet hatte, nickte Delilah heftig zu und ging dann mit den Seminolen zu der Düne zurück.

Zebulon und Delilah waren in dem Rettungsboot schon auf halbem Weg zur *Rhinelander* zurück, als der Neger noch einmal oben auf der Düne erschien.

Er spannte einen langen Bogen und schoss in hoher Flugbahn einen Pfeil in ihre Richtung ab. Er verfehlte das Boot nur um einige Handbreit.

★

ZEBULON LAG IN SEINER KOJE und lauschte den Rufen der Matrosen, die in die Takelage aufenterten. Stunden später, das Schiff unter Vollzeug, vernahm er Klänge aus der Nachbarkabine, volltönende, melancholische Akkorde von einem Instrument, das er noch nie gehört hatte. Sie erinnerten ihn an die Form von Delilahs Fesseln und ihre langsam wiegenden Hüften, als sie aus dem Boot gestiegen war.

An diesem Abend saß sie beim Dinner neben dem Grafen am Ende eines rechteckigen Eichentisches, der an vier an der Decke befestigten Tauen hing. Der Kapitän saß in der Mitte und schwadronierte über sein Lieblingsthema: die Gier der Welt nach Gold, auf Kosten von Freiheit und Glück.

»Das Gold ist ein Fluch«, erklärte der Kapitän, »eine gefährliche Geliebte, die jeden verführt, der ihr in den Weg kommt. Ich befinde mich auf meiner dritten Reise nach Kalifornien. Auf der Hinfahrt ist man stets voller Hoffnung, angetrieben von Sucht und Gier. Wenn man zurückkehrt, ist alles verloren und trostlos.«

Die meisten Passagiere achteten nicht mehr auf ihn, sie hatten diese Rede auf der ganzen Fahrt über den Atlantik bis in die Karibik zu hören bekommen.

Der Kapitän richtete sein Augenmerk auf Zebulon, der, abgesehen von anderen Aspekten, die ihn interessant erscheinen ließen, ein neuer Zuhörer war. »Wie man hört, sind Sie in Kalifornien gewesen, Mister Shook. Ich würde gerne wissen, warum Sie sich zur Rückkehr entschlossen haben.«

»Vielleicht könnte man sagen, dass mein Eimer ein Loch bekommen hat.«

»Und jetzt kehren Sie zurück, um Ihren Eimer wieder zu füllen?«

Zebulon nickte. Er sah durch ein Bullauge grün phosphoreszierende Pünktchen über dem schwarz glänzenden Wasser tanzen.

»Das Gold ist ein Segen und liefert den Treibstoff für Handel und Verkehr«, steuerte Artemis Stebbins bei, der Journalist aus New York. »In der gesamten Weltgeschichte hat es nie auch nur annähernd so etwas gegeben. Gott sei Dank gibt es hierzulande den Goldstandard!«

»Ein Segen, der auch seine Opfer fordern wird«, ergänzte der Kapitän.

»Den Preis müssen wir zahlen«, sagte Cox.

»Ich zahle gern«, sagte der Finne. »Ich will reich sein.«

»Wer nichts riskiert, ist bereits tot«, warf der polnische Kaufmann ein.

»Mein Bruder und ich haben es schon einmal versucht, und jetzt versuchen wir es noch mal«, sagte Heinrich, der ältere der beiden deutschen Händler. »Was bleibt uns anderes übrig? Modische Schühchen und Damenunterwäsche verkaufen?«

»Es gibt Menschen, die Ihnen zustimmen würden«, bemerkte der Kapitän. »Geschäftsleute, Prediger, Ärzte, Soldaten, Verbrecher. Gute und schlechte Menschen, allesamt auf der Flucht vor ihrer Vergangenheit. Mit welchem Ziel? An der Cholera zu sterben, skalpiert oder erschossen oder in den Wahnsinn getrieben zu werden, ohne dass jemand ein Gebet an ihren namenlosen Gräbern spricht? Warum? Ich sage euch, warum: Habgier. Sonst nichts.«

Er blickte in die Runde. »Ich schlafe nachts, weil ich dieses Schiff zu meinem Gefängnis gemacht habe. Diese Entscheidung hat mich frei gemacht.«

»Sie sind dumm«, sagte Heinrich. »Wir sind hier. Wo sind wir sonst? Wir machen weiter. Niemand weiß, was geschehen wird.«

»Nichts verläuft jemals in gerader Linie«, sagte der Graf, »auch wenn man den Menschen davon überzeugen muss, dass es so ist. Sonst bleibt ihm keine Hoffnung.«

»Hoffnung?« Der Kapitän zündete sich eine Zigarre an, zufrieden, dass endlich ein anregendes Gespräch in Gang gekommen war. »Der Mensch ist kein Hai, der sich nur vorwärts bewegt. Er geht rückwärts. Er weicht nicht von der Stelle. Indem er die Richtung wechselt, entgeht er der Langeweile, dem größten Fluch überhaupt, wie ich behaupten möchte.«

»Fluch?«, fragte der Pole. »Was für ein Fluch? Ich kenne keinen Fluch.«

Zebulon spürte Delilahs Hand auf seinem Knie. Als er hinuntergriff, schlossen sich seine Finger um ein Stück Butter. »Wir sind ständig auf der Suche nach neuen Göttern«, sagte Hans.

»Sonst wären wir Esel«, erwiderte Heinrich.

»Besser neue Götter als alte Dämonen oder die Höllenhunde«, ergänzte der Pole.

»Ein Mann braucht ein Ziel«, beharrte Cox. »Sonst blüht ihm das Chaos.«

»Chaos.« Der Graf fasste nach Delilahs Hand. »Der Ursprung der Schöpfung.«

Der Graf tauschte seinen Teller mit dem Delilahs, der unberührt geblieben war. »Warum würden wir sonst den Stillstand und die Langeweile einer Seereise ertragen?«

»Als ich jung war, ich schlafe auf dreckigem Fußboden«, sagte der Finne. »Ich bin kalt und einsam. Kosaken töten meine Mutter und Vater. Wenn ich Gold finde, ich kaufe eine Frau und mache ein großes Haus. Ich hab Mauern im Innern von Mauern und öffne nie die Tür.«

»Und Sie, Mister Shook?«, fragte der Journalist. »Was meinen Sie?«

»Ein Mann macht so viel Beute, wie er kann, und er strebt in höheres Gelände«, erwiderte Zebulon. »Wenn er Glück hat, kann er es noch mal tun.«

Der Kapitän nickte. »Wenn in meiner Welt ein Seefahrer mitten in einem Sturm vor dem Wind segelt, schließt er einen Vertrag mit der Natur. Entweder das, oder er findet sich auf dem Grund des Meeres wieder.« Er schaute zu Delilah hinüber. »Verehrteste, da Sie die einzige Frau unter uns sind, wüsste ich gern, welcher Meinung Sie sind.«

»Ich habe keine Meinung«, sagte Delilah. »Ich finde mich mit dem ab, was vorhanden ist.«

Cox hob sein Weinglas. »Ein Toast auf eine weise Frau.«

Der Graf klopfte mit der Gabel an sein Glas. »Ein Lied. Ein Lied von Delilah!«

»Hört! Hört! Hört!«, intonierten die anderen im Chor.

Sie schüttelte den Kopf und warf dem Grafen einen flehentlichen Blick zu.

»Wenn schon kein Lied, dann wenigstens ein Gedicht«, beharrte der Graf.

»Ich kenne keine Gedichte«, sagte sie und senkte den Blick. »Und ich kenne keine Lieder.« Dann stand sie auf, ohne irgendjemanden anzusehen, und verließ die Kajüte.

Der Rest des Dinners verging unter zerstreutem Gerede: »Ob es regnen wird ...«, »So feucht ...«, »Wann erreichen wir den Äquator ...«, »Machen die Deutschen oder die Belgier die besseren Reibekuchen ...«, »Ich verabscheue die französische Oper – kein Vergleich mit den Italienern ...«, »Was Fisch angeht, kann es keiner den Griechen gleichtun ...«, »Aber die Franzosen ... ihre Bouillabaisse ... unübertrefflich ...«

Keiner außer dem Grafen achtete darauf, als Zebulon vom Tisch aufstand.

Zebulon stand auf dem Achterdeck, als der Graf erschien und ihm eine Zigarre anbot. »Mexikanisch, so leid es mir tut. Kein Vergleich mit einer Havanna.«

»Ich sage nie nein, wenn es was zu rauchen gibt«, erwiderte Zebulon und nahm die Zigarre.

»Welch eine melancholische Ouvertüre«, bemerkte der Graf. »So anders als die falschen Versprechen der Morgenröte. Aber Enden sind wohl immer komplizierter als Anfänge, meinen Sie nicht auch …?«

Er zeigte auf die sinkende Sonne über dem Horizont. »Schauen Sie! Da geht sie dahin. Wie eine verwelkte Blume.«

»Oder eine zerquetschte Tomate«, meinte Zebulon.

»Oder ein Osterhut«, erwiderte der Graf, überrascht von Zebulons Vergleich.

»Ein Daumen, der unter ein Wagenrad gekommen ist«, fuhr Zebulon fort.

»Ein roter Sombrero«, antwortete der Graf.

»Eine zerdrückte Süßkartoffel.«

»Ein Blutfleck.«

»Also sind wir uns einig«, sagte der Graf. »Alles ist vergänglich, einschließlich der Natur, und Sie und ich und alle anderen sind nicht, was wir zu sein scheinen.«

»Da kann ich nicht mitreden«, meinte Zebulon.

Der Graf zeigte auf eine ferne Regenfahne. »Die Standarten einer Armee auf dem Rückzug?«

»Wo ist Delilah?«, fragte Zebulon.

Der Graf zuckte die Achseln, den Blick auf der Regenfahne, die sich im Dunkeln verlor. »Sie wartet auf mich, würde ich vermuten. Und wenn nicht, dann ist sie vielleicht über Bord gesprungen. Und hat uns zurückgelassen … ja, mit was genau? Mit den Überresten einer großen Schlacht?«

Er salutierte vor Zebulon und ging unter Deck.

In der Nacht wurde Zebulon von einem plötzlichen Regenguss wach. *Komm näher,* heulten der Wind und der Regen, während das Schiff sich mühsam die Wogen hinaufkämpfte und dann schaudernd und stöhnend hinabschoss. *Komm näher an das Reich, in dem Leben und Tod dasselbe sind.*

★

ALS ZEBULON AM NÄCHSTEN MORGEN über das Deck pirschte, weil er einen Blick auf Delilah zu erhaschen hoffte, trat ihm Stebbins in den Weg, der zu der Überzeugung gekommen war, dass die Taten eines legendären Mountain Man den perfekten Aufmacher für seine Artikelserie über das Leben im Wilden Westen abgeben würden.

Als er ihn um ein Interview bat, zögerte Zebulon, die Augen auf dem Grafen und Delilah, die Arm in Arm auf der anderen Seite des Decks erschienen, Delilah in geblümtem Kleid mit Strohhut, der Graf in gelben Leinenhosen und weißem Hemd.

»Es wäre mir eine Ehre«, insistierte Stebbins. »Besonders weil Sie der Vertreter eines verschwindenden Schlags von Männern sind, die sich in Bereiche vorwagten, die nur wenige je betreten haben, Männer, die die Grenze hinausgeschoben haben, die gegen Indianer gekämpft und mit ihnen gelebt und unsägliche Strapazen erduldet haben. Meine Leser werden fasziniert und hingerissen sein von der Lektüre über Ihre Abenteuer. Und ich werde der sein, der über sie schreibt. Genauer gesagt sogar der Einzige.«

Stebbins brachte ein Fläschchen Brandy zum Vorschein und reichte es Zebulon, der es austrank und erst dann antwortete.

»Meine Ma und mein Pa haben mich tausend Meilen von jeder menschlichen Siedlung großgezogen. Sie haben mich gelehrt, was rote Nigger sind und wie man Fallen stellt und in einem Schneesturm ein Feuer macht. Hab mir meine eigenen Wege gesucht und bin zurechtgekommen. Bin barfuß über den Pikes Peak gegangen, hab bei den Sioux und den Hopi gelebt, in den Black Hills Büffel gejagt, bei den Soldaten als Kundschafter gearbeitet, bei den Shoshone gelebt, die mich den ›Mann gefangen zwischen den Welten‹ nannten, mehr als einem Mann die Rübe abgeschnitten, den

Comanchen und den Arapaho Pferde gestohlen, mit Jack Spoon Fallen gestellt, dem, der den Crow den Krieg erklärt hat, in Kalifornien Nuggets vom Boden aufgeklaubt so groß wie Ihre Faust, Rinder von Colorado nach Texas getrieben, und bin den Weg des Gesetzlosen gegangen und war stolz darauf.«

Er pausierte und schaute dem Grafen und Delilah entgegen, die auf sie zugeschlendert kamen. Als der Graf etwas sagte, während er auf ihn zeigte, lachte Delilah und drehte sich in die andere Richtung, doch der Graf zog sie weiter.

»Ich rate Ihnen, Ihre Geheimnisse für sich zu behalten«, sagte der Graf zu Zebulon, als sie nahe genug herangekommen waren. »Oder Sie finden demnächst Ihren Namen auf einem Steckbrief oder, schlimmer noch, auf der Titelseite eines New Yorker Revolverblatts.«

»Zehn zu eins, dass der kein Graf oder auch nur ein Russe ist«, sagte Stebbins, als der Graf und Delilah ihre Promenade fortsetzten. »Der ist nichts weiter als ein Schwindler und Hochstapler. Glauben Sie mir. Ich kenne Männer wie ihn.«

Bevor Delilah dem Grafen unter Deck folgte, schaute sie noch einmal zu Zebulon zurück. *Komm näher,* sagten ihre Augen wieder, *und egal, was du tust, bleib weg.*

Zebulon betrachtete den Halbmond, der über dem Horizont aufgegangen war. Wie ein zerbrochenes Ei, dachte er. Oder der Ohrring einer Hure.

★

ALS SIE SICH DEM ÄQUATOR NÄHERTEN, geriet das Schiff in jene Umkehrung von Meer und Himmel, die man die Kalmen nennt, eine schwüle Zone der Entropie, in der alle Bewegung und jedes Zeitgefühl gebremst sind. Die Segel hingen schlaff herab, und über dem Horizont häuften sich Wolken wie schmutzige Wäsche. Kein Delphin oder Wal ließ sich blicken, ja nicht einmal ein Vogel. In der erstickenden Hitze lasteten Worte so schwer wie Ziegelsteine, und Passagiere und Besatzung gingen auf Deck umher wie unter Wasser. Als ein älterer Matrose sich auf den Rücken legte und stumm in die schlaffen Segel hinaufschaute, brachte niemand die Energie auf, ihm zu Hilfe zu kommen. In einer für ihn ungewöhnlichen Geste des Mitgefühls gestattete Kapitän Dorfheimer, dass zwölf bis aufs Skelett abgemagerte Sklaven aus dem tiefsten Frachtraum, wo sie an ein Schott angekettet gewesen waren, nach oben gebracht wurden. Wie Geister aus der Flasche brachen sie auf Deck zusammen und zeigten nicht einmal dann eine Regung, als zwei ihrer Kameraden an Unterernährung und der stickigen Hitze starben und ohne viel Federlesens über Bord geworfen wurden. Bis dahin hatte außer der Besatzung niemand von ihrer Existenz gewusst.

Bei Nacht schliefen die Passagiere an Deck, bis auf Zebulon, den Grafen und Delilah, die unten blieben.

Zebulon lag wach und lauschte den wechselnden Geräuschen ihrer gedämpften Gespräche in unbekannten Sprachen, Worten, die manchmal von Rufen skandiert wurden, gefolgt von Seufzern und Delilahs erschöpftem Schluchzen. Wenn sie still waren, stellte er sich vor, dass sie sich liebten. Einmal wollte er, nur um auf sich aufmerksam zu machen, mit seinem Colt ein Loch in die Wand schießen, doch als er abdrückte, tat sich nichts, weil die Kammer leer war.

In der siebten Nacht in den Kalmen erschien Delilah in seiner Kabinentür und schaute auf den schlafenden Zebulon hinab. Eine blutende Schnittwunde verlief von oben nach unten über ihre Wange, und eine ihrer Brüste schaute aus ihrem Baumwollnachthemd hervor. Erst als er ihren Schenkel an seinem spürte, begriff er, dass er nicht träumte.

Sie lagen nebeneinander, ohne sich zu rühren, und hörten zu, wie das Cello monoton immer wieder dieselben Tonleitern spielte.

Als die Töne plötzlich verstummten, legte sie seine Hand auf ihre Brust und flüsterte ihm ins Ohr: »Wenn ich nicht dort bin und du nicht dort bist, wo sind wir dann?«

Als die Tonleitern wieder einsetzten, verließ sie die Kabine.

Am nächsten Abend bemerkte der Kapitän bei Tisch, dass er in seinen vielen Jahren auf See nie eine so seltsame und schwierige Passage erlebt habe. Er riet den Reisenden dringend, bei sich zu bleiben, nicht zum Horizont zu starren und so viel wie möglich zu schlafen. Von nun an müsse das Wasser streng rationiert werden, und es werde nur noch eine Mahlzeit pro Tag geben. Als Belohnung für ihre Ausdauer und Geduld stellte er ihnen eine ganz besondere Feier in Aussicht, wenn sie schließlich den Äquator überquerten, etwas anderes als die üblichen Riten, die jenen auferlegt würden, die die Linie noch nie überquert hätten.

Als der Graf einen Lachanfall bekam, half Delilah ihm auf und führte ihn nach unten.

Von da an verlief das Essen in Schweigen, als könnte jede beliebige Bemerkung solche dämonischen Kräfte entfesseln.

Tage dehnten sich zu Wochen. Die Trennlinie zwischen Meer und Himmel löste sich in verschwommenem Grau auf. Von der Poop kamen nicht mehr die Stundenschläge, und der Geruch ungewaschener Körper und schmutziger

Wäsche hing über dem Schiff wie das Vorzeichen einer Pestseuche. Die Besatzung erledigte gerade noch die allerwichtigsten Arbeiten und schließlich nicht einmal mehr diese.

Kapitän Dorfheimer tauchte nur noch hin und wieder auf der Brücke auf, in chinesischen Pantoffeln und einer schlabberigen französischen Unterhose, blieb die übrige Zeit in seiner Kabine und mühte sich mit einem Brief an seine Frau ab, in dem er seine Situation mit einem immer schneller werdenden Strudel der Langeweile verglich, einem Zustand, in dem er sich fühlte, als falle er in ein schwarzes Loch. Er schaute nicht mehr auf seine Karten, und am Ende jedes Tages erfolgte immer der gleiche Eintrag ins Logbuch: Kein Wind.

Die Passagiere lümmelten auf dem Deck herum, als wären sie in einem Warteraum gestrandet. Die deutschen Händler reservierten sich einen Platz auf dem Heck und spielten Schach, und manchmal brauchten sie einen ganzen Nachmittag für einen einzigen Zug. Der Pole ging auf und ab, schlug sich mit der Hand an die Stirn, sang und murmelte vor sich hin. Keiner der beiden Deutschen merkte es, als er einen Springer vom Brett nahm und ihn über Bord warf. Der Finne sprach mit der barbusigen Göttin am Schiffsbug und gestand ihr seine ehelichen Sünden sowie seine geheimen sexuellen Fantasien. Cox las immer wieder die erste Seite von *Verfall und Untergang des römischen Imperiums.* Zebulon lag auf dem Rücken und schaute in den leeren, unerbittlichen Himmel hinauf. Einmal schwebten Delilahs Fesseln vorüber, und er hörte sie zu dem Finnen sagen: »Waren … Sie … schon … einmal … in … Island …?« Und ständig war da Stebbins, dessen Fantasie er nach wie vor mit Berichten von Indianerkriegen, Schießereien in Texas und Waffenschmuggel in Mexiko anregte. Vielleicht war es aber auch gar nicht Stebbins, sondern der Strom seines eigenen trägen Bewusstseins.

Trotz der furchtbaren Hitze schlief er weiter in seiner Kabine und belauschte Delilah und den Grafen. Wenn sie still waren, fragte er sich, ob sie gestorben waren, bis er eines Nachts, nur um sich Gewissheit zu verschaffen, die Tür zu ihrer Kabine öffnete. Der Graf saß auf der Koje, Delilah rittlings auf ihm, die Beine um seine Taille geschlungen.

»Lasst, die ihr eintretet, alle Hoffnung fahren«, sagte der Graf, Dante zitierend, während Zebulon rückwärts durch die Tür ging.

Noch eine Woche verging, ohne dass sich ein Lüftchen regte. Die schmerzenden Lungen schnappten nach Luft, die Körper blieben ungewaschen, die Gesichter waren geschwollen und mit Blasen übersät, die Eingeweide verkrampften sich in Durchfall oder Verstopfung.

Am dreiundzwanzigsten Tag in den Kalmen erschien der polnische Kaufmann auf dem Achterdeck, in einem blauen Anzug mit Krawatte, in der Hand einen hölzernen Koffer. Laut mitzählend ging er dreiundzwanzig Schritte bis zur Reling, dann dreiundzwanzig Schritte zurück, dann wieder dreiundzwanzig vorwärts. Niemand bemerkte es, als er die Beine über die Reling schwang.

»Meine Damen und Herren«, verkündete er mit lauter, entschlossener Stimme, »Könige und Königinnen, Seeleute und Meerestiere, Sklaven und Herren. Der Mann, den Sie hier sehen, weiß nicht mehr, ob er tot oder lebendig ist. Vielleicht ist er nicht einmal Pole. Vielleicht existiert sein Leben gar nicht oder hat nie existiert. Vielleicht ist dies kein Schiff, sondern ein schwimmender Sarg. Vielleicht träumen wir und werden beim Aufwachen feststellen, dass alles beim Alten ist.«

Als er über Bord sprang, war nicht genug Zeit und Energie, um ein Rettungsboot zu Wasser zu lassen. Schon bald war nichts mehr von ihm zu sehen außer dem hölzernen Koffer, den sie den ganzen Tag und bis in den Abend hinein langsam auf den Horizont zutreiben sahen wie einen Sarg im Kleinformat.

Am folgenden Morgen hielt der Kapitän eine kurze Trauerrede. »Wir sind nur zu Gast auf dieser Erde. Wir kommen, und wir gehen. Niemand weiß, wann oder wie seine Zeit kommen wird. Uns bleibt nur, zu glauben und auszuhalten.«

Er nickte dem Grafen zu, der neben ihm saß, das Cello spielbereit zwischen den Knien. Mit dramatischer Geste stürzte sich der Graf in eine Bachsuite, doch im selben Moment rissen mit lautem Knall wie Pistolenschüsse zwei Saiten.

Als sei ein Fluch gebrochen, lief plötzlich eine schwache Brise fröstelnd über das Wasser. Überwältigt von diesem Zeichen der Gnade, wandten Passagiere und Besatzung die Gesichter dem Wind zu. Der Finne schrie und zeigte auf einen Fregattvogel, der über dem Steuerbordbug schwebte. Die beiden Deutschen hoben die Hände hoch über den Kopf, um den Wind zu fangen. Zebulon schüttelte dem Finnen die Hand. Die Matrosen umarmten sich und schlugen einander auf den Rücken, dann enterten sie flink auf. Die Segel blähten sich knatternd, und das Schiff nahm Fahrt auf, zunächst langsam und schon bald mit munteren fünf Knoten.

Sie überquerten den Äquator unter vollen Segeln. Der Kapitän hielt Wort und gab Befehl zu einer grandiosen Feier, zu der er sogar eine großzügige Auswahl aus seinem Privatvorrat an chilenischem Wein, mexikanischem Mescal und spanischem Rum beisteuerte.

An diesem Abend erschien die Besatzung in weißen Jacken mit Stehkragen an Deck. Die Passagiere trugen ihre besten Sachen aus Europa und New York. Der Graf prunkte mit einer russisch-englischen, schwarz-rot gestreiften

Uniform, Delilah erschien elegant in einem hochgeschnürten Pariser Abendkleid und mit weißer Haube. Zebulon trat, von Jubelrufen begrüßt, in einem Ledermantel auf, den er sich von dem Finnen geborgt hatte, ergänzt durch einen improvisierten Hut aus Segeltuch und ein Teil von der französischen Unterwäsche des Kapitäns.

Der Kapitän feuerte drei Pistolenschüsse ab.

Die Passagiere, mit Ausnahme von Cox, der den Äquator schon einmal überquert hatte, wurden feierlich in einen großen Bottich Salzwasser getunkt. Ihre Körper wurden mit roter und gelber Farbe beschmiert, und dann mussten sie kriechend einen Spießrutenlauf absolvieren, bei dem die Matrosen ihnen mit Paddeln den Hintern versohlten. Nach einer langen, unverständlichen Rede, in der er Neptun und die örtlichen Meeresgottheiten pries, verkündete der Kapitän, dass Zebulon eine besondere Opferrolle übernehmen werde, was mit lautem Gejohle und Getrampel begrüßt wurde.

Nachdem ihm der Kopf kahl geschoren worden war, malte man ihm einen blauen Kreis ums Gesicht und sodann zwei rote Linien über die Stirn und die Wangen hinab.

Als der Kapitän ihn zum Tanzen aufforderte, schlurfte er über das Deck und deklamierte dabei ein visionäres Gebet, während zwei Matrosen hinter ihm her tänzelten, von denen der eine Schifferklavier spielte, der andere eine afrikanische Trommel schlug:

Hi-ei-he-ei … Hi-ei-he-ei!
Die alten Leute schicken mir ihre Stimme.
Von weither, wo die Sonne sinkt,
Schickt meine Mama, die Erde, mir ihre Stimme.

Ich steh, wo die Sonne sinkt.
Die alten Leute reden mit mir.

Meine Mama, die Erde, ruft nach mir.
Der geflügelte Adler, wo der Riese wohnt,
Schickt mir seine Stimme. Er ruft nach mir.

All die alten Berggeister:
Sie alle rufen nach mir!
Hi-ei-he-ei … Hi-ei-he-ei!

Vor Delilah blieb er stehen. »Sie sind der Geist, der dort wohnt, wo die Sonne sinkt, der für alle Wasser in allen Ländern sorgt. Sagen Sie mir, wenn das nicht stimmt.«

»Wenn Sie es wünschen, dann wird es so sein«, erwiderte sie.

Sie nahm dem Kapitän die brennende Zigarre aus der Hand und blies ihm Rauch über Gesicht und Kopf. Dann gab sie die Zigarre Zebulon, der es mit dem Grafen und dann mit den übrigen Passagieren genauso machte.

»Hör mir zu, Wakan Tanka, Großer Geist!«, rief er und schritt auf und ab. »Hör auf diesen Mann, der sich reinigen möchte. Deinetwegen ist der Wind zurückgekommen, und unsere Reise geht weiter. Jetzt sind wir unterwegs! Keine Landratte, kein Greenhorn ruft nach dir, sondern ein alter Bergwolf, der um die Kraft und das Licht bittet, um uns alle loszurütteln von dort, wo wir zwischen den Welten steckengeblieben sind. Ist das zu viel verlangt? Wie du es auch siehst, es ist eine Arbeit, die nur du, der Schöpfer, erledigen kannst, bist doch du, Wakan Tanka, der eine, der den Vögeln und Fischen die Kraft gibt zu fliegen und zu schwimmen … Hör auf diesen Mann, Wakan Tanka! Gib uns ein Zeichen. Lass uns wissen, dass wir nicht verloren sind: *Hecheto welo*!«

Trommeln dröhnten und Hörner blökten, als der Kapitän zusammen mit der Besatzung und den Passagieren weinte und sang und sie alle ihren Dank durch die Nacht riefen.

Als Zebulon bei Tagesanbruch erwachte, lagen die Passagiere immer noch an Deck und schliefen, bis auf den Grafen und Delilah, die an der Reling standen.

Plötzlich packte der Graf Delilah an den Haaren und riss ihr den Kopf nach hinten.

»Törichte Frau«, sagte der Graf. »Nach allem, was wir durchgemacht haben, klammerst du dich noch immer an die Hoffnung.«

Als Delilah ihn ins Gesicht schlug, zwang er sie in die Knie.

»Bekenne dich zu deiner Unzulänglichkeit«, herrschte er sie an.

Er drückte ihr das Kinn aufs Deck. »Wenn ich dich erinnern darf: Du bist nicht amüsant, du putzt meine Stiefel nicht, du hörst mir nicht zu.«

Ihre Augen fanden Zebulon, der sich hingekniet hatte und ihren Blick erwiderte.

»Du verzichtest nicht darauf, mich aus Ignoranz zu verraten«, fuhr der Graf fort. »Willst du noch mehr hören? Ich habe noch einiges auf Lager.«

»Nichts mehr«, sagte sie leise.

Sie stieß den Grafen so heftig, dass er hinstürzte.

Als Zebulon aufstand und zu ihr ging, packte der Graf sie an der Fessel, rappelte sich auf, versuchte mit aller Gewalt, sie zu umarmen, und küsste sie auf den Hals und die Brust, und dabei weinten sie beide und schrien einander auf Russisch an. Als sie sich losriss, wollte er sie festhalten, doch sie stolperte und fiel rückwärts über die Reling.

Zebulon war ihr schon nachgesprungen, da fiel ihm ein, dass er nicht schwimmen konnte.

Er sank mit geschlossenen Augen unter Wasser, seine Lunge drohte zu bersten, als werde sein Sinken, sein langsamer Fall in das, was er sich als einen riesigen offenen Mund vorstellte, von einer unsichtbaren Macht gesteuert. Oder war er schon verschlungen und wurde jetzt verdaut? Dass er wirklich und wahrhaftig von dieser schwarzen Wassermasse erdrückt wurde, brachte ihm auch eine gewisse Erleichterung: Endlich stellte er sich dem, wovor er sich am meisten fürchtete. Es war eine Furcht, die er sich nie bewusst gemacht hatte, eine, die stets in ihm gewesen war, seit er ein kleiner Junge war und Hatchet Jack ihn in dem Bach vor der Hütte ertränken wollte, um sich seiner neuen Familie bemerkbar zu machen.

Auge in Auge mit seinem eigenen Tod sah er plötzlich, dass Leben und Tod nicht dasselbe waren. Sie waren verschieden, und er hatte die Wahl, nur war es zu spät.

Als er von dem in seine Lunge eindringenden Wasser allmählich ohnmächtig wurde, zog ihn ein Arm unter dem Kinn nach oben, dem Licht entgegen.

»Still liegen«, wies ihn Delilah an und hielt seinen Kopf über Wasser.

Doch er empfand nichts als Panik. Er stieß sie weg. Der Himmel war zu leer und zu weit weg, ohne Anfang und Ende.

Er sank wieder, und sie griff nach ihm, doch er drückte ihr den Kopf herunter, um sich darauf zu stützen, aber dadurch sanken sie beide noch schneller, ihre Arme und Beine ineinander verschlungen, bis sie seinen Kopf an sich riss und ihn noch im Ertrinken anlächelte. Irgendwie löste diese Wahnsinnsgeste seine Panik, und er erschlaffte in ihren Armen, so dass sie ihn an die Oberfläche ziehen konnte.

Mit einer Hand paddelnd, hielt sie ihn unter dem Kinn fest und tröstete ihn wie ein verängstigtes Kind. »Ich halte Sie. Haben Sie keine Angst. Wenn Sie sich wehren, ertrinken Sie.«

Und so schwebte er, sein Körper auf ihrem, und schaute in den Himmel hinauf, bis ein Rettungsboot kam und sie über die Bordwand gezogen wurden.

★

Wieder auf dem Schiff, bekamen sie Becher mit heißem Grog und wurden unter Deck geführt, wo der Kapitän an seinem Schreibtisch auf sie wartete.

»Graf Baranofsky hat Stubenarrest«, sagte der Kapitän zu Delilah. »Sie bekommen eine leer stehende Kabine von mir.«

»Was geschehen ist, geht nur den Grafen und mich etwas an«, antwortete Delilah. »Niemanden sonst.«

»Verehrteste«, sagte der Kapitän. »Darf ich Sie daran erinnern, dass Sie ertrunken wären, hätte Mister Shook nicht so heldenhaft reagiert.«

»Ich verlange, Graf Baranofsky zu sehen«, sagte sie.

»Sie werden ihn sehen, wenn wir anlegen. Vorher nicht. Wenn uns günstige Winde beschieden sind, wird es in einer knappen Woche so weit sein.«

Er wandte sich Zebulon zu. »Ich befehle Ihnen, sich von beiden fernzuhalten. Beim geringsten Verstoß lasse ich Sie in Arrest nehmen.«

Mit einer abrupten Handbewegung entließ er die beiden.

Als Delilah und Zebulon an der Kabine des Grafen vorbeikamen, hörten sie, wie das Cello endlos immer dieselben Tonleitern wiederholte.

Delilah lehnte den Kopf an die verriegelte Tür. »Ivan?«

Seine Stimme war kaum zu hören. »Hast du dein Bad genossen? Wie alle anderen offenbar auch.«

»Wir sind zu weit gegangen«, sagte sie.

»Vielleicht nicht weit genug«, erwiderte er. »Ich wäre gesprungen, aber ich kann nicht schwimmen.«

Seine Finger setzten zu einem langgezogenen Vibrato an, langsam glitt der Bogen bis ans Ende und dann wieder zurück. »Erinnerst du dich an dieses schöne Lied, das wir am Kaiserhof in Wien gehört haben, das von dem Mädchen, zu dem der Tod kommt?«

Er spielte die Töne und rezitierte die Bitte des Mädchens:

Vorüber! Ach, vorüber!
Geh, wilder Knochenmann!
Ich bin noch jung, geh, Lieber!
Und rühre mich nicht an.

Er schwieg, während Delilah die Antwort des Todes sang:

Gib deine Hand, du schön und zart Gebild!
Bin Freund, und komme nicht, zu strafen.

Die letzten beiden Verse sangen sie gemeinsam, und das Cello des Grafen schwang sich zu einem trauervollen Crescendo des Grams und der Freude auf:

Sei gutes Muts! Ich bin nicht wild,
Sollst sanft in meinen Armen schlafen.

»Wer von uns beiden wird sanft in den Armen des Todes schlafen?«, fragte der Graf. »Und wer wird die Rolle des Todes spielen, des sanften Todes? Oder ist diese Rolle schon besetzt?«

Er spielte einen melancholischen Zweiklang, dann brach er ab. »Ich habe ein wenig mit dem Kapitän geplaudert. Es ist alles unter Dach und Fach. Es bedurfte nur einer größeren Zuwendung, um seine finanzielle Situation zu lindern.«

Delilah lehnte wieder den Kopf an die Tür. »Ivan, ich kann nicht mehr weitermachen.«

»Mit mir oder mit der Reise?«, fragte er.

»Mit beidem. Sobald wir anlegen, möchte ich zurück.«

»Zurück?«, fragte er gereizt. »Zurück wohin?«

»Frankreich, Ägypten, Russland. Spielt das eine Rolle?«

»Du weißt, dass man mich aus diesen Ländern verbannt hat«, antwortete er. »Hör mir zu! Wir machen weiter, oder wir gehen zugrunde. Der Kapitän und ich haben die Situation durchgesprochen. Er ist ebenfalls der Meinung, dass uns beiden eine kurze Trennung gut tun wird. Und jetzt, da wieder Wind aufgekommen ist, bin ich es ganz zufrieden, in der Kabine zu bleiben. Ich sehe es als eine Art Klausur an. Ein Geschenk und ein Privileg. Erstaunlich, wie gewisse Dramen sich auf die Gemütsverfassung auswirken.«

Während das Cello die erste Strophe von »Der Tod und das Mädchen« wiederholte, drehte sie sich um und stieg den Niedergang zu ihrer Kabine hinunter.

Sie saß auf ihrer Koje und schaute aus dem Bullauge, als Zebulon hinter ihr auftauchte. Ohne den Blick vom Horizont zu lösen, ließ sie es zu, dass er sie entkleidete und auf die Koje legte.

»Langsam«, flüsterte sie, während sie die Beine über seine Schultern hob.

»Dafür ist es zu spät », sagte er und drang so heftig in sie ein, dass sie schrie, er solle aufhören.

Er machte auch weiter, als sie ihn in den Arm und in die Brust biss.

Schließlich brachen sie beide zusammen, und sie drehte sich auf den Bauch, den Kopf auf seinem Schenkel. Zum ersten Mal sah er die über ihren Rücken laufende Tätowierung: eine dreiköpfige Schlange.

»Als ich dich in Veracruz gesehen habe«, sagte sie, »wollte ich, dass du mich rettest … aber jetzt, im Wasser, habe ich dich gerettet.«

Er zog sie an sich, und sie erschlaffte in seinen Armen.

»Weiß einer von uns beiden, wie man sich ergibt?«, fragte sie.

Er schloss die Augen, sie legte ihm die Hand auf den Bauch und ließ sie dann langsam zur seiner Brust hinaufgleiten, richtete sich dabei auf, um ihn zu küssen, und brachte sich mit geöffneten Schenkeln auf ihm in Position. Sie stimmte ihren Atem auf seinen ab und löste damit seinen Widerstand und seine Verwirrung. Als sie beide verausgabt waren und ihre Ruhe die seine geworden war, legte sie ihren Kopf an seine Schulter und weinte.

Sie flüsterte an seiner Brust: »Als ich dich das erste Mal gesehen habe, dachte ich, du bist vielleicht ein Geist.«

»Und ich dachte, du bist eine Hexe.«

»Ich bin eine Hexe.«

Plötzlich fühlte er sich übermannt von Zorn und einer Verwirrung, mit der er nicht umgehen konnte.

»Hat Ivan dich gekauft?«, fragte er.

»Ich bin teuer, falls du das wissen willst«, sagte sie gleichmütig. »Ich habe gewisse Fertigkeiten. Ich weiß mit Männern umzugehen. Ich spreche Englisch, Französisch und Spanisch, neben Russisch und mehreren afrikanischen Dialekten. Ich kann kochen und Wäsche waschen.«

»Wer bist du?«, fragte er.

Sie sprach weiter: »Meine Mutter war Französin und Abessinierin, mein Vater Abessinier und Türke vielleicht. Er wollte nie darüber sprechen. Sie sind ums Leben gekommen, als ich von einer arabischen Räuberbande gefangen genommen wurde. Man brachte mich nach Dschibuti am Roten Meer und verkaufte mich an einen französischen Waffenhändler. Er war brutal und hat mich geschlagen, aber er hat mich viel über die Welt gelehrt. Wir sind durch den Sudan gereist, dann durch die Sahara nach Ägypten. In Paris hat André – so hieß er – angefangen, zu spielen und Opium zu rauchen. Als er mich dann bei einem Kartenspiel an Ivan verloren hat, hat er sich erschossen.«

Sie stützte sich auf den Ellbogen und blickte auf ihn hinab. »Ivan wird alles tun, um mich zu retten. Selbst wenn das bedeutet, dass er mich verliert.«

Er stand auf und zog sich die Hosen an. Sie sah ihm nicht nach, als er zur Tür hinausging.

In derselben Nacht kam er noch einmal in ihre Kabine. Er legte sich neben sie und ließ es geschehen, als sie die Beine um seine Hüften schlang und ihn langsam in sich aufnahm.

★

Tags darauf bestellte Kapitän Dorfheimer Zebulon zu sich. Delilah und der Graf saßen bereits da. Keiner von beiden blickte auf, als der Kapitän ihm mit einer Handbewegung einen Stuhl anbot.

Der Kapitän räusperte sich. »Wir haben eine schmerzliche Situation besprochen. Ich glaube jedoch, dass wir zu einer Lösung gelangt sind. Niemandem ist ein Leid geschehen. Dem Anschein nach haben alle einander vergeben, und ich sehe keinen Anlass für eine weitere Bestrafung oder irgendwelche Einschränkungen. Aber da es offensichtlich für Sie alle drei unangenehm ist, auf so engem Raum zusammenzuleben, habe ich beschlossen, dass es, sobald wir angelegt haben, das Beste wäre, wenn Mister Shook sich ein anderes Schiff suchen würde, eines, das ihn zur Küste von Panama hinaufbringt, von wo aus er mit der Eisenbahn an den Pazifik und dann per Schiff nach San Francisco fahren kann.«

»Wenn wer von Bord geht, sollte ich das sein«, sagte Delilah.

»Ich dachte, wir hätten eine Vereinbarung getroffen«, sagte der Graf gereizt.

Delilah sah erst Zebulon an, dann den Grafen. »Warum fahrt ihr beide nicht zusammen nach Kalifornien? Wenn wir dann alle in Sutter's Fort sind, können wir entscheiden, ob wir weiterfahren wollen.«

»Verehrteste«, entgegnete der Kapitän, »Sie widersprechen allem, was wir vorhin abgemacht haben.«

»Ich bin keine *Verehrteste*«, wandte Delilah ein.

»Du bist offensichtlich verrückt geworden«, sagte der Graf.

»Sprichst du von dir?«, fragte sie.

»Du weißt sehr gut, was passiert ist«, sagte der Graf.

»Ach ja? Da bin ich mir nicht so sicher, abgesehen davon, dass du die Bedingungen diktierst, wie immer.«

Da der Graf keine Antwort gab, nahm der Kapitän eine Flasche Rum von einem Beistelltisch und schenkte ihnen allen davon ein.

»Ich hätte einen Vorschlag«, sagte er. »Ich bin bereit, fünfhundert Dollar darauf zu wetten, dass Zebulon Shook nie in San Francisco ankommen wird. Dass er unterwegs verschwinden oder jemanden oder etwas anderes finden wird, das sein Interesse weckt. Schließlich ist sein Schicksal immer vom vorherrschenden Wind bestimmt gewesen.«

Delilah wies mit dem Kinn auf Zebulon. »Sind Sie einverstanden?«

»Habe ich denn eine Wahl?«, fragte er.

»Im Augenblick nicht, nein«, erwiderte der Kapitän.

»Wie soll ich denn die Fahrt durch Panama bezahlen?«, fragte Zebulon. »Und dann weiter nach San Francisco?«

»Dafür wird gesorgt werden«, erwiderte der Kapitän. »Einhundert Dollar sollten reichen.«

»Und ich lege noch hundert drauf«, ergänzte der Graf.

»Und wenn Sie doch in San Francisco aufkreuzen, bekommen Sie noch mal zweihundert von mir«, versprach der Kapitän. »Ohne Gegenleistung.«

»Und wenn Sie nicht aufkreuzen, tue ich dasselbe«, fügte der Graf hinzu. »Einem geübten Fährtenleser wie Ihnen dürfte es nicht schwer fallen, uns ausfindig zu machen.«

»Und wenn Sie uns tatsächlich finden«, sagte Delilah, »bekommen Sie Ihren Job zurück.«

»Verdoppeln Sie das Angebot«, sagte Zebulon.

Der Graf schaute den Kapitän an, und dieser nickte.

»Abgemacht«, sagte der Graf.

Der Kapitän hob das Glas: »Auf ein langes Leben, Wohlstand und Wind in den Segeln.«

Der Kapitän stieß mit Zebulon an, dann auch mit dem Grafen und Delilah.

»Haben Sie Vertrauen und harren Sie aus«, sagte der Graf und grüßte Zebulon militärisch, als er zur Tür hinausging.

Zwei Tage später legte die *Rhinelander* an der Nordküste Kolumbiens an, um Vorräte aufzunehmen. Es hatte seit zwei Wochen geregnet, und die Straßen und die armseligen, um die bröckelnde Kathedrale sich scharenden Fischerhütten waren mit grünem Moos und Schlamm bedeckt.

Als Zebulon von Bord ging, wartete Delilah an der Gangway, ohne sich um den auf den Hafen niederprasselnden Regen zu kümmern. Es war das erste Mal, dass sie sich seit der Unterredung beim Kapitän wieder sahen.

»Geben Sie auf sich Acht«, sagte er, als wäre sie nur eine Bekannte.

Sie drückte ihm eine mit Rubinen besetzte goldene Halskette in die Hand. »Du wirst einen guten Preis dafür bekommen. Sie hat der Cousine des Zaren gehört.«

Er gab ihr die Kette zurück. »Du wirst sie nötiger brauchen als ich.«

Sie legte ihm die Kette um den Hals. »Wenn jemand ein Geschenk von einem, dem er viel bedeutet, zurückweist, ist der Schenkende dem Tod geweiht.«

Als er die Planke hinunterging, rief sie ihm nach: »Ich werde dich finden … Du bist kein anderer als ich, auch wenn ich … jetzt … nicht du … bin.«

Ihre letzten Worte gingen in Regen und Wind unter.

★

TAGELANG SASS ZEBULON auf der Veranda des einzigen Hotels der Hafenstadt, eines windschiefen zweistöckigen Holzhauses, das von verwelkten Hibiskus- und Oleanderbüschen umgeben war, und wartete auf ein Schiff. Ab und zu setzte sich der bleichgesichtige Geschäftsführer einer nahe gelegenen Zuckerrohrplantage zu ihm, der nur drei Worte Englisch konnte: *woman, gold* und *money*. Nicht dass sie einander überhaupt hätten verstehen können, bei dem Lärm des Regens, der wie Gewehrfeuer auf das Blechdach knatterte.

Wenn er nicht trank, spielte er in der heruntergekommenen Lobby allein Billard, eine Beschäftigung, der er sich mit irrwitziger Konzentration widmete, obwohl die Kugeln auf der schiefen Platte alle in dieselbe Ecke rollten. Eines Nachmittags wurde er in diesem trostlosen Zeitvertreib durch das laute Schrillen einer Trillerpfeife am Hafen unterbrochen. Er trat auf die Veranda hinaus und sah fünf Männer, die sich die ausgewaschene Straße zum Hotel heraufschleppten, die Köpfe im Regen wie Büßer gesenkt. Sie taumelten auf ihn zu und ließen sich schwer in die altersschwachen Korbsessel fallen. Ihr Anführer war ein großer weißhaariger Mann in einer blauroten handgenähten Marineuniform mit riesigen Epauletten über einem Nest von Orden und Ehrenzeichen. Haare sprossen aus seinen Nasenlöchern, und buschige Koteletten liefen zu beiden Seiten seines massigen Gesichts herab. Er schlug mit der Faust auf den Tisch, befahl einem seiner Männer, sich in dem Hotel umzusehen, und verlangte dann in gebrochenem Spanisch heiße Zitrone mit Rum.

Fünf Minuten später kam der Mann zurück. »Er ist nicht da, Kommodore.«

Der Kommodore fasste Zebulon ins Auge, der am anderen Ende der Veranda saß. »Wir sind auf der Suche nach einem kurz geratenen Scheißkerl. William Walker. Grüne

Augen, geschniegelt, führt sich auf wie ein piekfeiner Royal von der Ostküste.«

»Hab ich nicht gesehen«, sagte Zebulon.

»Was?«, schrie der Kommodore. »Ich versteh Sie nicht! Der verdammte Regen.«

»Ich hab ihn nicht gesehen«, wiederholte Zebulon.

Nachdem ein barfüßiger Kellner die Getränke gebracht hatte, steckten sich die Männer selbstgedrehte Zigaretten an, und der Kommodore zückte eine übergroße Zigarre.

»Was kann man denn in diesem gottverlassenen Nest machen?«, rief der Kommodore und wartete darauf, dass man ihm seine Zigarre anzündete.

»Trinken«, sagte Zebulon. »Skorpione und Affen schießen. Und ein Billardtisch ist da.«

Der Kommodore spähte unter seinen schweren Lidern zu ihm hinüber. »Billard, hm? Sind Sie halbwegs gut?«

Zebulon lehnte sich auf seinem Stuhl zurück und legte die Füße auf den Tisch. »Gut genug für Sie.«

Der Kommodore grunzte, erbost über Zebulons Mangel an Ehrerbietung oder auch nur Neugier.

Einer der Männer stand auf und spähte in den Regen hinaus. »Sie kommen, Kommodore, aber Walker is nich dabei.«

Drei barfüßige Indianer gingen gesenkten Blicks an der Veranda vorbei.

»Mann Gottes«, schrie der Kommodore. »Erkennst du keine Eingeborenen, wenn du welche siehst? Was zum Teufel ist los mit dir?«

Er wandte sich wieder Zebulon zu. »Wo steht der Billardtisch?«

Zebulon führte ihn hinein, die anderen kamen nach.

Der Kommodore musterte ungläubig den Billardtisch. »Erwarten Sie von mir, dass ich auf dem ramponierten Ding da Billard spiele?«

»Ich erwarte gar nichts«, sagte Zebulon. »Und es ist mir scheißegal, worauf Sie spielen, solange ich es nicht bin.«

Der Kommodore musste lachen. Fast fing er schon an, diesen ignoranten Landstreicher zu mögen. Er schwenkte seinen riesigen Kopf zur Tür hin und schrie seine Männer an: »Bringt mir meinen Billardtisch.«

Sie taten so, als hätten sie ihn nicht gehört, was violette Adern auf der Stirn des Kommodore schwellen ließ. »Es ist mir egal, wie viele von euch es dafür braucht. In drei Stunden steht mein Tisch hier. Und wenn ihr diesem Giftzwerg Walker begegnet, sagt ihm, wenn er Vanderbilt sehen will, muss er warten, bis er an der Reihe ist.«

Während die Männer abzogen, stapfte der Kommodore wieder auf die Veranda hinaus. Er bestellte eine weitere Runde Rum und bedeutete Zebulon ungeduldig, sich zu ihm zu setzen.

»Wie kommt es, dass Sie hier bei den Bohnenfressern herumlungern?«, fragte er, während Zebulon sich einen Stuhl heranzog.

»Ich warte auf ein Schiff«, antwortete Zebulon. »Will nach Kalifornien. Das heißt, erst mal mit der Eisenbahn durch Panama.«

»Ich habe ein Schiff, das nach Nicaragua fährt. Damit könnten Sie rüber, aber Sie werden sich die Passage nicht leisten können.« Er seufzte. »Dieser Walker ist eine unglaubliche Nervensäge. Ich habe ihn hier unten eingesetzt, aber kaum hatte er sich etabliert und sich zum Präsidenten oder König von Nicaragua erklärt oder weiß der Geier, wie er sich jetzt nennt, hat er mir meine Dampferlizenz entzogen. Zur Strafe habe ich ihn ruiniert.« Er machte eine Pause, und ein Ausdruck der Zufriedenheit breitete sich auf seinem Gesicht aus. »Ich hab Costa Rica dazu gebracht, ihm den Krieg zu erklären, und dann hab ich ihm die finanziellen Mittel entzogen. Jetzt hat er einen Bürgerkrieg am Hals. Zwei Dinge, für die ich nicht das geringste Verständnis habe, sind Bürgerkrieg und Versager.«

»Das hab ich schon gemerkt.« Es gefiel Zebulon, wie der Kommodore zu seiner stiernackigen Wut und seiner Rachsucht stand. Er kannte diesen Typ von früher: Halblebige Generäle, die Indianer abschlachteten, nur um ein paar Fatzkes in Washington zufriedenzustellen, oder Bonzen und Viehbarone, die in Hotel-Lobbys in Denver herumlungerten und gefälschte Aktien von imaginären Bergbau- und Holzhandelsfirmen verkauften. Es war klar, dass der Kommodore auch nur ein Arschloch aus dem Osten war, darauf aus, in jeden armen Teufel oder jedes Land, das sich ihm widersetzte, einen Pfahl zu treiben.

»Und jetzt soll ich ihm helfen, das Land wieder zu übernehmen«, sagte der Kommodore. »Komisch, aber manche Leute lernen nie, wo ihre Grenzen liegen.«

»Wozu das alles, wenn er Sie so in Harnisch bringt?«, fragte Zebulon, der ihm nicht richtig zugehört hatte – eine Haltung, die den Kommodore nur zu weiteren Offenbarungen anstachelte.

»Ich erprobe gerade ein neues Schiff und wollte sowieso hier runter, obwohl mir schleierhaft ist, warum dieser Mistkerl sich ausgerechnet die Regenzeit ausgesucht hat, um sich mit mir in diesem Dreckloch zu treffen. Ich hab nichts übrig für Idioten.«

»Sagten Sie schon«, meinte Zebulon.

Sie tranken schweigend. Erst nach der dritten Runde Rum pur schien sich der Kommodore endlich zu entspannen.

»Ich hab eine Woche der Misserfolge und Enttäuschungen hinter mir. Ich komme mir vor wie jemand, der in dem gottverfluchten Traum von einem andern steckt und nicht rausfindet. Geht's Ihnen auch manchmal so?«

»Ab und zu«, sagte Zebulon.

»Was haben Sie hier unten zu erledigen?«

»Nichts. Bin nur auf der Durchreise.«

»Auf Gold aus, oder?«

»Ich denk drüber nach.«

»Lassen Sie mich Ihnen ein paar kostenlose Ratschläge geben. Die Zukunft der Vereinigten Staaten von Amerika liegt im Geschäft, und ein gutes Geschäft ist der Transport. Sie können mir glauben, dass ich in einem Jahr mehr Geld mache als alle Goldsucher zusammen. Verstehen Sie mich nicht falsch, ich schätze Männer wie Sie, die den Mumm haben, die Grenze immer weiter vorzuschieben. Wenn es in Amerika um eines wirklich geht, dann um Expansion. Wir haben uns einen großen Brocken von Mexiko geschnappt. Demnächst werden wir uns den Pazifik, Hawaii, die Philippinen einverleiben. Vielleicht sogar Japan, wenn Admiral Perry die richtigen Schritte unternimmt, was ich allerdings bezweifle.«

»Darüber hab ich noch nicht nachgedacht«, sagte Zebulon.

»Dann wird's langsam Zeit«, sagte der Kommodore. »Trau keinem über den Weg. Und wenn du dein Glück gemacht hast, gib nicht gleich wieder alles aus. Und vergiss nie –«

»– dass die Zukunft in der Expansion liegt«, warf Zebulon ein.

Der Kommodore nickte wohlgefällig, zufrieden, jemanden gefunden zu haben, der wusste, wovon er redete. »Vielleicht sind Sie ja gar nicht so dumm, wie Sie aussehen. Und was diese klitzekleine Eisenbahnlinie über den Isthmus angeht, die Sie befahren wollen, die ist für Katalogbräute und für Amateure, aber nicht für Kommerz und schwere Lasten.«

»Und *schwere Lasten* sind das A und O«, setzte Zebulon hinzu. »Nur dass ich keine schwere Last mit mir führe. Nicht mal eine leichte.«

Der Kommodore lachte. »Brauchen Sie eine Arbeit? Ich hätte Verwendung für einen Mann, der nicht gleich den

Schwanz einzieht. Einen, der den ganzen verfluchten Schleimern und Schmarotzern den Marsch bläst. Einen, der seinem Dienstherrn treu ergeben ist.«

»Ich hab schon eine Arbeit«, erwiderte Zebulon.

»Dann kündigen Sie.«

Eine einsame Gestalt kam auf sie zugetrottet. Der Mann stolperte die Veranda herauf und schälte seinen knochigen Oberkörper aus seiner Regenjacke. Er entfaltete ein Taschentuch und putzte damit sorgfältig seine breitrandige Brille, dann schüttete er das Wasser weg, das sich auf der gebogenen Krempe seines Derbys gesammelt hatte. Schließlich begrüßte er den Kommodore mit einer angedeuteten Verbeugung.

»Immer wieder ein Vergnügen, Kommodore Vanderbilt«, sagte er mit geschürzten Lippen, als sei das Vergnügen eine selten genossene Speise.

»Ich wollte, ich könnte dasselbe sagen, Ephraim«, erwiderte der Kommodore. »Wo zum Teufel ist Walker?«

»Präsident Walker ist andernorts in wichtigen Angelegenheiten unterwegs. Stattdessen hat er mich geschickt.«

»Was soll der Scheiß?«, brüllte der Kommodore. »Wollen Sie sagen, der Mistkerl hat Angst, hierher zu kommen und mir in die Augen zu sehen, jetzt wo sein albernes Spiel aus und vorbei ist?«

Ephraim Squier richtete sich zu seiner vollen Größe auf und reichte Vanderbilt trotzdem kaum bis zur Schulter. »William Walker weiß überhaupt nicht, was Angst ist.«

»Ohne Scheiß? Vielleicht ist gerade das sein Problem.«

Der Kommodore sah auf Squiers handgemachte englische Schuhe hinab. »Wo zum Teufel haben Sie diese Scheißhaus-Treter her, Ephraim? Sagen Sie's mir nicht. Ich will's gar nicht wissen. Das Ärgerliche an euch neuenglischen Schwuchteln ist, dass ihr nicht wisst, wo Schluss ist. Jedes Mal, wenn ihr in den Süden kommt, blamiert ihr das ganze Land bis auf die Knochen.«

»Ich hab nicht den weiten Weg zurückgelegt, um mit Ihnen zu streiten, Kommodore.«

»Dann sagen Sie, was zu sagen ist.«

»Präsident Walker hat in Mobile, Alabama, ein zweites Expeditionskorps zusammengestellt, mit der Absicht, binnen eines Monats nach Nicaragua zu segeln. Er ist fest überzeugt, dass er bis Jahresbeginn die Kontrolle über das Land zurückerobern wird. Er hat mich geschickt, Sie um Hilfe zu bitten. Er braucht so rasch wie möglich Munition und Proviant.«

Der Kommodore erhob sich halb von seinem Stuhl. »Der Mann ist wahnsinnig geworden!«

»Durchaus möglich«, sagte Ephraim Squier. »Obwohl ich das nicht zu entscheiden habe. Wie auch immer, ich kann jedenfalls bestätigen, dass er weder ein Staatsmann noch ein Diplomat ist.«

»War das Ihre Idee oder seine?«

»Schwer zu sagen«, erwiderte Squier. »Es sind kulturelle und politische Komplikationen ins Kalkül zu ziehen, desgleichen Witterung, Krankheit und die öffentliche Meinung.«

»Die öffentliche Meinung?«, schrie der Kommodore. »Ich gebe keinen Rattenarsch auf die öffentliche Meinung! Habe ich nie getan, werde ich nie tun. Verstehen Sie mich, Ephraim?«

»Ich verstehe, Kommodore. Natürlich müssen auch Sie einräumen, dass sogar Irre manchmal Erfolg haben.«

»Ich räume gar nichts ein«, sagte der Kommodore. »Wenn Sie Walker über den Weg laufen, sagen Sie ihm, er soll in der Hölle verrotten. Lassen Sie ihn wissen, dass ich alles tun werde, was in meiner Macht steht, damit er mit seinen Plänen samt und sonders untergeht.«

Squier erhob sich, setzte seinen Derby auf und zog seine Regenjacke an. »Offensichtlich, Kommodore Vanderbilt, haben wir nichts mehr zu besprechen.«

»Das deckt sich absolut mit meinem Eindruck«, sagte der Kommodore. »Ach übrigens, spielen Sie Billard?«

Verwirrt blieb Squier am Rand der Veranda stehen. »Das war nie eines meiner Steckenpferde, wenn Sie das meinen.«

»Zu dumm, Ephraim«, antwortete der Kommodore. »Jeder erfolgreiche Mann braucht ein Steckenpferd.«

Ohne ein weiteres Wort ging Squier wieder in den Regen hinaus.

Der Kommodore zündete sich eine neue Zigarre an und drückte sie dann wütend auf der Tischplatte aus. »Zugegeben, ich hab eine Schwäche für Ephraim Squier. Er ist ein anständiger Familienvater und weiß gutes Essen und ein anregendes Gespräch zu schätzen. Aber wenn es um praktische Dinge geht, hapert es bei ihm am Stil. Man braucht ein gewisses Geschick, um zwei Kontrahenten gegeneinander auszuspielen. Er ist distinguierter und umständlicher, als ihm gut tut. Aber ich werde wieder von ihm hören. Die Art Mensch kommt immer wieder zurück.«

Er nahm sich abermals eine neue Zigarre und beschnupperte sie mehrmals in ihrer ganzen Länge, bevor er sie sich in den Mund schob. »Offen gesagt, Ephraims Problem ist sein naives Verständnis von Integrität.«

»Sie meinen, er steht nicht zu seinem Wort«, sagte Zebulon.

»Nein, das meine ich ganz und gar nicht.«

Er schaute Zebulon an, als sähe er ihn zum ersten Mal. »Was interessiert Sie das eigentlich alles?«

»Kein bisschen«, sagte Zebulon.

Gerade als der Kommodore sich erhob, um zu gehen, tauchte ein von zwei Pferden gezogener Karren aus dem Regen auf. Auf der Ladefläche stand ein dreieinhalb Meter langer, in Segeltuch gehüllter Billardtisch. Zehn Mann schoben den Karren seitlich und von hinten, und alle fluchten auf die Pferde, während sie durch den Matsch stapften.

Es dauerte eine Stunde, bis der Tisch aufgestellt war. Zebulon hatte so etwas noch nicht gesehen. Die Beine waren aus schwarzem Teak- und Akazienholz geschnitzt, die vier ledernen Taschen mit den Initialen des Kommodores bestickt. Ein Schonbezug aus Leder spannte sich über den Tisch wie eine glatte, glänzende Haut.

»Jetzt machen wir ein gepflegtes Spielchen«, sagte der Kommodore. »Natürlich spiele ich nie nur zum Spaß.«

»Ich habe nichts, was ich setzen könnte«, gestand Zebulon.

Der Kommodore überlegte. Er ging um den Tisch herum und rollte in jede Tasche eine Kugel.

»Ich sag Ihnen was, Cowboy. Wenn ich gewinne, bekomme ich von Ihnen sechs Monate Knochenarbeit in Nicaragua. Meine Dampfschiffe fahren nur eine bestimmte Strecke den See hinauf, dann geht es über Land weiter. Da kommen Sie ins Spiel: Sie bringen die Pilger zum Pazifik. Für jeden, der es nicht schafft, schulden Sie mir eine weitere Woche Dienst, einschließlich der Beerdigung. Wenn Sie gewinnen, bekommen Sie eine kostenlose Überfahrt nach Panama in Ihrer eigenen Kabine, dazu so viel Essen, wie Sie wollen. Und ich lege noch fünfundzwanzig Dollar für die Eisenbahnfahrt durch Panama drauf.«

»Drei Monate, und ich schlage ein«, sagte Zebulon.

»Vier«, kam das Gegenangebot des Kommodores.

»Abgemacht«, sagte Zebulon.

Gespielt wurde nach der Regel, dass gewonnen hat, wer als Erster fünfhundert Punkte erreicht.

Sie spielten die ganze Nacht hindurch, unter den Augen der Männer des Kommodores sowie des Hotelpersonals und des französischen Plantagenbesitzers und seiner Frau.

Vor Tagesanbruch hörte es auf zu regnen, und Hunderte schwarz geflügelter Nachtfalter waren plötzlich in dem Raum und prallten gegen die Öllampen. Der Kommodore, der tüchtig weitergetrunken hatte, war sichtlich müde, bestand aber darauf, die Partie zu Ende zu spielen, obwohl er fünfzig Punkte zurücklag. Es kam für ihn nicht in Frage, als Verlierer von seinem eigenen Tisch zu gehen, schon gar nicht, wenn er den Sieg einem hergelaufenen Strolch überlassen sollte, der nichts zu verlieren hatte.

Während er die Spielkugel in Position brachte, wurde er durch das plötzliche Erscheinen einer aristokratisch wirkenden, dunkelhaarigen Frau gestört, die ein teures weißes Spitzentuch um die Schultern trug. Hinter ihr tauchte ein kräftig gebauter Neger mit Regenschirm und einem riesigen Lederkoffer auf.

Der Kommodore bedeutete ihr, Platz zu nehmen, und wandte sich dann wieder dem Tisch zu. Nachdem ein leichter Abpraller um eine volle Handbreit daneben ging, knallte er sein Queue auf den Boden und wandte sich endlich der Frau zu.

»Du bist spät dran.«

Die Frau nahm ihr Tuch ab und sah majestätisch in die Runde, wie einem Gemälde spanischer Adeliger entsprungen. In ihren feinen Zügen spiegelten sich die Erschöpfung und Arroganz einer Dame voller Abscheu vor den fleischlichen und finanziellen Umständen, die sie in eine derart unmögliche Lage gebracht hatten.

»Ich bin den ganzen weiten Weg von Cartagena zu Pferd geritten, durch einen Monsunregen und Wolken von Moskitos so groß wie dein Daumen, und du sagst, ich sei spät dran?«

»Warte oben auf mich, Esmeralda«, brummte er. »Ich habe ein Zimmer reserviert. Genauer gesagt, ich habe die ganze Etage reserviert.«

»Ich möchte lieber auf deinem Schiff warten.«
»Das geht nicht.«
»Du hast doch wohl nicht deine Frau mitgebracht?«
»Natürlich nicht.«
»Wen dann?«
»Das, meine Teuerste, geht dich gar nichts an. Außerdem bin ich beschäftigt.«
»So, womit denn? «
»Schau dich um, Esmeralda. Siehst du nicht, was hier im Gange ist? Ich spiele Billard. Ich komme zu dir, wenn ich fertig bin. Und keinen Augenblick früher.«
»Yankee-Schweineficker.«
Sie musterte Zebulon. »Wer sind Sie?«
Als Zebulon die Achseln zuckte, stakte sie die Treppe hinauf, gefolgt von ihrem Diener.
Befeuert von Esmeraldas Reaktion und der Aussicht auf das, was ihn oben erwartete, bewältigte der Kommodore einen schwierigen Spielzug nach dem anderen, bis ihm schließlich ein Fehler unterlief.
Zebulon beendete das Spiel, indem er mit drei Stößen neununddreißig Punkte erzielte. Daraufhin zerbrach der Kommodore sein Queue über dem Knie und schmetterte ein Glas gegen die Wand.
Er verlangte Revanche, doch Zebulon lehnte ab.
»Wartet auf mich«, sagte der Kommodore zu seinen Männern und stieg die Treppe hinauf.
Es war spät am Nachmittag, als der Kommodore sich zu Zebulon und seinen Männern auf die Veranda gesellte.
Esmeralda sah ihnen aus einem Fenster im ersten Stock nach, als sie zur *Prometheus* zurücktrotteten, dem größten und bestausgestatteten Dampfer der Welt.
An Bord bekam Zebulon die Luxussuite mit einer gut bestückten Bar, einem Esstisch und einem großen Spiegel über

dem riesigen runden Bett. Den Kommodore sah er nur ein Mal durch die halb offene Tür seiner Privatkabine. Er saß mit Ephraim Squier bei einer Flasche Champagner, und beide waren so ins Gespräch vertieft, dass sie den vorbeischlendernden Zebulon gar nicht bemerkten.

Die Reise dauerte bei ruhiger See unter bleiernem Himmel anderthalb Tage. Als sie mitten in der Nacht in dem stickigen Hafen von Colón anlegten, ging Zebulon als einziger Passagier von Bord.

★

ZEBULON STAND AM ENDE eines durchhängenden Landungsstegs, die Kleider in der brütenden Hitze durchgeschwitzt. Blitze zuckten über den Hafen und beleuchteten eine Ansammlung regennasser Hütten und Holzhäuser. Auf seinem Weg an Land und dann am Ufer entlang kam er an Bergbaugeräten vorbei, die zwischen halb offenen Kisten mit Schaufeln, Maschinenteilen, Kaffee, Fellen und Tabak standen. Konservendosen und Bündel von Arbeitskleidung stapelten sich neben Blechbüchsen mit Medikamenten und medizinischen Artikeln, die in großen roten Lettern beschriftet waren: TYPHUS, CHOLERA, SCHLANGENBISS und MALARIA.

Die Staatsmacht war nur durch zwei betrunkene Soldaten vertreten, die an einer Lokomotive hockten; um sie herum lauerten halbverhungerte Hunde an dunklen Lagerschuppen.

Auf der Hauptstraße hingen schwarze Moskitowolken über verfaulendem Fleisch und offenen Abwassergräben. Betrunkene Goldsucher bewachten Warenlager mit Gewehren und Schrotflinten; andere, die an Cholera, Ruhr oder Malaria litten, hockten in Hauseingängen oder lagen auf Holzplanken.

Zebulon nahm alles in sich auf: die Gerüche, den Verfall und die Gewalt, das ganze lärmende Chaos, das charakteristisch war für die neue Siedlungsgrenze.

Er machte einen Bogen um einen Mann mit Zylinder, der im Schlamm kniete und dicke Blutklumpen spuckte. Ein Stück weiter standen ein paar jamaikanische Hilfsarbeiter im Eingang eines ausgebrannten Hauses und lachten über eine schwarze Hure, die Streit mit einem vom Opium benebelten Chinesen hatte, der sich die Hosen hochzuziehen versuchte. Das Lachen verging ihnen, als die Hure dem Chinesen mit einem Messerhieb die Kehle durchschnitt und dann vergeblich seine Taschen durchsuchte.

Das einzige Hotel war geschlossen, an der Tür hing ein BESETZT-Schild. Zebulon ging weiter, bis er ein Schild entdeckte, auf dem für fünfzig Cent pro Nacht ein Strohsack in einem Lagerhaus voller Ersatzteile für Eisenbahngleise angepriesen wurde.

Bei Tagesanbruch machte er sich auf den Weg zum Bahnhof, einem großen Gebäude am Stadtrand, wo eine mit Holz beheizte Lokomotive mit acht kanariengelben Waggons stand. Am Zugende beluden Männer zwei Gepäckwagen mit Waren aller Art. Die Kisten waren auf allen Seiten mit Namen und Slogans in Rot, Weiß und Blau beschriftet: HOOSIER, KALIFORNIEN ODER GAR NICHTS, PILGERFAHRT NACH KALIFORNIEN, HAST DU DEN ELEFANTEN GESEHEN?

Die meisten Passagiere waren Männer, bis auf ein paar erschöpfte Ehefrauen, die von der angeblich schnellen und bequemen Fahrt zum Pazifik jetzt schon genug hatten. Alle hatten sich für die Abfahrt herausgeputzt: die Männer mit Westen, bunten Hemden, modischen Beinkleidern und Kastorhüten, die Frauen mit knöchellangen Kattunkleidern, die sonnenverbrannten Gesichter durch Häubchen oder breitkrempige Strohhüte geschützt. Indianer in weißen Leinenhosen und mit Strohhüten drängten sich durch die Menge und verkauften Obst, Hühnchen und in Bananenblätter gewickelte Papayas. Eine Gruppe von Goldsuchern, angeheitert von billigem Fusel, spielten auf Geigen und Flöten, schlugen selbstgemachte Trommeln und sangen:

Oh Susannah, don't you wait for me,
For I'm going to California with a banjo on my knee.

Donner grollte, ihm folgte ein fürchterlicher Platzregen. Doch so plötzlich, wie er gekommen war, hörte der Regen auch wieder auf, und die Straße war noch nasser und dampfiger als zuvor.

Der Bahnhofsvorstand trat in die Straßenmitte und feuerte eine alte Muskete ab: »Alles einsteigen!«, rief er. »Alles einsteigen in den Panama City Express!«

Zebulon fand einen Platz neben einem übergewichtigen Iren, einem ehemaligen Pub-Besitzer aus Belfast mit einem trockenen Husten und entzündeten Augen, der vor Erleichterung in Tränen ausbrach, als der Zug sich in Bewegung setzte, im Schritttempo durch die Stadt fuhr und dann durch einen Mangrovensumpf und durch Palmen- und Bambushaine zockelte. Aus den offenen Fenstern sahen die Passagiere rotkehlige Tukane und grün-gelbe Papageien durch das dichte Blätterdach gleiten. Während der Zug sich langsam in den Dschungel vorschob, geriet der Himmel außer Sicht, und sie mussten sich mit den Schreien von Brüllaffen und dem Geruch des Holzrauchs der Lokomotive begnügen, der sich mit dem Duft verfaulenden Laubs mischte.

Der Ire senkte den Kopf, er hielt den Anblick der allgegenwärtigen Fäulnis nicht aus. »Hier herum werden Sie kaum einen Iren zu Gesicht kriegen. Das warme Klima bekommt ihnen nicht. Meine Mum und mein Dad sind in der großen Hungersnot 1846 umgekommen. Als meine Frau mit einem Sergeant der britischen Armee nach Australien durchgebrannt ist, hab ich meinen Pub verkauft und bin mit dem Schiff nach Boston. Hab als Barkeeper und Bäcker gearbeitet und mir dann was im Hafen gesucht. Ich hab die Schufterei gehasst, konnte mir aber genug auf die Seite legen für die Goldfelder.«

Sie fuhren an nackten Kindern vorbei, die den Zug mit großen Augen bestaunten, dann an palmstrohgedeckten Hütten und etwas später an einem Beerdigungszug auf einem Abstellgleis, mit zwei schwarzen Waggons, in die Tote eingeladen wurden. Als Zebulon genauer hinschaute, sah er, wie ihn sein eigenes Gesicht anstarrte. Oder war es Hans, der deutsche Kaufmann von der *Rhinelander?*

Plötzlich erhob sich lautes Geschrei, und der Waggon geriet ins Schwanken, ruckelte mächtig und entgleiste.

»Eine Unterspülung«, rief der Schaffner, der seelenruhig durch den Waggon ging. »Sowas kommt vor, Leute. Der Schaden ist in nullkommanix behoben, und dann geht's weiter.«

Die Passagiere kletterten aus dem Zug und setzten sich vor einem tosenden Bach mit braunem Wasser neben das Gleis. Einige hatten Quetschungen und Knochenbrüche, aber niemand war lebensgefährlich verletzt. Wo vorher die Brücke gestanden hatte, waren nur noch die gemauerten Widerlager auf beiden Seiten des angeschwollenen Flusses zu sehen. Auf der anderen Seite ragten mehrere Eisenträger aus den brodelnden Fluten.

Der Schaffner beriet sich mit dem Ingenieur, kam dann herüber und wandte sich an die Passagiere. Er wirkte vertrauenerweckend in seiner schwarzen Uniform mit den silbernen Knöpfen, der Schildmütze auf seinem eckigen Kopf und dem sauber gestutzten Schnurrbart.

»Ein Stück flussabwärts ist ein Dorf. Wir setzen mit Kanus über und legen den Rest des Weges auf Maultieren zurück. Kein Grund zur Besorgnis, Leute. In ein, zwei Tagen sind wir in Panama. Vielleicht drei. Sobald das Hochwasser abläuft, transportieren wir euer Gepäck mit der Fähre hinüber und schicken es euch nach Panama nach. Wir haben noch nie was verloren.«

Die Männer besprachen sich und versuchten ihre Frauen zu beruhigen, von denen manche laut weinten.

»Alles unter Kontrolle, Leute«, wiederholte der Schaffner. »Es dauert zehn Tage, bis eine Mannschaft den Zug zurückzieht. Uns bleibt nichts anderes übrig, als unseren Weg fortzusetzen, wie ich gesagt habe. Eine Wanderung durch ein Dschungelparadies, das wird uns allen gut tun.«

Zebulon begann plötzlich am ganzen Leib zu zittern. Sein Blick trübte sich, und sein Kopf fühlte sich an, als würde er jeden Moment zerspringen. Er wankte zum Flussufer hinunter, brach in die Knie und übergab sich.

Er war kaum noch bei Bewusstsein, als der Schaffner und zwei Passagiere ihn auf eine improvisierte Trage hoben. Sie schleppten ihn anderthalb Kilometer weit, bis sie auf eine Lichtung kamen, auf der fünf Bambushütten auf Pfählen über dem Hochwasser führenden Fluss standen. Mitten auf der Lichtung warteten ein paar Indianer darauf, Bananen und Yamswurzeln gegen irgendwelchen Krimskrams einzutauschen.

Zebulon wurde über eine Leiter in eine der Hütten hochgehievt, in der eine uralte zahnlose Indianerin in einem Musselinhemdchen seine fiebrige Stirn mit einem feuchten Tuch abwischte und ihm dann grünes Kokosnusswasser aus einer Kalebasse in den Mund schüttete; anschließend verabreichte sie ihm eine bittere Paste aus Wurzelrinde, Guave, Zitrone und grünen Chilis.

»Cholera«, hörte er noch jemanden sagen, bevor er ohnmächtig wurde. »Oder Papageienkrankheit. Morgen früh ist er höchstwahrscheinlich tot.«

Er stellte sich eine Möwe vor, die über haushohen Wellen schwebte. *Komm näher,* heulten die Wogen, und dann hörte er ein anderes Geräusch, wie ein Kleid, das zerrissen wird, und er dachte an Delilah, die an ihrem Herzen zerrte. Oder war es sein Herz?

»Komm, süßer Tod«, sang sie, und die Wogen heulten erneut. *»Und ergib dich mir.«*

★

Er lag in einem Einbaum auf dem Rücken. Über ihm war kein Habicht und keine Möwe, unter ihm nur das Rauschen des angeschwollenen Flusses. Dann ein Schrei aus einem der anderen Kanus, als es mit einem treibenden Baumstamm zusammenstieß, sodass zwei Goldgräber und ein Indianer ins Wasser fielen und wie nasse Wäschestücke über die Stromschnelle geschwemmt wurden.

Als sie mehrere Kilometer flussabwärts endlich das andere Ufer erreichten, wurde Zebulon in eine Zeltbahn gewickelt und auf eine Stangenschleife hinter einem Maultier gebunden. Im Dschungel kam er dann auf eine Trage. Als die Vegetation zu dicht wurde, mussten die Goldgräber sich mit Macheten den Weg freischlagen. Schon bald schwand das Licht, und dann wurde es vollends dunkel. Giftige Pflanzen streiften an der Trage entlang, von denen Egel und Tausendfüßer herabfielen, die schmerzhafte Schwielen auf seinem Gesicht und seinen Händen hinterließen. Als sie einmal Halt machten, um jemanden zu begraben, hörte er eine Stimme in einer unbekannten Sprache beten und fragte sich, ob das Gebet ihm galt und das Grab für ihn bestimmt war.

Sie verbrachten die Nacht auf einer kleinen Lichtung, wo er auf ein Rinderfell gelegt und mit einer dicken Suppe gefüttert wurde, die er sofort wieder erbrach. Seine Füße hatten sich blau verfärbt, und sein Fieber war weiter gestiegen, obwohl seine Knochen steif geworden waren und er vor Schüttelfrost mit den Zähnen klapperte. Fledermäuse flatterten über ihm durch die Luft und fingen Insekten halb so groß wie seine Hand. Baumfrösche quakten, und irgendwo brüllte ein Jaguar. In seinem Delirium klang der Schrei des Jaguars, als käme er aus ihm selbst.

Er verlor jedes Zeitgefühl und merkte nur, dass er immer noch mit einer Trage transportiert wurde und dass der

Dschungel sich allmählich lichtete. Gegen Abend erreichten sie den Gipfel eines Hügels, wo ein leichter Wind durch die Grasbüschel ging. Rings um ihn weinten die Goldgräber und sprachen Dankgebete.

Der Schaffner stützte ihn. »Schauen Sie. Von einem Meer zum anderen.«

Weiße Wolken zogen über ein dunkelgrünes Tal. Weiter entfernt, hinter bewaldeten Hügelwellen, konnte er den Pazifik sehen. In der entgegengesetzten Richtung schimmerte über dem dichten, dampfenden Blätterdach des Dschungels die Karibik.

Als Zebulon aufstand und die Arme nach den beiden Ozeanen ausstreckte, umkreiste ein großer gelber Schmetterling seinen Kopf, und dann noch zwei, bis ihm die Beine einknickten und er zusammenbrach.

Stöhnen und Schmerzensschreie weckten ihn. Um ihn herum lagen Männer in Reihen hölzerner Betten. Er befand sich auf einem Schiff, so viel war klar, und einen Moment lang dachte er, er sei wieder auf See. Er zog sich an dem Schott hoch und sah durch ein Bullauge einen Kirchturm über den roten Ziegeldächern einer kleinen Stadt.

»Willkommen in der Hölle, Pilger.« Es war der Ire, der in der Nachbarkoje lag. »Hier kommt man nur mit den Füßen voran wieder raus, direkt in die Abfallgrube.«

Zebulon ließ sich zurücksinken und legte den Arm über die Augen.

»Ich bin gleich nach Ihnen zusammengebrochen«, sagte der Ire sabbernd. »Aber ich lass mich nicht von einer Dschungelwanze kleinkriegen. Die meisten von den armen Schweinen hier drin wissen nicht mehr, ob sie tot oder lebendig sind, und bei Ihnen bin ich mir da auch nicht sicher. Nicht dass das irgendwen interessieren würde.«

Zebulon schlief ein, und als er die Augen wieder aufschlug, war die Koje des Iren leer.

Stunden, vielleicht aber auch ein oder zwei Tage später machte der Arzt, ein Männchen mit Schnapsnase, seine Runde, gefolgt von einer Schwester, die sich gegen den Gestank nach Erbrochenem, Urin und Tod ein Taschentuch vors Gesicht hielt. Einmal blieb sie stehen, um einen Zettel an die blaue Zehe eines der Unglücklichen zu binden, die die Nacht nicht überlebt hatten.

»Für mich waren Sie schon so gut wie tot, als ich Sie zum ersten Mal gesehen habe«, sagte der Arzt und fühlte ihm den Puls. »Ehrlich gesagt hab ich sogar darauf gewettet, als man Sie hereintrug. Aber Sie sind einer von den Glückspilzen. Im Gegensatz zu einigen aus Ihrem Haufen, die mit Cholera oder Typhus eingeliefert wurden. Schwer zu sagen, was Ihnen fehlt. Es könnte ein Parasit sein. Aber was immer es ist, es saugt Ihnen offensichtlich alle Lebenskraft aus. Wir behalten Sie ein paar Wochen hier. Zapfen Ihnen ein bisschen was ab, um Ihr Blut zu reinigen. Dann noch ein bisschen Kampfer, Brechmittel in heißem Wasser, mit etwas Ingwer und Pfeffer, und dann wollen wir das Beste hoffen. Vielleicht probieren wir's auch mit Kalomel, bis Ihr Zahnfleisch zu bluten anfängt. Viel mehr können wir nicht tun. Von Rechts wegen müssten Sie längst Haifutter sein.«

Die Schwester, eine schmallippige Baptistin mit einzelnen Haarbüscheln auf einem sonst kahlen Schädel, nickte zustimmend, überzeugt, dass jeden, der auf diesem elenden Hospitalschiff gelandet war, die Strafe Gottes ereilt hatte. Als der Arzt zum nächsten Patienten weiterging, beugte sie sich zu Zebulon hinab: »Sie sind unter Quarantäne, bis wir wissen, was Sie haben. Wenn Sie abzuhauen versuchen, werden Sie auf der Stelle erschossen. Ist nicht persönlich gemeint, aber wir müssen alles tun, um zu verhindern, dass sich Seuchen ausbreiten. Das sind die Vorschriften.«

Er schlief Tage und Nächte hindurch in einer Lache von Nachtschweiß und wachte nur auf, um seine Notdurft zu verrichten. Undeutlich nahm er wahr, dass man ihm gewaltsam verschiedene übel schmeckende Medikamente und darauf Wasser und ein dünnes Süppchen verabreichte. Wenn jemand versuchte, ihm Delilahs goldene Rubin-Kette vom Hals zu reißen, griff er automatisch nach dem Messer, das er am Gürtel trug, und schnitt dem Dieb die Hand ab. Das trug ihm Bravorufe von mehreren Patienten ein, von denen sich viele in ihrem Delirium gegen Piraten und mexikanische Revolutionäre wehren mussten, ganz zu schweigen von dem Arzt und der Schwester.

Wenn es ausnahmsweise nicht regnete, wurde er angehalten, die Nachmittage auf dem Oberdeck zu verbringen, wo er auf einer Strohmatte in der Sonne liegen konnte. Eines Abends, als die Sonne über dem Hafen unterging, sah er ein Schiff, das aufs offene Meer hinausfuhr.

Es war die *Rhinelander*.

Noch ein Monat verging, bevor er die Erlaubnis erhielt, an Land zu gehen, nachdem der Arzt seine Erkrankung schließlich als »wahnhaft« diagnostiziert hatte.

Einige Tage später ging er an Bord eines portugiesischen Walfängers, der in die Beringstraße unterwegs war und in Mazatlán wegen Ausbesserungsarbeiten eine längere Pause einlegen wollte, bevor er nach Monterey und San Francisco in See ging.

★

ALS DER WALFÄNGER SECHS WOCHEN später in die Bucht von San Francisco einlief, stand die halbe Stadt in Flammen, und schwarze Rußwolken hingen wie Leichentücher über dem Wasser. Durch die Flammen sah Zebulon die rauchige Silhouette der Küste und der Hügel um die Stadt, wo sich Tausende von Zelten und mit Segeltuch bedeckten Hütten um Gebäude aus Eisenteilen scharten, die aus den östlichen Staaten herbeigeschafft worden waren. Der Kapitän und die portugiesische Besatzung fürchteten sich, an Land zu gehen, weil sie dachten, die gesamte Westküste werde von einer biblischen Feuersbrunst heimgesucht, einer Katastrophe, zweifellos verursacht von dem gottlosen Abschaum der Menschheit, der seine Familien, seine Traditionen und seine Religionen im Stich gelassen hatte, um auf die Goldfelder zu strömen. Das Schiff lag sechs Tage in der Bucht auf Reede, bis ein Unwetter die letzten Brandnester löschte. Schließlich – die Ängste waren nicht überwunden, doch vorübergehend verdrängt – segelte das Schiff eine lange Reihe von Kais entlang und passierte dabei Hunderte verlassener Schiffe.

Zebulon ging von Bord und bahnte sich seinen Weg durch eine brodelnde Menge von Händlern, die aus vollem Hals Vorräte, Huren, Arbeit, Absteigen, Guckkästen und gute Geschäfte anpriesen. Da er nun wieder mit beiden Beinen auf festem Boden stand, schwor er sich, nie wieder ein Schiff zu besteigen. Hier war das Gelobte Land. Hier konnte man die Vergangenheit hinter sich lassen, sich von allem losreißen. Er stieß einen Trapper-Ruf aus, was dazu führte, dass ein Pferd durchging und mitsamt seinem Wagen ins Hafenwasser stürzte.

Delilah, Hatchet Jack, gefangen zwischen den Welten? Egal. Und egal auch, was seine Mutter, sein Vater oder irgendwer sonst gesagt oder gedacht oder getan hatte. Von jetzt an würde jede Hölle, die auf ihn wartete, eine sein, die er sich selbst ausgesucht hatte.

Er verließ den Kai und drängte sich in den ersten Saloon, den er sah – drei zusammengenähte Armeezelte, gestützt von leeren Kisten und Alteisen. Die Bar bestand aus zwei dicken, sechs Meter langen Brettern, die auf leeren Whiskeyfässern ruhten. Die Gäste standen dicht an dicht: Kanaken aus der Südsee, Hawaiianer, Kubaner, Peruaner, Chinesen, Russen sowie alle Arten von Europäern und Amerikanern. Das einzige Gesprächsthema war Gold: wo es zu finden war, wie man es abbaute, wie man es ausgab.

Er trank sich durch den Rest des Nachmittags und in den Abend und rührte sich nicht von der Stelle, außer um sich in einen langen Graben vor dem Zelt zu erleichtern. Je mehr Whiskey er trank, desto stärker dachte er an Delilah, so als fühlte sie sich von seiner zunehmenden Heiterkeit eingeladen, sich in ihm breitzumachen, und je mehr er versuchte, sie zu verdrängen, desto eindringlicher machte ihr Geist sich bemerkbar.

Als er schließlich hinaustorkelte, war es dunkel, und ein leichter Nebel zog über das Wasser und die Hügel. Da er nicht wusste, wohin, und höher gelegenes Gelände vorzog, stieg er einen Hügel hinauf, zu einer Ansammlung von Hütten und Zelten, die aus Segeltuch, Kartoffelsäcken, alten Hemden und allem möglichen anderen zusammengeschustert warten. Als aus dem Nebel Regen und schließlich ein Wolkenbruch wurde, kroch er in eine der Hütten. Drinnen saßen zwei Männer in roten langen Unterhosen an einem behelfsmäßigen, aus Fässern gebastelten Ofen und spielten Poker auf einer Holzkiste. Der Kopf des Älteren war glatt und glänzte wie eine Pistolenkugel. Als er zu Zebulon aufsah, tanzte die Tätowierung eines Pottwals über seinen Adamsapfel.

»Von weit her, Kumpel?«, fragte der Mann.

Zebulon sank an dem Ofen nieder. »Weit genug, um es besser zu wissen.«

»Das kannst du laut sagen«, sagte der jüngere Mann. Er war klapperdürr, und ein langer, buschiger Schnauzer hing ihm über das schlaffe Kinn.

»Wir können von Glück sagen, dass wir einen Unterschlupf haben«, sagte der Ältere. »Das Ding hier haben wir vor zwei Tagen im strömenden Regen zusammengebaut. Ich und mein Sohn wollen hier bleiben, bis wir genug Geld für einen Claim beisammen haben. Und dann, halleluja, nichts wie ab auf die Goldfelder.«

»Ich zahle für die Nacht«, bot Zebulon an.

Der jüngere Mann sah seinen Vater an, als würde er auf ein Zeichen von ihm warten. Als sein Vater nickte, warf er seine Karten auf die Kiste. Die einzige Karte mit dem Bild nach oben war die Herzdame.

»Heilige Scheiße. Sieh dir das an. Diese alte Lady verfolgt mich wie ein teures Flittchen.«

»Nehmen Sie's ihm nicht übel«, sagte sein Vater. »Er hat den ganzen Abend erst zwei Spiele gewonnen. Er und ich, wir sind Christen von der Kirche der Heiligen Verzückung. Wir sind Pennsylvanier, und wir sind stolz darauf. Wir arbeiten für den Herrn und teilen, was wir haben, und wir spielen nicht um Geld und trinken keine scharfen Sachen. Wer mit uns arbeitet und lebt, von dem erwarten wir, dass er sich von allem nimmt, was wir haben, und wir halten es genauso.«

»So ist's recht«, sagte Zebulon und war weg.

Als er am nächsten Morgen aufwachte, war die Hütte leer. Sein Geld war weg, ebenso seine Stiefel, sein Colt und Delilahs Kette. Eine halbe Tasse kalter Kaffee war alles, was noch da war.

Draußen blies ein scharfer nasser Wind von der Bucht herüber. Menschen gingen vor den Zelten und Hütten umher, kochten sich Frühstück und sprachen in fremden Zungen. Unter dem Hügel lagen wie Strandgut nach einem Tsunami die Hulks von Schonern, Briggs, Raddampfern, Dampfschiffen, Fähren, Schuten und Jollen. Ein paar größere Schiffe waren provisorisch in Saloons verwandelt worden, andere in Hotels oder Lagerhäuser. Eines davon war die *Rhinelander.* Sie hatte alle drei Masten eingebüßt, und quer über ihr Heck stand geschrieben: RHINELANDER HOTEL BETTEN 75 CENT

Er trank den Kaffee aus und wickelte sich dann Lumpen um die Füße. Den noch schwelenden Kohlen ausweichend, humpelte er den Hügel hinunter, vorbei an den verbrannten Resten von dem, was einmal Hütten gewesen waren. Als er bei der *Rhinelander* ankam, bluteten seine Füße, und die Hosenbeine hingen ihm in Streifen von der Hüfte.

An Deck wimmelte es von Goldsuchern und Leuten, die vor der Feuersbrunst geflohen waren, und alle hüteten eifersüchtig ihre Vorräte. Da er niemanden von der Besatzung oder den Passagieren wiedererkannte, ging er unter Deck.

Kapitän Dorfheimer lag in einem seidenen Hausmantel auf der Koje seiner Kajüte und starrte an die Decke, an der in einer frisch gemalten Milchstraße Hunderte von Sternen rote und grüne Planeten umkreisten.

Langsam, als bereite ihm jedes knacksende Gelenk qualvolle Schmerzen, raffte sich der Kapitän auf und taperte zu dem Stuhl hinter seinem Schreibtisch hinüber. Den Kopf zwischen den Händen, starrte er Zebulon ausdruckslos an.

»Wie ich die Vergangenheit fürchte und verabscheue, wenn sie unangemeldet aufkreuzt.«

»Ich bin gekommen, um mit Ihnen abzurechnen«, sagte Zebulon.

Dorfheimer seufzte und massierte sich den Nacken. »Wenn das nur möglich wäre. Meine Offiziere und meine Besatzung haben mich verlassen, wegen der Goldfelder. Bis auf den letzten Mann. Haben mich zurückgelassen, damit ich hier verfaule. Verstehen Sie mich nicht falsch, die Lage wird sich wieder bessern. Ich muss durchhalten. Gutes Essen servieren. Für frische Bettwäsche sorgen. Dann zahlen sie das Doppelte, und ich kann dieses verfluchte Land hinter mir lassen, um nie, Gott helfe mir, nie wieder zurückzukehren.«

Er zog eine Schublade auf und nahm eine ausgerissene Zeitungsseite heraus.

»Dank Artemis Stebbins reicht Ihr Ruhm inzwischen von Mexiko bis Alaska. Mein Gott, hätte ich von Ihren schrecklichen Gewalttaten und Verbrechen gewusst, ich hätte Sie über Bord werfen lassen.«

Er gab Zebulon den Artikel. Der warf einen Blick darauf, tat so, als lese er ihn, und gab ihn dann zurück.

»Gestatten Sie mir, dass ich vorlese«, bot der Kapitän an.

»Nicht nötig«, sagte Zebulon. »Nichts als Lügen.«

Der Kapitän faltete das Blatt und legte es in die Schublade zurück.

»Wo sind sie?«, fragte Zebulon.

»Baranofsky hat in einer spanischen Stadt südlich von hier irgendwelchen Ärger bekommen. Er soll hinter Gittern sitzen. Über die Frau wird Stebbins Bescheid wissen. Er hängt seinen Hut im Busted Flush an die Wand, einem Café die Straße runter.«

»Werden Sie zahlen?«, fragte Zebulon.

Der Kapitän schüttelte den Kopf. »Hören Sie schlecht? Ihre Passage und die Reise durch Panama wurden bezahlt, das war weit mehr, als Sie verdient haben, angesichts der Scherereien, die ich mit Ihnen hatte. Ist Ihnen bewusst, dass auf Ihren Kopf fünfhundert Dollar Belohnung ausgesetzt sind, tot oder lebendig? Ich hätte Sie verhaften lassen sollen.«

»Zahlen Sie«, sagte Zebulon und nahm einen Brieföffner vom Schreibtisch.

Der Kapitän stolperte zu einer Truhe. Er holte eine Offiziersuniform heraus und warf sie Zebulon zu. »Von meinem Vater. Vizeadmiral der kaiserlichen Marine. Die wird die Glücksritter und die Gesetzeshüter verwirren. Und jetzt fort mit Ihnen. Gehen Sie, und kommen Sie mir nie wieder unter die Augen. Dafür verspreche ich Ihnen, dass ich Sie nie erwähnen werde, nicht einmal mir selbst gegenüber.«

Zebulon zog die zu enge Jacke mit den blauen Epauletten an. Dann stieg er in die schwarze Hose, die zwei Handbreit zu kurz war und an den Seiten breite rote Streifen hatte. Als Nächstes kamen die Schaftstiefel. Vervollständigt wurde die Ausstaffierung durch einen Admiralshut mit Kokarde und einen langen Degen in der Scheide.

Zebulon nahm einen Revolver mit Perlmuttgriff aus der halb geöffneten Schublade. Er sah in einen Spiegel und zerschoss sein Bild in tausend Scherben. Eine zweite Kugel öffnete den Verschluss eines kleinen Wandtresors.

Nachdem er siebzig Dollar in Goldmünzen, eine Kette schwarzer Südseeperlen und eine vergoldete Taschenuhr an sich genommen hatte, steckte er den Revolver in seinen Gürtel und riss Dorfheimer auf die Füße. Dorfheimer schloss die Augen, er rechnete mit dem Schlimmsten. Zebulon umarmte ihn. Darüber war der Kapitän so verblüfft, dass er heulend und nach Luft ringend zusammensackte.

Als Zebulon sich wieder an Deck zeigte, begrüßten ihn die Versammelten mit lautem Hallo und Applaus, denn alle glaubten, er hätte Dorfheimer wegen seiner überteuerten Unterkünfte und seines ungenießbaren Essens erschossen. Am Ende der Gangway drehte Zebulon sich noch einmal um und grüßte den Kapitän, der von der Brücke auf ihn herabsah.

»Wir sehen uns in der Hölle wieder«, rief Dorfheimer.
»Ich bin schon in der Hölle«, rief Zebulon zurück.
Er warf den Admiralshut ins Hafenbecken und bahnte sich seinen Weg durch die Menge auf dem Kai.

★

Er brauchte nicht lange, um das Busted Flush Hotel mit angeschlossenem Saloon und Sportartikelgeschäft zu finden, ein dreistöckiges Backstein-Lagerhaus in einer ebenerdigen Reihe heruntergekommener Saloons, Kurzwarenhandlungen und Bordelle. Drinnen wimmelte es von Matrosen, Spielern, Goldsuchern und den üblichen Taschendieben. Von Stebbins war nichts zu sehen. In einer Ecke umstanden Schaulustige einen Ring, in dem ein Vielfraß mit einem halbverhungerten Wolf kämpfte. Am anderen Ende der Halle prügelten zwei Faustkämpfer besinnungslos aufeinander ein, bis der größere, ein dreihundert Pfund schwerer Samoaner, seinen Gegner mühelos wie einen Sack Mehl hochhob und ihn gegen die Wand warf, sodass er sich das Genick brach.

Als per Ausruf Herausforderer gesucht wurden, meldete sich Zebulon – sehr zum Gaudium der Zuschauer, die ihn aufgrund seiner Uniform und seiner kurzgeschorenen, noch kaum nachgewachsenen Haare für einen entlaufenen Sträfling oder einen durchgeknallten Goldgräber von der Ostküste hielten.

Bis zur Hüfte nackt, wurde er als Admiral Doom angekündigt, ein angeblicher Champion der maldowischen Marine, in über hundert Kämpfen unbesiegt. Noch bevor die Vorstellung beendet und die Wetten abgeschlossen waren, trat der Samoaner ihn in die Weichteile und versuchte, ihm ein Auge auszudrücken. Er rappelte sich mühsam auf, fiel aber erneut auf den Rücken, während der Samoaner in Siegerpose die Arme hochriss. Während er auf das Ende wartete, überkam ihn eine unerwartete Ruhe, und dann floss ein Energiestrom durch seine Adern wie Wasser durch ein geöffnetes Schleusentor. Die Kraft schoss sein Rückgrat hinauf und ließ ihn in eiskalter Wut auf die andere Ringseite stürzen, wo er den Samoaner mit einem Trommelfeuer von Schlägen gegen Kopf und Rumpf eindeckte und ihm schließlich einen gemeinen Tritt in die Magengrube versetzte. Während der verblüffte Samoaner in die Knie brach, hieb Zebulon ihm mit beiden Fäusten von oben auf den Kopf. Dann brach er ihm mit dem Unterarm das Jochbein. Der Angriff, so schrieb Stebbins hinterher in einer von San Franciscos Zeitungen, dauerte weniger als eine Minute und war so präzise wie eine Hinrichtung.

Die Zuschauer brachen in frenetischen Beifall aus: »Ein Hurra auf Admiral Doom!«, schrien sie. »Doom! Doom! Doom!«

Für seine Bemühungen erhielt Zebulon fünfundzwanzig Dollar und ein sauberes Handtuch, mit dem er sich das Blut abwischen konnte.

Er drängte sich zu einem Nebenraum durch, in dem es Drinks aus dünnen Gummischläuchen gab: Jeder Gast durfte so viel Schnaps einsaugen, wie er vertrug, bis er außer Puste geriet oder ohnmächtig wurde. Während der Schnaps durch seine Kehle rann, hörte er durch den rauen Lärm hindurch ein Lied, vorgetragen von einer Stimme, die ihm wie das zugespitzte Ende eines Pflocks ins Herz drang:

Black Town gals are plump and rosy
Touch them and they'll sting like hornets.
Black Town gals are lovely creatures
Painted cheeks and sassy bonnets.

Delilah stand auf einem hölzernen Podest im hinteren Teil des Raums. Sie trug ein tief ausgeschnittenes rotes Kleid, war stark geschminkt und hielt die Augen halb geschlossen. Die Neulinge in dem Raum hatten noch nie jemanden wie sie gesehen oder eine so eindringliche, melancholische Stimme gehört. Zwei Geiger und ein Akkordeonspieler begleiteten sie:

Think they'll marry white man preachers
Heads thrown back to show their features.
Ha, ha, ha, Black Town gals!

Zebulon bemerkte Stebbins, der allein an einem Tisch saß und sich hin und her wiegte, während sie unter stürmischem Applaus die beiden letzten Zeilen wiederholte.

Er kniff die Augen zusammen, als Zebulon sich zu ihm setzte.

»Ich habe gehört, Sie verbreiten Lügen über mich«, sagte Zebulon.

Stebbins füllte sein Glas und schob es Zebulon hin. »Dafür bin ich da: um die unersättliche Neugier und den Hunger auf Folklore von der Siedlungsgrenze zu befriedigen. Und Sie, mein Freund, zählen zu ihren größten Helden, dank meiner abenteuerlich aufgeblasenen Prosa.«

Er sah zu Delilah hinüber. »Ein Glück, dass sie mir mehr intime Details über Sie verraten hat, als sich jeder Schreiberling träumen lassen würde. Dass Sie vergessen, vor dem Liebesakt die Stiefel auszuziehen, dass Sie gewalttätig werden, wenn Sie beim Kartenspiel oder beim Billard verlieren, oder dass Sie zwanghaft Lügengeschichten aus Ihrer Vergangenheit zum Besten geben. Durchweg rührende menschliche Schwächen, die einen Artikel ansprechend und interessant machen.«

Zebulon ging um den Tisch herum und hob Stebbins von seinem Stuhl.

»Extraausgabe! Extraausgabe!«, rief Stebbins und versuchte sich zu befreien. »Geistesgestörter Trapper wird zum Berserker! Tötet Reporter wegen Artikel über sein Vorleben als Gesetzloser! Alles über seine anrüchige Liebesaffäre mit einer abessinischen Kurtisane und einem russischen Grafen!«

Zebulon ließ ihn auf seinen Stuhl fallen und setzte sich, als Delilah ein neues Lied anstimmte:

Oh, what was your name in the States:
Was it Zebulon or Ivan or Stebbins or Bates?
Did you flee for your life, or murder your wife?
Say, what was your name in the States?
I'd comrades then who loved me well,
A jovial, saucy crew;
A few hard cases, I'll admit,
Though they were brave and true.

Whatever the pinch, they'd never flinch,
Would never fret or whine –
Like good old bricks they stood the kicks
In the days of '49.

»Ein gut gemeinter Rat«, sagte Stebbins und schenkte ein. »Verwenden Sie ein Pseudonym. Vor allem in San Francisco. Aber nicht Admiral Doom. Admiral Tod hat mehr Biss. Denken Sie drüber nach. Schließlich kennen sie den hier, den Tod. Den Tod und das Gold. Aber Doom, Verdammung, nein. Das ist das Letzte, wovon sie was hören wollen.«

Sie drehten sich beide zur Bühne um und betrachteten Delilah, die zu ihrem Tisch herübersah und ein weiteres Lied sang:

So I'll pack my clothing
And in search of him I'll go.

I'll cross the wide, wide ocean
Through storm winds and snow.

And never shall I marry
Until the day I die.

So I'll die broken-hearted
For my old mountain boy.

Die nächste Strophe sang sie auf Portugiesisch, oder vielleicht war es auch ein ganz anderes Lied. Sie dehnte die Vokale und schloss jeden Vers mit einem melancholischen Klagelaut ab, der langsam aus dem Bauch in ihre Kehle aufstieg. Als sie endete, weinten mehrere Männer, ohne sich ihrer Tränen zu schämen, außerstande, ihre geheimen Sehnsüchte und Ängste zu beherrschen. Ein Mann feuerte einen Schuss an die Decke ab. Andere stellten sich auf ihre Stühle, klatschten und warfen Münzen und Nuggets auf das Podest, die von den Musikern aufgelesen wurden: Die Hälfte behielten sie für sich, den Rest gaben sie Delilah.

Zebulon sah zu, wie sie sich langsam durchs Publikum schlängelte, als müsste ihr müder, zerbrechlicher Körper gegen starken Wind ankämpfen.

»Wie erstaunlich!«, sagte sie zu Zebulon, als sie sich zu ihm setzte. »Du hast bei der deutschen Marine angeheuert. Und bist schon Offizier. Deine Uniform müsste allerdings ein bisschen ausgebessert werden.« Sie schenkte sich einen Drink ein. »Stimmt es, dass sich die Deutschen Kalifornien und Oregon einverleiben wollen, zusätzlich zu Mexiko und Alaska? Oder waren das die Engländer?«

Er sah sie unverwandt an, bestürzt über ihre Magerkeit und die tiefen Falten um Mund und Augen.

»Ich weiß«, seufzte sie. »Ich weiß, genau hinsehen darf man bei mir nicht mehr. Die *joie de vivre* eines Mädchens verflüchtigt sich so leicht, wenn sie sich mit Singen ihr

Abendessen verdienen muss.« Sie schüttelte den Kopf. »Und was ist mit dir? Besonders gut siehst du auch nicht aus.«

Sie sah einem nur gut einen Meter großen Kellner entgegen, der durch den Saal auf ihren Tisch zukam, ein Tablett über seinem Gnomenkopf balancierend.

»Ich hatte gehofft, jemand wäre auf ihn getreten«, sagte sie müde, als der Liliputaner eine Flasche Whiskey und zwei Gläser auf den Tisch stellte.

Der seltsame Zwerg nickte Zebulon zu und sprach auf Portugiesisch mit Delilah.

»Toku ist verwirrt deinetwegen«, sagte sie zu Zebulon. »Warum, weiß ich nicht. Warum sagst du es uns nicht, Toku? Wir haben an diesem Tisch keine Geheimnisse. Oder nur sehr wenige.«

Der Zwerg zeigte auf Zebulon. »Sag deinem Freund, er soll die Finger vom Glücksspiel lassen«, sagte er in abgehacktem Englisch, »sonst endet er irgendwann im Straßengraben. Wenn du weißt, was ich meine.«

»Ich weiß nicht, was du meinst«, sagte sie.

Er zuckte die Achseln und nahm sein Tablett. »Du weißt genau, was ich meine.«

»Kommst du zu unserer Verabredung?«, fragte Delilah.

»Wenn ich hier fertig bin. Nicht eher. Hast du eine Ahnung, wie schwer es ist, drei Meerschweinchen zu finden? Und nicht nur irgendwelche drei Meerschweinchen. Sie müssen alle gleich alt sein und die gleiche Farbe haben. Und die Mondphase muss stimmen und noch etliche andere Sachen, von denen du keine Ahnung hast. Wenn du mich noch einmal fragst oder mich auch nur schief anschaust, redest du künftig nur noch gegen eine Wand.«

Er drehte sich um und ging durch den Saal zurück wie ein betrunkener Matrose auf einem schlingernden Schiff.

»Ein Freund von dir?«, wollte Zebulon wissen.

»Er war auf einem englischen Schiff so eine Art Haustier oder Hofnarr für den Grafen«, erklärte sie. »Als alle zu den Goldfeldern gezogen sind, ist er hiergeblieben. Er hat mich singen gehört und gesagt, er hätte mich in einem früheren Leben gekannt. Er ist Afrikaner. Jedes Mal, wenn ich ihn frage, von welchem Stamm er ist, sagt er etwas anderes: Baule, Bwiti, Pygmäe. Was immer er ist, er hat bemerkenswerte Fähigkeiten und sieht Dinge, die andere nicht sehen können. Ich glaube, ich habe eine Schwäche für Menschen mit dem zweiten Gesicht.«

Sie machte Anstalten, ein Glas Whiskey in einem Zug auszutrinken, dann besann sie sich. Sie stand auf, hielt sich kurz an der Stuhllehne fest und ging dann langsam aus dem Saal.

★

Er hätte sie gehen lassen sollen, das wusste er, aber er folgte ihr trotzdem, blieb jedoch außer Sichtweite, während sie durch eine Seitentür in den knöcheltiefen Schlamm einer Gasse hinaustrat. Einmal dachte er, er hätte sie aus den Augen verloren, doch im nächsten Moment sah er sie in einen Hof einbiegen.

Er blieb im Dunkeln, als sie an die Tür des zweistöckigen Holzhauses mit den vergitterten Fenstern klopfte. Wieder einmal sah er sich vor eine Wahl gestellt. In der Vergangenheit hatte er seinen Kurs nach seinem Instinkt und bestimmten Zeichen ausgerichtet: ein Wechsel der Windrichtung, ein Lagerfeuer am Horizont, Spuren im Schnee. Jetzt aber empfand er nur Angst.

Als die Tür aufging und Delilah im Inneren verschwand, ging er weiter durch die Gasse zum Hafen hinunter. Er konnte nach Süden reiten, nach Mexiko, dachte er. Aber diese Reise hatte er schon einmal gemacht. Und jetzt war ein Kopfgeld auf ihn ausgesetzt. Gesucht. Tot oder lebendig. Besser, er versuchte sein Glück auf den Goldfeldern. Er hatte Dorfheimer genug abgenommen, um sich einen anständigen Claim zu kaufen. Oder er konnte nach Oregon oder Alaska rauf. Er wusste, wie man von der Hand in den Mund lebt. Patrouille reiten, Vieh treiben, Pferde zureiten – alles möglich, solange er nur in Freiheit war und keiner ihn kannte. Er schaute über den Hafen, wo Ankerlichter von Hunderten von Schiffen blinkten. Die Stadt quoll über von Aufträgen, die erledigt sein wollten. Wenn aus einer Sache nichts wurde, gab es noch zehn andere.

Zum Teufel mit ihr, dachte er und kehrte dorthin zurück, wo er sie zuletzt gesehen hatte. Er drehte sich in dem Hof eine Zigarette, dann drückte er sie aus und klopfte an die Tür.

Ein Chinese machte auf und musterte ihn durch Brillengläser so groß wie Vogeleier. Sein langer schwarzer Zopf reichte ihm bis unter die Taille, sein zaundürrer Körper war in ein braunrotes seidenes Gewand gehüllt.

Zebulon folgte ihm in einen engen, niedrigen Raum, der von blakenden Kerzen erhellt wurde. Im Dämmerlicht erkannte er eine Couch und eine Reihe von Sesseln mit schattenhaften Gestalten, die er für Prostituierte hielt.

»Du will?«, fragte der Chinese und schnippte mit den Fingern.

Ein knabenhaftes Mädchen, nicht älter als vierzehn, erhob sich aus einem der Sessel und kam auf Holzsandalen auf ihn zugeklappert; ihren mageren Körper umhüllte ein dünnes gelbes Hemdchen.

»Junge Freud«, sagte der Chinese. »Kleine Knospen. Wie Pfirsich. Gut für Herz.«

Seine Aussprache war seltsam präzise, als hätte er sein Englisch bei Missionaren gelernt.

»Ich bin auf der Suche nach einer Frau«, sagte Zebulon. »Sie ist ein Mischling. Nicht weiß und nicht schwarz. Langes schwarzes Haar.«

Der Chinese schüttelte den Kopf. »Delilah nicht zu kaufen.«

»Nicht kaufen«, beharrte Zebulon. »Nur reden.«

Der Chinese schlug die Hände zusammen, als wollte er einen Moskito erschlagen. »Zwanzig Dollar. Aber nicht berühren. Nur rauchen.«

Zebulon zahlte und folgte dem Chinesen in ein Hinterzimmer, in dem es nach gerösteten Kastanien roch. Auf einem niedrigen Tischchen standen eine Lampe und mehrere Schalen mit schwarzer Opiumpaste. Ausgemergelte Männer lagen in Reihen auf schmalen Pritschen, die Köpfe auf polierten schwarzen Holzklötzen. Delilah lag auf einer der unteren Pritschen und zog an einer langen Bambuspfeife, die eine alte Chinesin in einem hochgeschlossenen schwarzen Kleid für sie angezündet hatte.

»Träumst du mich?«, fragte sie lächelnd, als er sich neben sie legte. »Oder träume ich dich? Oder werden wir beide von jemand anderem geträumt?«

Sie zog an der Pfeife, dann atmete sie langsam aus.

»Wo ist meine Kette?«

Es dauerte eine Weile, bis es ihm einfiel. »Gestohlen.«

»Wundert mich nicht. Auch alles andere wurde mir gestohlen oder weggenommen. Es bleibt einem nichts anderes übrig, als in Verluste zu investieren … Fragst du dich manchmal, wer zu wem gehört …? Oder warum? Oder warum die meisten Menschen lieber auf ihren Tod zustürmen, statt ihm auszuweichen?«

Die Alte bot ihm eine Pfeife an, dann hielt sie einen langen Draht mit einem Klümpchen Opiumharz am Ende hoch. Nachdem er das Harz angezündet hatte, bedeutete sie ihm, er solle an der Pfeife ziehen. Er wiederholte die Prozedur noch mehrmals, dann drehte er sich auf den Rücken und starrte an die Decke.

Delilahs Stimme trieb auf ihn zu wie ein Blatt auf einem träge fließenden Fluss. »Wenn sie dir die Füße reibt, schwebst du in der Luft.«

Er schwebte nicht. Er war ein Frosch unter einem riesigen Daumen, bis er einen Finger vor seinen Augen hin und her bewegte.

»Ich habe Ivan betrogen«, sagte Delilah. »Und dich betrogen. Aber wenn du auf dem Schiff geblieben wärst, hätte Ivan dich umgebracht. Er hatte es schon einmal probiert. In New Mexico. Oder war es in der Türkei?«

Er erinnerte sich, wie er als kleiner Junge eine Adlerfeder gesehen hatte, die aus einem blutroten Himmel herab getrudelt und dann sanft auf seinem Kopf gelandet war.

»Das ist ein Zeichen«, hatte sein Vater gesagt, nachdem er den Adler erlegt hatte. »Ich will verdammt sein, wenn ich weiß, was es bedeutet. Aber es ist besser, nicht drüber nachzudenken.«

»Ist dir klar, dass finstere Geister auf der Suche nach uns sind?«, fragte Delilah. »Nach Ivan … und nach mir … und nach dir … Sie wissen nicht, was sie sonst tun sollen. Sie machen Jagd auf Beute, und wenn sie Beute finden, verschlingen sie sie, als wollten sie sich in den verwandeln, den sie töten.«

Sie lagen nebeneinander, ihre Körper berührten sich kaum, sie rauchten und schlüpften jeder in des anderen Träume und wieder hinaus. Er fühlte sich in der Schwebe, irgendwo zwischen Himmel und Erde.

»Oder überhaupt nirgendwo«, sagte er zu den Fingern, die über seine Füße strichen.

Der Gedanke war angenehm – nirgendwohin unterwegs zu sein. Nie mehr weiterzugehen. Nie mehr zu jagen. Nie mehr einen Ort einem anderen zuliebe zu verlassen. Oder eine Frau einer anderen wegen.

Ihre Stimme fand ihn wieder. »Aus San Francisco sind wir nach Norden geritten, Ivan und ich … So wild, so viele Flüsse zu überqueren, so viele Waffen und Pferde. Ivan hat mehr Gold gefunden, als irgendwer jemals brauchen würde. Dann hat er alles beim Kartenspiel verloren. Und mich dazu … So viele Männer … ich war weit und breit die einzige Frau … brutale Männer … ich wollte dich nie wiedersehen … du wirst wegen Mord gesucht … Pferdediebstahl … Bankraub … ein sehr gefährlicher Mann. Als ich dich in dem mexikanischen Hotel gesehen habe, dachte ich, du wärst hinter mir her … Was ich nicht wusste: Ich war auch hinter dir her.«

Er rollte sich zusammen wie ein verängstigtes Tier, den Arm über den Augen, das Herz hämmernd, als säße es in einer Falle.

Eine alte Frau in der zugeknöpften Segeltuchjacke eines Mannes beugte sich herab, in der Hand eine Pfeife, und lud ihn ein, daran zu ziehen, in einem anderen Traum zu verschwinden …

»Von überallher kamen Männer, um mich singen zu hören«, sagte Delilah. »Dann hat mich Ivan wiedergefunden. Das gelingt ihm immer, weißt du. Und dann geht er.«

In einem anderen Raum spielte jemand Flöte, und eine Frau sang von Liebe und einer Reise, die nie zu Ende geht.

»Jetzt wird Ivan sterben. Als er mich in London verließ, hat mich ein Engländer bei sich aufgenommen. Ein Gesangslehrer. Ein Adeliger … Ich habe eine Schwäche für Adelige. Sie sind so unnahbar und unerreichbar … Er hat mir Operngesang beigebracht … Englisch sprechen und lesen … Jedes Mal, wenn ich ihn verlassen wollte, wurde er sehr grausam.«

Am anderen Ende des Raums massierte das chinesische Mädchen die Füße der Sängerin, oder vielleicht waren es auch seine eigenen Füße. Ihr Duft gab ihm das Gefühl, mitten in einem Garten zu liegen. Oder auf einem Friedhof.

»Ivan hat mich erwischt, wie ich mit dem Engländer geschlafen habe«, fuhr sie fort. »Er wollte mich umbringen. Er hatte im Gefängnis gesessen. In Russland … Sie hatten ihn gefoltert … Er hat Narben auf den Wangen von brennenden Zigaretten. Er ist gar kein Graf, weißt du … Er ist ein Spion und ein Schuft und ein Geschäftsmann. Er hat gelächelt, als er den Engländer in den Kopf geschossen hat.«

Er fragte sich, ob es Ivan war, der in Panchito auf ihn geschossen hatte. Oder war es Delilah gewesen? Oder jemand anders? War er in Wirklichkeit längst tot und träumte sein Leben und wie es gewesen war oder hätte sein können? Er war auf einer Reise. Dessen war er sich sicher. Einer Reise, die er nicht verfolgen konnte, ohne Anfang und Ende, ohne Grenzen, an die er sich hätte halten können.

Wieder näherte sich ihre Stimme: »Als meine Eltern gestorben waren, habe ich bei meiner Großmutter gelebt … Sie war über hundert Jahre alt … Ich war in einem Traum zu ihr gekommen, bevor ich geboren wurde … Weil ich gemischtes Blut vieler Rassen habe, hat sie gesagt, ich dürfe nicht zwischen die Welten geraten … Ich habe nie auf sie gehört, und jetzt ist es mein Schicksal … zu lernen, wie man stirbt, immer und immer wieder … In meinem früheren Leben … ich kann mich nicht erinnern … Sie hat mir gesagt, ich soll alles verlassen, woran ich hänge … auch sie, um in der Welt zu sein, aber nicht von dieser Welt … Als ein portugiesischer Sklavenhändler meine Großmutter umgebracht und mich verschleppt hat, habe ich den Glauben an Gott verloren …«

Mitten in der Nacht, oder am nächsten Tag, schlug er die Augen auf.

Delilah blickte auf ihn herab.

»Weißt du, wer ich bin?« Ihre Stimme war ein leises Flüstern, wie ein Frösteln in Baumwipfeln. »Ich bin die eine, die in finsterer Nacht auf Erlösung ausgeht, die in Träumen im Innern von Träumen gefangen ist. Weil ich meinen Weg verloren habe, bin ich die Geisel von allem, was zwischen den Welten schwebt. Dich eingeschlossen.«

★

ER FOLGTE IHR, vorbei an den verlorenen Träumern, die zusammengerollt auf ihren Pritschen lagen, und dann eine gewundene Gasse hinab, um Abwasser herum, das aus Eimern auf die Straße geschüttet wurde, um ausrangiertes Bergbaugerät und Goldgräber, die auf durchnässten Brettern schliefen.

Am Wasser unten ließen sie sich auf einen Haufen Getreidesäcke fallen, die an einen umgestürzten Leiterwagen gestapelt waren, und schliefen ein, einer in den Armen des anderen. Vor ihnen breiteten sich langsam dicke Nebelschichten aus, über die Armada verlassener Schiffe im Hafen und die vielen Flussboote, die Dollbord an Dollbord längs der müde durchhängenden Landungsstege vertäut lagen.

Schrille Trompetenklänge und dumpfes Getrommel weckten sie.

Zehn, zwölf Männer in glänzend schwarzen Anzügen tauchten aus dem Nebel auf, als Marschkolonne hinter einer Frau mit rotem Fes und gelben Hosen, die ein Schild hochhielt, auf dem das Ende der Welt und die festliche Eröffnung des Paradise Hotel verkündet wurden.

Sie lehnten sich im Sitzen aneinander, und ihre Körper schwankten wie Rohr im Wind. Die Nacht hatte sie leer zurückgelassen, ohne Gefühl für Dringlichkeit oder Richtung, aller Träume und Absichten ledig. Der Nebel hatte sich aufgelöst, und die Sonne streute ihre Lichtstrahlen über die Bucht aus. Auf der Straße trieb ein pfeifender kleiner Junge einen Ball mit einem Stock vor sich her. Ein paar brasilianische Matrosen schlenderten Hand in Hand den *embarcadero* hinunter, gefolgt von einem Maultiergespann, das einen mit Bergbaugeräten beladenen Leiterwagen zog.

»Ich gehe allein weiter«, sagte sie. »Ich komme morgen zurück und suche hier an dieser Stelle nach dir. Wenn du nicht hier bist, weiß ich, dass an ein Ende gekommen ist, was immer zwischen uns war.«

Er blieb sitzen und sah zu, wie sie aufstand und ohne ein weiteres Wort von ihm fortging. Als sie sich endlich doch umsah, stand er auf und folgte ihr ans Ende des *embarcadero* und dann über einen schmalen grasbewachsenen Pfad, der durch verkrüppelte windgepeitschte Kiefern und Dickichte wilder Heckenrosen führte. Nach einem steilen Anstieg mit Blick aufs Meer blieben sie vor einer runden Hütte aus Reisig und Segeltuchbahnen stehen. Hinter der Hütte hingen Amulette und auf Stoffstreifen geschriebene Gebete von den Ästen einer hoch aufragenden Eiche. Die Holzfigur einer dreibrüstigen Frau bewachte den Eingang der Hütte. Eine kleinere Figur, ein grinsender Affe mit vorspringendem Bauch, stand dahinter, mit der Haut einer Klapperschlange um den Hals.

Delilah zog eine Segeltuchklappe vor den Eingang der Hütte. »Willkommen in meinem Heiligtum. Aber wenn du hineingehst, sei gewarnt: Es könnte sein, dass du nicht wieder herauskommst.«

Sie führte ihn zu einem Kreis glatter runder Steine am Rand einer steil abfallenden Felswand. Unter ihnen schwappten lange gekräuselte Wellen gegen die steinige Küste. So weit das Auge reichte, gab es kein Anzeichen von menschlichem Leben, bis auf einen Vollmastschoner, der sich nach Norden vorankämpfte.

Sie saßen schweigend im Inneren des Kreises. Als die Sonne verschwand, verließ sie ihn und kam mit einer Schüssel Wasser und einem Tuch zurück. Sie zog ihn aus und legte seine Kleider außerhalb des Kreises auf einen Haufen, dann tauchte sie das Tuch ins Wasser und wusch ihn von Kopf bis Fuß.

Sie sprach mit ihm, als müsste sie ein Kind belehren: »Du musst sauber sein, wenn du dich in den Kreis stellst. Sonst störst du die Geister.«

Sie reichte ihm das Tuch und die Wasserschüssel und entledigte sich ihrer Kleider, legte sie neben seine und erlaubte ihm dann, langsam das nasse Tuch über ihren Körper zu breiten.

Sie wurden von Toku gestört, der auf sie zukam. Er schleifte einen schweren Rupfensack hinter sich her, schüttelte ein Tamburin und trug eine geflickte gelb-orangefarbene Robe, die ihm bis zu den Knöcheln reichte.

»Ich bin müde und sehr aufgebracht«, sagte er und ließ sich innerhalb des Kreises fallen. »Du hättest mir sagen können, wie lange es dauern würde, hierher zu gelangen. Und ich muss mein Geld haben, bevor ich anfange. Meine Geister arbeiten nicht umsonst.«

»Gib ihm zehn Dollar«, wies Delilah Zebulon an.

»Dreißig«, erwiderte Toku. »Und selbst dann tun sie dir einen Gefallen.«

»Fünfzehn«, widersprach Delilah.

Nachdem Zebulon ihn bezahlt hatte, griff Toku in seinen Sack und zog drei quiekende Meerschweinchen und einen Krummsäbel heraus. Er kauerte sich hin, schlitzte den Tieren kreuzweise den Bauch auf und steckte die Finger in ihre Eingeweide.

Er sah zu Delilah auf. »Du bist verwirrt, weil du nicht weißt, wer dich träumt. Dein Problem ist, dass deine Träume dich beherrschen und nicht umgekehrt. Du weißt nicht mehr, wie man auf der Erde steht. Zu lange hast du im Traumpalast herumgelungert und bist verlorenen Männern gefolgt.«

»Das hätte ich dir auch sagen können«, sagte sie.

»Du hast es aber nicht getan«, erwiderte er.

Er wischte sich die Hände an seiner Robe ab, sprang aus dem Kreis und schlug das Tamburin. Dann sprang er zurück, ging in die Hocke und untersuchte die Eingeweide erneut mit einem Stöckchen.

»Ich sehe eine Prophezeiung, die mehr ist, als ich angesichts deines umwölkten Geistes zu sehen erwartete. Du wirst einen Sohn bekommen, aber er wird seinen Vater nie kennenlernen. Da ist noch etwas anderes, das ich nicht verstehe: etwas in der Art, dass du nie fähig sein wirst, länger als einige Tage an ein und demselben Ort zu verweilen.«

Er zeigte auf Zebulon. »Das wird auch für dich gelten. Nicht dass das meine Sache wäre.«

»Was ist denn deine Sache?«, fragte Zebulon.

Toku ließ sich auf den Rücken fallen, gackerte wie ein Huhn und schlug mit den Händen auf die Erde. »Meine Sache? Meine Sache ist es, Geld zu verdienen. Warum wäre ich sonst in diesem Land? Eines Tages werde ich genug beisammen haben, um mir ein Restaurant zu kaufen. Und dann ein Hotel. Vielleicht kehre ich sogar in meine Heimat zurück und beteilige mich an einem Königreich.«

Er nahm zwei Würfel aus seinem Sack und rollte sie über die Erde, dabei murmelte er eine Beschwörung in einer fremden Sprache.

»Als du ein kleiner Junge warst, wollte dich jemand ertränken. Vielleicht war es dein Bruder. Der, der nicht dein richtiger Bruder ist. Oder vielleicht war es dein Vater. Wer immer es war, du lebst in einer großen Wirrnis. Seit damals hast du Angst vor dem Wasser. Wasser bedeutet für dich Tod, und ehe du nicht zu dem stirbst, der du bist, wirst du nicht fähig sein zu leben. Verstehst du? Du wirst immer auf Wanderschaft sein, um herauszufinden, wer du bist. Wie alle anderen auch in diesem verrückten Land.«

Er stocherte wieder in den Eingeweiden.

»Hat dir jemand ins Herz geschossen?«

»Ich glaube ja«, antwortete Zebulon.

»Du glaubst?«, sagte Toku »Was ist denn das für eine Antwort?«

»Kannst du endlich damit aufhören?«, fragte Delilah. »Ich habe dich nicht gebeten, hier heraufzukommen und über ihn zu reden.«

»Eins noch«, sagte Toku befremdet. »Dein Freund ist ein gewalttätiger Mensch, der getötet und eine Menge Unruhe gestiftet hat. Er denkt, Verdammnis ist Tod und Tod ist Verdammnis. Deswegen wandert er ruhelos umher wie ein Geist und weiß nicht, welcher Pfad ihm bestimmt ist.«

Schweigend durchsuchte er die Eingeweide, dann nickte er Delilah zu. »Für dich gilt dasselbe. Auch du bist immer nur auf der Durchreise. Das ist der Grund, weshalb es euch zueinander hinzieht und warum ihr nie zusammen sein werdet. Findet ihr das amüsant? Ich nicht. Ihr müsst einen Weg finden, einander zu helfen, damit ihr voneinander frei sein könnt. Vielleicht ist es das, was die Menschen hierzulande unter Liebe verstehen. Wer weiß? Ich nicht.«

Er nahm seinen Säbel und hob einen schmalen Graben aus. Dann wies er sie an, sich auf den Rücken zu legen, Kopf an Kopf. Nachdem er sie bis auf Augen und Nasenlöcher mit Erde bedeckt hatte, griff er in seinen Sack und holte eine runde Maske heraus, die einen grinsenden Affen darstellte. Dann begrub er die Maske zwischen ihren Köpfen.

»Diese Maske ist euer Gesicht und das Gesicht eines jeden, der je gelebt hat. Wenn ihr begreift, dass die Trennungen zwischen den Menschen Illusionen sind, werden die Geister dorthin zurückkehren, wo sie hergekommen sind. Im Augenblick sind die Geister zornig und verwirrt. Sie sind einzig und allein darauf aus, alles aus eurem Inneren herauszusaugen und es durch fettigen Rauch zu ersetzen. Das kann sehr unangenehm sein, wenn ihr das Gegenmittel nicht kennt.«

Er sprang auf Zebulons Brustkorb und Bauch auf und ab, schlug dabei die Trommel und schmatzte mit seinen dicken Lippen. Dann tat er dasselbe mit Delilah. Er zündete einen zur Hälfte gerauchten Stumpen an, blies den Rauch in vier Himmelsrichtungen und redete dabei laut in seiner Muttersprache auf Delilah ein. Sie hatte keine Ahnung, was er sagte, doch er schrie immer lauter und aufgeregter. Schließlich hatte sie genug und fürchtete sich so sehr, dass sie sich aus dem Graben erhob und zum Fluss taumelte, wo sie ganz untertauchte, doch im nächsten Moment zog Toku sie an den Haaren in den Kreis zurück.

»Oh …! Ah …! Ha …!«, rief er, schlug seine Trommel und spuckte Zebulon, dann auch Delilah ins Gesicht. »Oh …! Ah …! Eh …! Ha …! Ho …! Ah …! Ha …! Eh …! Ho …!«

Plötzlich ließ sich Delilah auf den Boden fallen und wälzte sich hin und her wie eine sich häutende Schlange. Zebulon stürzte neben ihr zu Boden, und seine Arme zuckten krampfhaft über seinem Kopf, während ein Strom Energie mit Macht sein Rückgrat emporstieg. Sie zuckten und wanden sich weiter neben- und aufeinander, bis die in ihnen tobenden Kräfte versiegten und alles platt und leer wurde.

»Die bösen Geister sind fort«, erklärte Toku feierlich. »Jedenfalls die meisten. Wenn sie wiederkommen, werde ich mehr als fünfzehn Dollar brauchen, um sie zu vertreiben.«

Er steckte die Maske in seinen Sack, verneigte sich vor der Affenfigur und dann vor Delilah und Zebulon.

»Wenn ihr Glück habt, seht ihr mich nie wieder«, sagte er und ging seiner Wege.

★

Am nächsten Morgen gingen sie nach San Francisco zurück. »Da wir einen langen Ritt vor uns haben, sollten wir uns ausrüsten«, sagte Zebulon und zeigte auf ein Bekleidungsgeschäft.

»Ganz meine Meinung«, sagte Delilah. »Zu wissen, dass sie mit einem Mann reist, der für sie sorgt, ist wichtig für den Gemütszustand einer Dame.«

Sie kaufte sich ein Paar Glacéhandschuhe, ein Paar hochgeschnürte schwarze Lederstiefel, zwei geschlitzte Reitröcke und schließlich einen .41er Derringer, den sie in eine lederne Handtasche steckte. Zebulon entschied sich für einen mit Silberknöpfen verzierten breitkrempigen Hut und eine mexikanische Fransenjacke mit schmalen Revers, die ihm bis über die Hüfte reichte. Zuletzt erstand er ein Paar Stiefel und ausgefallene Sporen mit silbernen Rädchen.

»Na, wie findest du meine nagelneue Aufmachung?«, fragte er und bewunderte sich in einem bodenlangen Spiegel von allen Seiten.

»Du siehst aus wie ein Richter oder ein Anwalt.« »Dann erkennt mich keiner«, sagte er.

Sie streckte die Arme aus und wirbelte vor ihm herum.

»Und ich?«, fragte sie.

»Die Frau eines Richters. Oder die Puffmutter eines teuren Bordells.«

Sie lachte. »Was ist dir lieber?«

Sie tänzelte davon, schwenkte ihre Handtasche und warf ihm über die Schulter einen koketten Blick zu. »Ich schlage vor, wir finden das heraus.«

Ihr nächster Halt war das Palace Hotel am Hafen, in dem Zebulon kurzentschlossen ein Zimmer in der obersten Etage mit Blick über den Hafen buchte, eine Transaktion, die erst möglich wurde, nachdem er Delilah als seine Sklavin vorgestellt hatte, denn Farbige, selbst wenn sie so offenkundig exotisch und unbestimmbarer Herkunft waren wie Delilah, durften das Hotel nicht betreten, es sei denn als Sklaven.

Sie stand in dem prunkvoll ausgestatteten Zimmer und sah auf den Hafen mit seinen vielen hundert verlassenen Schiffen hinaus.

»Jetzt bin ich deine Sklavin«, sagte Delilah.

»Jedenfalls für eine Nacht«, sagte er. »Stört dich das?«

Sie wandte sich ab und setzte sich auf die Bettkante. »Es stört mich, dass wir in einem Schicksal vereint sind, über das wir keine Kontrolle haben. Aber ist Schicksal nicht immer eine Art Sklaverei?«

Der Ernst ihrer Frage brachte ihn aus der Fassung, so sehr, dass er sogar Angst bekam und schließlich wütend wurde. »Wenn es dir hier nicht passt, dann solltest du vielleicht besser abhauen.«

»Ich weiß nicht mehr, wie das geht, abhauen«, sagte sie. »Und ich weiß nicht, wie es geht, hier zu sein oder irgendwo sonst. Als ich dich in dem Saloon gesehen habe, wäre ich am liebsten davongerannt. Genauso später in dem Hotel in Veracruz. Aber du kreuzt ja immer wieder auf.«

»Und was heißt das für uns beide?«

»Ich muss Ivan sehen, bevor er stirbt. Er hat auf den Goldfeldern einen Mann erschossen, in Calabasas Springs.« Sie stand auf. »Du musst nicht mitkommen.«

»Ich wollte, es wäre so«, sagte er und ging hinter ihr zur Tür hinaus.

Als sie das Hotel verlassen hatten, kaufte Zebulon zwei Pferde, und sie ritten südwärts nach Calabasas Springs, der spanischen Stadt, in der Ivan gehängt werden sollte.

★

KAUM HATTEN SIE SAN FRANCISCO hinter sich gelassen, änderte sich Delilahs Stimmung. Statt voranzudrängen, trödelte sie herum, sodass sie in gemächlichem Tempo durch die grüne Hügellandschaft mit ihren riesigen Eichen und Grüppchen wohlgenährter Rinder reiten konnten. Die einzigen Geräusche, die sie wahrnahmen, kamen von den Hufen ihrer Pferde und ihrem eigenen Atem, und dann, als wären sie in einen stillen, trägen Traum eingetaucht, hörten sie nicht einmal mehr diese.

Sie wurden aus ihren Träumen gerissen, als zehn, zwölf Kühe aus einem Abflussgraben geklettert kamen, gefolgt von einem *vaquero* mit breitkrempigem Hut, der unter lautem Rufen seine *reata* schwang. Als alle Kühe aus dem Graben heraus waren, zügelte der *vaquero* sein Pferd. Er war alt, und er hatte sichtlich schwere Zeiten hinter sich, doch so etwas wie diese beiden seltsam gekleideten Reisenden hatte er noch nicht gesehen. Wahrscheinlich ein reicher Geschäftsmann und seine Sklavin, dachte er, unterwegs zu einer der großen spanischen Ranches, die sich in der Mitte des Staates ausbreiteten wie feudale Königreiche. Doch genau wollte er es nicht wissen, deshalb bedachte er sie nur mit einem kurzen Gruß und ritt hinter seinen Kühen her davon.

Delilah spornte ihr Pferd in die entgegengesetzte Richtung an und schlug Zebulon mit der flachen Hand auf den Schenkel, als sie an ihm vorbeigaloppierte.

Lachend und schreiend sprengten sie über eine Wiese und hielten ihre Pferde dann am Ufer eines langsam fließenden Flusses an. Als Delilah sich vorbeugte, um Atem zu holen, zog Zebulon sie von ihrem Pferd und warf die sich schreiend und zappelnd Wehrende in den Fluss. Sie zogen sich im Uferschlamm aus und wälzten sich in enger Umarmung in dem seichten Wasser.

Plötzlich stand sie auf.

Er sah verständnislos zu ihr hoch.

»Ich kann nicht«, sagte sie.

»Wie meinst du das?«

»Muss ich denn immer wissen, was ich meine?«

»Ich besorge uns was zu essen«, sagte er.

Ohne sich erst wieder anzuziehen, nahm er sein Gewehr und watete durch den Fluss.

Nachdem er mehrere Kilometer zurückgelegt hatte, ohne irgendwelches Wild zu entdecken, bekam er das Gefühl, dass ihm jemand folgte. Man hörte kaum noch Vögel singen, und das Land war so still, als hielte es vor einem unbekannten Wesen den Atem an. Zuerst dachte er, es könnte ein Miwok-Indianer sein, ein einzelner Krieger von einem Stamm, den er nicht kannte, oder womöglich sogar ein Kopfgeldjäger. Er verwischte seine Fußspuren und kehrte in einem weiten Bogen an seinen Ausgangspunkt zurück. Er robbte durch hüfthohes Gras und sah, wie Delilah sich vorbeugte und am Boden nach seinen Spuren suchte. Er beobachtete sie, bis sie verschwand, dann überholte er sie in einem Bogen, um hinter hohem Gras versteckt auf sie zu warten und sie zu überraschen. Als sie nicht kam, ging er abermals zurück.

Doch auch dort war nichts von ihr zu sehen, und so machte er sich plötzlich Sorgen und rannte zum Fluss zurück.

Delilah lehnte an einem Baum. Ein paar Schritte entfernt briet ein wilder Truthahn am Spieß.

»Wenn der Wolf schweigt«, sagte sie, »geht der Mond auf die Jagd.«

In dieser Nacht schliefen sie nebeneinander und doch getrennt. Am nächsten Morgen überquerten sie den San Joaquín an einer Furt und ritten am Ufer des Tuolumne entlang, durch karges Land, in dem nur hie und da Eichenwäldchen, Erdbeerbäume und Heidekraut wuchsen.

Fünfzehn Kilometer vor Calabasas Springs näherten sie sich einer Ansammlung von Zelten und Hütten, die sich um eine halbfertige, aus Lehmziegeln gemauerte Cantina drängten.

»Wir brauchen einen Claim«, sagte Zebulon, als sie vor der Cantina absaßen.

Delilah zögerte, während sie zwei bärtige Männer anstarrte, die auf einer Bank saßen und abwechselnd aus einer Flasche tranken.

»Dem mit dem Bowlerhut kommst du bekannt vor«, sagte sie. »Keiner von beiden kann sich vorstellen, was du mit mir zu schaffen hast, oder ich mit dir, und sie fragen sich, ob ich für Geld zu haben bin.« Sie schloss die Augen und schüttelte den Kopf. »Bowlerhut hat Gelbtuch nichts von dem Nugget gesagt, das er in seiner Geldkatze vor ihm versteckt hält. Außerdem hat er seit einem Jahr nichts von seiner Frau gehört. Was vor allem daran liegt, dass sie ihn wegen eines anderen verlassen hat.«

Er sah sie an, als wäre sie wahnsinnig geworden.

»Seit ein paar Tagen habe ich das zweite Gesicht«, sagte sie. »Genau wie schon als Kind.«

Als sie auf die Cantina zugingen, beugte sich Bowlerhut vor und spuckte Zebulon Tabaksaft auf den Stiefel.

»Ich kenn dich, nich?«, sagte er mit einem starken schottischen Akzent. »Bist'n übler Kerl auf der Flucht.«

»Übel genug, um mit einem wie dir fertigzuwerden«, sagte Zebulon.

Bowlerhut stierte Zebulon an. »Machst dich über mich lustig? Weil wenn ja, wird's dir leid tun.«

Zebulon nahm ihm den Bowlerhut vom Kopf und trat ihn in den Dreck. »Frag doch mal deinen Freund, warum er die Nuggets versteckt, die er dir schuldet. Er hat sie in seiner Geldkatze. Und deine Frau kannst du abschreiben. Die ist mit einem andern auf und davon.«

Als sie die Cantina betraten, hörten sie Schreie und einen Schuss.

Der verqualmte Raum war laut und quoll über von den üblichen Goldsuchern und Huren. Im hinteren Teil spielten ein schlaksiger, flachsblonder Farmer und ein elend langer, leichenblasser Mann in einem glänzenden schwarzen Anzug Billard.

»Der in dem schwarzen Anzug wird auch Leichenbestatter genannt«, sagte Delilah. »Er ist der mit dem Geld und der, vor dem du dich in Acht nehmen musst.«

Der Leichenbestatter ließ seine weiße Kugel von zwei anderen abprallen und dann von noch einer und sah nicht auf, als der Farmer zur Tür wankte.

»Spielchen?«, fragte Zebulon.

»Dein Begräbnis«, sagte der Leichenbestatter.

Zebulon legte seine letzten zwanzig Dollar auf den Tisch, gewann drei Spiele nacheinander und verlor das vierte.

Während der Leichenbestatter sich über den Tisch beugte, setzte sich Delilah auf einen Stuhl, starrte ihn an und bewegte lautlos die Lippen.

Mitten im Stoß hielt er inne und sah sie an, mit Augen so kalt wie die weiße Kugel.

»Glotz nicht«, sagte er, dann sah er Zebulon an. »Sag deiner Hure, sie soll gefälligst wegschauen, wenn ich mich auf einen Stoß vorbereite, sonst fliegt sie raus.«

»Die sitzt auf ihrem eigenen Pferd«, antwortete Zebulon. »Nichts, was ich oder sonst jemand dagegen tun kann.«

»Das kann ich bestätigen«, mischte sich Hatchet Jack ein, der sich in diesem Moment dem Billardtisch näherte. Er wirkte wohlhabend in dem dreiteiligen schwarzen Anzug, mit dem schmalkrempigen Hut mit geflochtener Rosshaarschnur und der Schnürsenkel-Krawatte. »Wenn du dich von der Hexe drausbringen lässt, bist du verratzt. Dann musst du auf Domino umsatteln.«

Er setzte sich neben Delilah. »Na los, mach schon. Ich pass schon auf, dass nichts passiert.«

Der Leichenbestatter zwirbelte seinen Schnurrbart, dann strich er sich die Haare nach hinten und rammte mit dem Queue die weiße Kugel, die dreimal von der Bande abprallte und dann eine Kugel versenkte.

Sie machten noch zwei Spiele, und der Leichenbestatter gewann beide.

»Jetzt bist du verratzt«, sagte der Leichenbestatter und steckte die zwanzig Dollar ein.

»Nicht ganz«, mischte sich Hatchet Jack ein. »Noch ist nicht aller Tage Abend.«

Er ließ Delilahs goldene Rubin-Kette auf den Rand des Billardtischs fallen. »Ein Spiel. Alles, was du hast, gegen die Kette.«

Der Leichenbestatter ließ die Kette durch seine langen, knochigen Finger gleiten. Als er merkte, dass sie wahrscheinlich mehr wert war als alles, was er in den letzten fünf Jahren gewonnen hatte, zählte er dreißig Goldadler auf den Tisch.

»Nicht annähernd genug«, sagte Hatchet Jack, »wenn man bedenkt, dass dieses Schmuckstück einmal der Cousine des Zaren von Russland gehört hat und davor der Königin von Saba.«

Der Leichenbestatter legte noch zwanzig Goldadler dazu.

»In Ordnung«, sagte Hatchet Jack, klatschte in die Hände und ging mit raschen Schritten auf und ab, als wollte er alle Energien im Raum umarrangieren.

»Setz dich hin, oder ich bin weg«, sagte der Leichenbestatter.

Hatchet Jack setzte sich, dann stand er auf und sah Delilah an, bis sie ihm ein Zeichen machte, sich wieder zu setzen.

Aufgrund seiner nicht unbeträchtlichen Erfahrung hatte der Leichenbestatter das sichere Gefühl, dass er verschaukelt wurde und aufhören sollte, solange er vorn lag. Aber da war diese Kette. Wenn er die erst einmal hatte, würde sein Leben nicht mehr dasselbe sein.

Er holte tief Luft und beugte sich über den Tisch, während ringsum Wetten abgeschlossen wurden.

»Der Leichenbestatter mit der Leichenbittermiene«, lästerte Hatchet Jack, zu den Zuschauern gewandt. »Wie wird der erst schauen, wenn er verloren hat?«

»Und wer«, ergänzte Delilah leise, »wird den Leichenbestatter bestatten, wenn der Leichenbestatter untergegangen ist?«

Als der Leichenbestatter die nächste Kugel um Haaresbreite verfehlte, machte Zebulon die restlichen Punkte so lässig, als stünde überhaupt nichts auf dem Spiel.

»Ihr habt mich verschaukelt«, sagte der Leichenbestatter. »Ihr alle drei.«

Er raffte die Goldadler zusammen und zog dann eine winzige Pistole aus der Westentasche.

Bevor er abdrücken konnte, ließ Zebulon das Queue auf sein Handgelenk herabsausen und dann auf seinen Hinterkopf, so dass er bewusstlos zusammensackte.

Er nahm die Kette an sich, dann die Pistole des Leichenbestatters und schließlich die Goldadler, von denen er die Hälfte Hatchet Jack gab, der daraufhin eine Lokalrunde schmiss. Dann setzten sich alle drei an einen Tisch, und jeder bestellte sich eine ordentliche Portion Chicken Mole mit Maisbrot.

Als sie aufgegessen hatten, zog Hatchet Jack einen zusammengefalteten Zeitungsausschnitt aus der Jackentasche und gab ihn Delilah, die den Artikel vorlas:

»Und mitten unter uns hatten wir ein wahres Prachtexemplar aus dem Wilden Westen! Er war ein Mann der Wildnis, von keiner Zivilisation beleckt, primitiv und ohne alle

Manieren, doch spontan und großzügig in Worten und Taten. Die Fragen, die wir ihm stellten! Und die Antworten, die wir bekamen, als Zebulon Shook uns mit seinen unglaublichen Geschichten aus den Bergen von Colorado, den endlosen Wüsten im Südwesten und den Goldfeldern Kaliforniens beschenkte!

Stellt euch vor, wie verwundert wir waren, als wir erfuhren, dass Zebulon nicht nur ein berühmter Gesetzloser war, der wegen Mord, Bankraub und Diebstahl gesucht wurde und auf dessen Kopf eine hohe Belohnung ausgesetzt war, sondern auch ein von der mexikanischen Regierung gesuchter Revolutionär. Von da an hielt jeder Passagier seine Kabinentür fest verschlossen.

Das ganze Schiff war erleichtert, als er in einem kleinen Fischerdorf Hunderte Kilometer von der kolumbianischen Hafenstadt Cartagena entfernt von Bord gehen musste. Als er dort unten an der unwirtlichen Küste stand, umgeben von dichtem Dschungel, glaubten nur wenige von uns, dass wir ihn zum letzten Mal gesehen –«

Zebulon nahm ihr den Ausschnitt aus der Hand, zerriss ihn in kleine Schnipsel und ließ sie langsam auf den Boden rieseln.

»Wo wir gerade von frischem Wind reden«, sagte Hatchet Jack. »Vor einem Monat bin ich zufällig deinem Pa begegnet. Er hatte am Eel richtig viel Gold gefunden, aber dann beim Poker alles wieder verspielt.«

»Wo ist er jetzt?«, fragte Zebulon.

»Wie ich ihn das letzte Mal gesehen hab, hat er im hinteren Teil von einer Futtermittelhandlung in Silver City gelegen und geschlafen wie ein Stein. Als ich ihm gesagt hab, dass du in der Zeitung stehst und steckbrieflich gesucht wirst, tot oder lebendig, hätte er dich am liebsten aufgestöbert und

Hackfleisch aus dir gemacht. ›Ein Shook darf nie in keiner Zeitung stehn.‹ Das waren seine Worte. Von wegen Gesetzloser, da hat er nichts dagegen gehabt. Aber dass du so ein verlogener, elend blöder Idiot bist, davon ist ihm die Galle hochgekommen. Dass er das von mir erfahren hat, war natürlich auch nicht gerade günstig. Ich hab ihm ein Pferd angeboten, weil ich gedacht hab, dann sind wir quitt, aber er hat mich abblitzen lassen. Hat gemeint, es ist ihm lieber, ich steh in seiner Schuld, statt so eine alte Hämorrhoidenschaukel von mir anzunehmen, bloß um eine Rechnung zu begleichen, die besser offen bleibt.«

Zebulon zog die goldene Rubin-Kette aus der Tasche und legte sie Delilah um. »Wenn man lange genug wartet, kommt alles wieder.«

»Und dann noch einmal«, sagte sie.

»Moment«, sagte Hatchet Jack. »Ich hab die Kette in San Francisco zwei Goldgräbern abgenommen, die mich ausrauben wollten, wie ich im strömenden Regen in ihrer Hütte untergekrochen bin. Von Rechts wegen gehört sie mir, wenn man bedenkt, dass ich die beiden abknallen musste, um sie zu kriegen.«

»Sie hat sie mir geschenkt, lange bevor du sie in die Finger gekriegt hast«, sagte Zebulon.

»Was hängen bleibt, bleibt bei dem hängen, bei dem es hängen bleiben will«, beharrte Hatchet Jack. »Das war immer meine Rede, und so ist es auch.«

Delilah gab ihm die Kette.

Hatchet Jack zögerte und sah zwischen Delilah und Zebulon hin und her.

Schließlich zuckte er die Achseln und gab ihr die Kette zurück.

»Von dir zu mir, und von mir zu dir.«

»Bist du mit ihm in was verwickelt?«, fragte Zebulon.

»Er war in der Cantina, als Ivan in Calabasas Springs einen Mann getötet hat«, sagte sie.

»Hat er wegen dir jemand umgebracht?«, fragte Zebulon.

»Nein, wegen einem Kartenspiel«, erklärte Hatchet Jack. »Als ich sie in dieser Cantina in Calabasas Springs gesehen hab, hat sie Seven Card Stud gespielt mit diesem Russki-Grafen und ein paar anderen, einem Goldschnüffler und einem Postkutscher. Der Graf hat auf Teufel komm raus geboten, wegen dem ganzen Gold, das er in der Woche gescheffelt hat. Ich bin nach einem Schäferstündchen runtergekommen, und da war sie, genau wie ich sie zum ersten Mal gesehen hab, und dann war da die Schießerei in der Cantina in Panchito. Ich hab alles kommen sehen, als wär ich schon mal dabei gewesen. Ich hab mich an den Tisch gesetzt, ich war gut bei Kasse und wollte mal richtig schön abräumen. Du weißt ja, wie das so läuft. Am Schluss hing alles von einer einzigen Hand ab. Ich hatte ein Full House, und ich schwör bei Wakan Tanka, dass die Lady, die vor dir sitzt, einen Straight Flush mit Dame hatte. Und in dem Moment kommt irgend so ein Besoffener rein und brüllt, ich hätt ihm sein Pferd gestohlen. Die Wahrheit ist, ich hatte mir sein Pferd genommen, um es deinem Pa zu schenken. Und dann ist auf einmal die Hölle los – alle ducken sich weg, und Schüsse fallen von weiß Gott woher.

Ich bin in einem Straßengraben aufgewacht und hab gedacht, ich bin tot. Der Graf war abgehauen, nachdem er irgendeinen armen Kerl erschossen hatte, der ihm seinen Claim streitig machen wollte. Wie ich reingekommen bin, hat Delilah an der Bar gesessen. So hat eins zum anderen geführt. Deswegen bin ich hier, um mit dem Grafen ins Reine zu kommen, bevor er baumelt. Er ist schon eine harte Nuss, dieser Graf. Würde mir keinen Knochen hinwerfen. Hat gesagt, ich wär schuld, aber das stimmt nicht. Hat gesagt, ich hätte den Australier plattgemacht, aber das stimmt nicht. Delilah ist eine andere Geschichte.«

Er machte eine Pause. »Das Leben geht weiter, stimmt's, kleiner Bruder? Ich bring dich noch hin, wo sie den Grafen eingelocht haben, und dann bin ich mit euch beiden fertig.«

»Du bist nicht mein Bruder«, sagte Zebulon.

Hatchet Jack hob sein Whiskeyglas. »Vielleicht nicht dem Blut nach. Vielleicht nach was, das dicker ist als Blut. Aber egal. Ich trink drauf, dass wir noch auf dieser Seite vom Gras sind, Bruder oder nicht Bruder, Graf oder nicht Graf. Wir drei sind ein Gespann, und da sitzen wir jetzt.«

Als sie die Flasche geleert hatten, ritten sie davon, um in Calabasas Springs Zeugen von Ivans Schicksal zu werden.

★

Am Stadtrand wurden sie von fünf betrunkenen australischen Goldsuchern angehalten, die an diesem Morgen von ihren Grabungen herübergekommen waren, um zuzuschauen, wie Graf Ivan Baranofsky gehängt wurde, der einen der Ihren beim Kartenspiel getötet hatte. Als einer sich dicht an die Flanke von Delilahs Pferd stellte und ihr die Hand auf den Schenkel legte, schlug sie ihn mit der Peitsche ins Gesicht.

Bevor seine Kumpane reagieren konnten, packte Zebulon die Zügel ihres Pferdes, und zu dritt galoppierten sie Seite an Seite in die Stadt, wo die meisten Einwohner noch in der spanischen Kirche waren, die aus dem achtzehnten Jahrhundert stammte, und das Ende der Fastenzeit feierten. Ein paar Frauen richteten auf dem Stadtplatz Tische mit Enchiladas, Frijoles, Tamales, Grizzlysteaks und Apfel-, Pfefferminz- und Kirschkuchen her.

Hatchet Jack führte die beiden durch eine Ansammlung roter Ziegelbauten und dann ein schmales Gässchen hinter der Kirche hinunter zu einem Schuppen aus Lehmziegeln, der ein vergittertes Fenster hatte. Auf einer Bank vor der Tür saß ein Hilfssheriff mit einem Gewehr auf dem Schoß.

»Zutritt verboten«, sagte der Hilfssheriff. »Nur einer von euch kann durch das Fenster mit ihm sprechen.«

Hatchet Jack und Zebulon wechselten auf die andere Seite der Gasse, während Delilah sich dem Fenster näherte.

Ivan saß an die Wand gelehnt, ein Bein an eine lange Kette geschlossen.

»Ivan«, rief sie und spähte durch die Gitterstäbe.

Er sah auf. »Du hättest nicht kommen sollen.«

»Ich hatte keine Wahl.«

Er humpelte ans Fenster und griff durch die Eisenstäbe. Mit einem Finger berührte er ihre Hand.

»Du hättest mich schon längst verlassen sollen.«

»Ich hab's versucht.«

»Das stimmt. Und wie du's versucht hast. Ich hab immer gehofft … Weißt du schon, dass sie mich morgen hängen?«

»Übermorgen«, sagte der Hilfssheriff, der von seiner Bank aus zuhörte.

»Könnt ihr's nicht vorverlegen?«, fragte Ivan ihn. »Je eher ich abtrete, desto besser. Damit dieses Drama ein Ende findet.«

»Ich frag mal nach«, sagte der Hilfssheriff. »Aber es ist nicht so leicht, ein großes Fest vorzuverlegen.«

»Auch ohne das Gold hatten wir genug, um uns zu retten«, sagte Ivan zu Delilah. »Das ist die bittere Ironie. Wir hätten überallhin gehen können – Ägypten, Tasmanien, Brasilien. Irgendwohin, nur weg von hier … Aber Schluss mit dem Wenn und Aber. Da ist mir der Henker noch lieber.«

Plötzlich bemerkte er Hatchet Jack und Zebulon, die auf der anderen Straßenseite standen, Zigarren rauchten und zu ihm und Delilah herüberschauten.

»Die sind mit mir da«, erklärte sie. »Zebulon jedenfalls. Den andern haben wir außerhalb der Stadt getroffen. Hatchet Jack. Er hat gesagt, er hätte schon mit dir zu tun gehabt.«

»Allerdings. Und er hat mir klargemacht, dass ihn keine Schuld trifft und dass er kein schlechtes Gewissen haben will. Weswegen?, hab ich ihn gefragt. Ich war entsetzt. Es hat mich auf den Gedanken gebracht, dass in Wirklichkeit er den Mann auf dem Gewissen hat, den ich erschossen haben soll. Mir war nicht danach, ihm die Absolution zu erteilen. Oder ihm sonst einen Gefallen zu tun. Nicht dass das in meiner Macht stünde. Und Zebulon kann mir auch gestohlen bleiben. Wenn du nicht dafür gesorgt hättest, dass er vom Schiff geht, hätte ich ihn über Bord geworfen. Ich nehme an, du wirst jetzt mit ihm weggehen. Hoffentlich ist er nicht so abartig sentimental wie der andere. Wie heißt er noch? Hatchet?«

»Ich gehe mit niemandem weg.«

»Mach dich nicht lächerlich«, sagte er. »Allein schaffst du's nie, am Leben zu bleiben.«

»Ich war immer allein, und ich bin immer am Leben geblieben.«

»Wenn du das wirklich glaubst, dann nur zu. Wenn dir das hilft.«

»Verzeih mir, Ivan«, sagte sie. »Ich … Ich will doch nur …«

»Mein Gott«, unterbrach er sie. »Erspar mir einen rührseligen Abschied. Ich hätte nicht gedacht, dass du das nötig hast. Können wir nicht einfach übers Wetter reden oder über die schreckliche Musik auf dem Stadtplatz oder einfach nichts sagen?«

»Wir haben keine Zeit mehr, Ivan«, erwiderte sie. »Bitte.«

»Zeit. Ich gähne mich durch die Zeit. Ich will mich nicht trösten lassen, und ich bin auch nicht bereit, Sühne zu leisten. Dieser Mist ist mir zuwider.« Er schüttelte den Kopf. »Ich verzeihe weder dir noch mir. Es gibt nichts zu verzeihen, und wenn doch, würde ich lügen und behaupten, ich verzeihe dir.«

»Ivan … Bitte.«

Sie zog eine längliche Wurzel aus ihrer Bluse und schob sie ihm durch die Gitterstäbe.

»Kau das, bevor sie dich holen kommen«, flüsterte sie.

»Was für ein seltsamer Segen«, antwortete er so leise, dass der Hilfssheriff es nicht hörte. »Es ist leichter für mich, weißt du. Ich brauche nur zu sterben. Du musst weitermachen. Nicht dass ich nicht gern mit dir tauschen würde.«

Der Hilfssheriff klopfte mit dem Schaft seines Gewehrs gegen die Wand. »Die Zeit ist um.«

»Ich komme morgen wieder«, sagte sie.

Er zog eine goldene Taschenuhr aus seinem Hemd und steckte sie ihr zu. »Apropos Zeit. Zur Erinnerung.«

»Ich liebe dich«, sagte sie. »Ich hab dich immer geliebt, auch wenn ich dich nicht geliebt habe.«

»Ich weiß, ich weiß«, sagte er in grausam ungeduldigem Ton, als wollte er sie vertreiben. »Komm morgen. Aber kein Geheule.«

»Versprochen«, sagte sie.

Er sah ihr nach, wie sie mit Hatchet Jack und Zebulon die Gasse entlangging, bis sie um die Ecke bogen.

»Weg ist sie«, sagte er zu dem Hilfssheriff. »Weg, bevor sie überhaupt gekommen ist.«

★

Als sie an der Kirche vorbeigingen, kamen die Gemeindemitglieder in Scharen die Treppe zum Stadtplatz herunter. Die meisten waren Mexikaner, die Frauen in bestickten Kleidern und mit schwarzen Kopftüchern, aber auch ein paar chilenische und peruanische Goldsucher waren darunter, in roten Ponchos und Chaps aus Leder.

»Ich brauche einen Drink«, bat Delilah. »Einen Schluck Whiskey. Irgendwas.«

Sie steuerte über den Platz auf einen Saloon zu. Als sie plötzlich in die Knie brach, hoben Zebulon und Hatchet Jack sie auf und trugen sie an einen Tisch.

Sie saß schweigend da und starrte wie durch eine Scheibe Rauchglas benommen in die Menschenmenge. Die gesamte Bevölkerung von Calabasas Springs hatte sich auf dem Stadtplatz eingefunden, dazu Familien und Arbeiter von den umliegenden Ranches und die australischen und sonstigen Goldgräber, die vor der Stadt kampierten. Gitarristen und Geiger spielten auf, und Kinder rannten zwischen den Leuten und den mit Speisen und Getränken beladenen Tischen herum. Die Australier, die von den einheimischen Frauen zumeist abgewiesen wurden, tanzten miteinander oder alleine.

Ein australischer Ex-Sträfling mit einem eingebrannten X auf der Stirn kam an den Tisch gestolpert, an dem Delilah saß. Ohne sie aus den Augen zu lassen, drückte er seine gespreizte Hand in einen Pfefferminzkuchen und lutschte dann langsam einen Finger nach dem anderen ab.

»Ich hab eine Wette am Laufen, dass du für Geld zu haben bist«, sagte er.

»Sie ist keine Sklavin, und sie ist nicht verkäuflich«, sagte Hatchet Jack.

Der Australier zuckte die Achseln. »Da hab ich was anderes gehört.«

Er schlenderte zu einer Gruppe neu angekommener Goldgräber aus Alabama hinüber, die eine mexikanische Flagge von einem Mast herunterholten. Sie trampelten darauf herum und urinierten auf sie, andere Goldsucher kamen dazu, und alle zusammen sangen:

Jimmy Cracked Corn And I Don't Care.

Als Hatchet Jack und Zebulon hinübergingen, drohten mehrere ihnen mit Pistolen, dann zogen sie Delilah von ihrem Stuhl. Sie schleiften sie zu einer Eiche, und einer von ihnen fesselte ihr die Handgelenke, während ein anderer einen Strick über einen Ast warf.

»Halt!«, rief Hatchet Jack und drängte sich zu ihnen durch. »Die Frau ist keine Sklavin aus dem Versandkatalog, mit der ihr machen könnt, was ihr wollt … Sie ist eine Prinzessin von edlem Geblüt und stammt von König Salomons Ranch drunten in West Texas. Sie ist die Tochter eines englischen Generals, eine reinblütige Königin des Amazonas. Mehr noch, sie ist eine gottesfürchtige Christin, die weiß, wie man kocht, Kuchen backt und zum Allmächtigen betet!«

Hatchet Jack zeigte auf Zebulon. »Sieht dieser Mann so aus, als würde er einer Sklavin sein Brandzeichen aufdrücken? Nie und nimmer! Er ist ein *alcalde!* Ein Mann des Gesetzes aus San Francisco. Partikuliert ihr, was das bedeutet? Er ist dienstlich hier, im Auftrag des Generalgouverneurs des Staates Kalifornien, um gegen die Korruption in den Minen einzuschreiten und sich in der hiesigen Kirche mit der Frau zu vermählen, der ihr den Hals langziehen wollt. Wenn ihr euch mit einem *alcalde* anlegt, legt ihr euch mit dem Staat Kalifornien an. Das ist die reine Wahrheit, oder ich will nicht mehr Lorenzo de Calderón Vazquez da Gama heißen.«

Der Australier spuckte aus. »Und ich sage, du bist ein Halbblut und ein Pferdedieb. Vermählen kann sich die schwarze Hure nur in der Hölle.«

Sein Kumpan streifte Delilah die Henkersschlinge über den Kopf, während ein anderer einen Stuhl brachte, auf den sie sich stellen sollte. Mit einem lauten Hurra hoben sie sie hoch.

Delilah sprach ihre letzten Worte zu Zebulon und Hatchet Jack: »Lasst geschehen, was immer kommt, Gutes wie Schlechtes. Und hinterlasst kein Durcheinander, wenn eure Zeit abgelaufen ist.«

Bevor der Stuhl weggezogen werden konnte, traten von der Kirche her vier *caballeros* in schwarzen Samtanzügen auf den Platz, die eine offene chinesische Sänfte auf den Schultern trugen. Ein alter Mann saß in der Mitte der Sänfte auf einem reich verzierten Sessel, den gebrechlichen Leib in ein schwarzes Gewand gehüllt. Hinter ihm ritt ein Dutzend gut bewaffneter *vaqueros.*

Don Luis Arragosa war zwar über hundert Jahre alt und durch einen kurz zuvor erlittenen Schlaganfall halbseitig gelähmt, doch seine Gegenwart gebot Aufmerksamkeit. Als letzter rechtmäßiger Eigentümer einer der wenigen noch verbliebenen großen spanischen Ranches in Kalifornien war er für die mexikanischen Einwohner von Calabasas Springs nach wie vor ein innig geliebtes Symbol vergangener Größe.

Nachdem die *caballeros* die Sänfte abgesetzt hatten, saß Don Luis reglos da und betrachtete die auf dem Stuhl balancierende Delilah. Schließlich sagte er mit heiserer, kaum hörbarer Stimme: »Es ist ein Sakrileg und eine Sünde, im Gebet gestört zu werden, zumal in dieser geheiligten Zeit des Jahres.«

Als mehrere der Australier murrten, gebot Don Luis ihnen mit erhobener Hand Schweigen.

»Welches Verbrechen hat diese Frau begangen?«

»Sie hat das Gesetz gebrochen«, erwiderte einer der australischen Ex-Sträflinge.

»Wessen Gesetz?«

»Unser Gesetz«, sagte ein anderer Australier. »Das einzige, das zählt. Sie hat uns ohne Grund mit ihrer Peitsche geschlagen. Die Frau ist eine Sklavin und eine Hure. Muss irgendjemand noch mehr wissen?«

Don Luis wandte sich an Delilah. »Was haben Sie auf diese Beschuldigung zu erwidern?«

Delilah straffte ihre Schultern und zeigte auf ihren Ankläger. »Als ich in die Stadt geritten kam, ergriff dieser Mann die Zügel meines Pferdes und verlangte von mir, mit ihm einen Akt körperlicher Liebe zu vollziehen. Er behandelte mich wie eine Prostituierte, also schlug ich ihn mit meiner Peitsche, und ich würde es jederzeit wieder tun. Es lag nicht in meiner Absicht, und auch nicht in der meiner Gefährten, böses Blut zu machen. Wir haben wichtigere Dinge zu erledigen.«

»Und was wären das für Angelegenheiten?«, erkundigte sich Don Luis.

»Dem Tod meines Ehemanns beizuwohnen, Graf Ivan Baranofsky, der, wie Ihnen sicher zu Ohren gekommen ist, zu Unrecht zum Tod durch den Strang verurteilt wurde.«

Don Luis wandte sich wieder den Australiern zu. »Sie befinden sich in einem traurigen Irrtum, wenn Sie glauben, Sie könnten in diese Stadt geritten kommen wie betrunkene Vigilanten aus San Francisco und jede Freveltat begehen, nach der Ihnen der Sinn steht. Es ist eine Sache, das Land in obsessiver Gier nach Gold zu vergewaltigen und auszuplündern – einer Gier, die, so könnte ich hinzufügen, schon bald ins Leere laufen wird –, aber eine ganz andere, eine Frau zu schänden, gleichgültig, welcher Hautfarbe oder welchen

Bekenntnisses. Diese Frau hat ihre Ehre verteidigt. Und Sie, Sir, haben offensichtlich kein Ehrgefühl.«

Erschöpft ließ sich Don Luis in seinen Sessel zurücksinken.

Die Einheimischen drängten sich mit den Chilenen und Peruanern nach vorn, um ihr Einverständnis zu bekunden. Einen Moment lang schien es, als würde es zu Handgreiflichkeiten kommen, doch die *caballeros* wichen nicht von der Stelle, sondern richteten ihre Gewehre auf die Australier, während Zebulon und Hatchet Jack Delilahs Kopf aus der Schlinge befreiten und ihr von dem Stuhl herunterhalfen.

Don Luis seufzte. »Es wird in Calabasas Springs nur eine Hinrichtung durch den Strang geben, und diese wird übermorgen um sechs Uhr abends stattfinden. Meiner Ansicht nach ist es ein unglückliches Urteil. Aber Gesetz ist Gesetz, gleichgültig, ob man einverstanden ist oder nicht.«

Ein angelsächsischer Goldsucher trat vor.

»Sie sollten eines wissen, alter Mann. Es strömen neue Menschen in die Stadt, um nicht zu sagen, in diesen Teil des Landes – Einwanderer, Geschäftsleute, Gauner, Menschen aller Art, da können Sie sicher sein. Tag für Tag rollen sie heran. Sie sind nicht aufzuhalten, und keinen von ihnen schert es, was Sie denken. Die alten Zeiten, in denen Ihre Leute hier das Sagen hatten, sind vorbei. Sie halten sich am besten aus allem raus.«

»Da widerspreche ich Ihnen nicht«, sagte Don Luis. »Es ist nur allzu wahr, dass dieses Land eine Invasion von Barbaren erlebt, die uns nichts zu bieten haben als eigensüchtigen Ehrgeiz und Gier. Aber lassen Sie sich eines gesagt sein: Sollten meine Männer Sie oder einen Ihrer Gefährten jemals wieder in Calabasas Springs sehen, und sei es auch nur ein einziges Mal, werden sie Sie wie räudige Hunde erschießen.«

Don Luis' Kinn sank auf seine Brust. Niemand konnte wissen, ob er noch atmete, bis er eine klauenartige Hand hob und die vier *caballeros* ihn in der Sänfte aufnahmen und zu einer wartenden Kutsche trugen.

Bevor die Kutsche losfuhr, kam einer der *caballeros* zu Delilah zurückgeritten. »Don Luis bittet Sie und Ihre Freunde, ihm auf seiner Ranch Gesellschaft zu leisten. Es wird ihm ein Vergnügen sein, Sie über Nacht zu beherbergen.«

»Macht nur«, sagte Hatchet Jack. »Ich leg mich mal eine Weile aufs Ohr, und dann sehe ich zu, dass ich diese Stadt und alles darin hinter mir lasse.«

Er sah Delilah an. »Dich und deinen Grafen inklusive.«

Als die Kutsche fort war, wurden Zebulon und Delilah zu Don Luis' *hacienda* eskortiert. Keiner der zurückgebliebenen Goldgräber glaubte Hatchet Jack, dass Zebulon ein *alcalde* sei. Einige hatten sogar den Verdacht, es handle sich bei ihm um den Gesetzlosen Zebulon Shook, über den kürzlich etwas im *San Francisco Star* gestanden hatte. Und falls das zutraf, musste eine Belohnung auf seine Festnahme ausgesetzt sein, ebenso auf die seiner abessinischen Hure.

★

DURCH EIN KUNSTVOLL geschmiedetes Tor gelangten sie auf Don Luis' Anwesen, wo sie ein Wachhaus, Gerberfässer, eine Schmiede, mehrere Räucherhäuser, ein Schlachthaus und fünf gemauerte Backöfen passierten. Ein Stück weiter überragte ein zwölf Meter hoher Uhrturm das Ende eines verwilderten Gartens, dessen bröckelnde Lehmmauern von blühenden Bougainvilleen überwuchert waren. Auf der anderen Seite des Gartens führte eine stattliche lange Kolonnade zu einem imposanten zweistöckigen spanischen Ranchhaus aus Lehmziegeln mit einem roten Ziegeldach und Fenstern mit hölzernen Läden, von denen die meisten dringend reparaturbedürftig waren.

Ein *vaquero* brachte ihre Pferde in einen Stall, und ein gebeugter weißhaariger Diener führte sie durch eine massive geschnitzte Holztür in eine großzügige, von Kronleuchtern erhellte *entrada.* An deren Ende betraten sie eine Bibliothek.

Trotz der in dem mächtigen Kamin lodernden Scheite herrschte eine düstere Atmosphäre in dem muffigen hohen Raum mit seinen rissigen, abblätternden Wänden, die von übervollen Bücherregalen und Bildnissen spanischer Höflinge von Velázquez und Goya gesäumt waren. Ein Wandgemälde feierte die Eroberung Mexikos durch den *Conquistador.*

Don Luis saß vor dem Kamin in der Mitte eines tiefen Ledersofas, sein schwacher Körper war unter einem wärmenden Bisonfell nur zu erahnen. Hinter ihm in einer Ecke stand ein dreibeiniges französisches Klavichord vor einer Sammlung von Lauten, Mandolinen und Gitarren, die allesamt mit Drähten an den Wänden aufgehängt waren.

Sie nahmen Don Luis gegenüber in einer Reihe von Sesseln Platz und tranken einen trockenen Rotwein aus seinem Weinberg. Nachdem sie eine Stunde darauf gewartet hatten, dass Don Luis das Wort ergreifen würde, brach Zebulon endlich das Schweigen. »Vielleicht ist das nicht der richtige Zeitpunkt, Ihre Ruhe zu stören, Don Luis. Wir können Ihnen auch an einem anderen Tag unsere Aufwartung machen.«

»In diesen dunklen Zeiten ist jeder Augenblick kostbar«, erwiderte Don Luis. »Wer immer Sie beide sind, wohin immer Sie gehen werden, für diese eine Nacht: *mi casa, su casa.* Ich bin untröstlich darüber, dass Calabasas Springs, eine Stadt, der sich meine Familie seit neun Generationen voller Stolz verbunden fühlt, in einen Zustand der Anarchie und der Barbarei eingetreten ist. In früheren Jahren pflegte sich die ganze Stadt auf dieser Ranch zu versammeln, um den Ostersonntag zu feiern, doch nun … Vergeben Sie einem alten Mann, dass er über die Verheerungen der Zeitläufte räsoniert. Doch erlauben Sie mir, Ihnen diese Frage zu stellen: Was geschieht mit diesem Land? Warum wird es vergewaltigt, geschändet und ausgeplündert? Freilich, wie sollte einer von Ihnen die Antwort auf eine solche Frage kennen? Sie sind offenkundig fremd hier und noch tiefer darüber verwundert, wie dieses Land, das sich stets selbst ernährt hat und seinen eigenen Angelegenheiten nachgegangen ist, nun auf einmal … ich weiß nicht, Gott helfe mir, es ist nachgerade bereits verschwunden.«

Er richtete den Blick auf Delilah. »Ist es wahr, was diese Wilden dort auf dem Stadtplatz behauptet haben: dass Sie nichts weiter als eine ehrgeizige Sklavin seien, die vor nichts Halt macht, um ihre Ziele zu erreichen?«

»Vielleicht gab es eine Zeit, in der man diesen Eindruck von mir gewinnen konnte«, erwiderte sie. »Und sicher stimmte es für eine kurze Periode in Afrika, obwohl das mehr den Umständen als meinem Charakter geschuldet war. Doch seit Graf Baranofsky mir in jungen Jahren antrug, seine Gefährtin und schließlich seine Gattin zu werden, war ich jedes Strebens nach dem bloßen Überleben enthoben. Er sorgte auch für meine Ausbildung in vielen Hauptstädten Europas. Für diese außerordentliche Großzügigkeit werde ich ihm immer dankbar sein.«

Don Luis nickte, beeindruckt von Delilahs Sprache und Distinguiertheit. »Eine noble Tradition, die der Gefährtin«, sagte er wehmütig, »eine, der auch ich von Zeit zu Zeit meine Reverenz erwiesen habe, auch um den Preis, mich zum Narren zu machen – doch das ist eine andere Geschichte.«

»Sie hat gewiss ihre Vor- und Nachteile«, sagte Delilah. »Für beide Seiten.«

»Natürlich«, sagte Don Luis. »Vor nicht allzu langer Zeit … Wo war es noch? Madrid oder Mexiko? Venedig vielleicht. Einerlei. Eine andere Zeit, ein anderer Ort.«

Don Luis fröstelte und zog sein Gewand enger um seine Schultern, als plötzlich ein eisiger Hauch in den Raum wehte. »Lassen Sie mich hinzufügen, Teuerste, dass ich augenblicklich von Ihrem mutigen Auftreten fasziniert war, von der Art, wie Sie auf diesem Stuhl standen und Ihrem Schicksal unerschrocken ins Auge blickten. Ihre Entschlossenheit erinnerte mich an meine eigene Situation – warten … sinken … zur Abreise bereit … Es war mein letzter Besuch in Calabasas Springs. Ich werde mich nie wieder irgendwohin begeben, nicht einmal zur Messe; und ich denke auch nicht daran, irgendwo anders hinzugehen … In vergangener Zeit … bevor die wahnsinnigen *gringos* auftauchten … als mein Vater noch lebte … und sein Vater und dessen Vater vor ihm, hätten sie Ihren Grafen gerettet. Ohne Rücksicht darauf, ob er es verdiente, gehängt zu werden … Seinerzeit verstand man sich darauf, einem Gast gefällig zu sein. Selbst wenn es bedeutet hätte, alles für seinen Tod vorzubereiten, wäre es auf die richtige Art getan worden. Präzise. Mit einem gewissen Maß an Anmut und Würde. Ohne diesen nutzlosen Schwachsinn.«

Er sackte unter seinem Bisonfell zusammen, und der Kopf sank ihm auf die Brust. »Was ich Ihnen sagen wollte … Ich habe in der vergangenen Woche mit Ihrem Grafen gesprochen. Er hat mir viel von Ihnen erzählt, Dinge, deren Sie sich vielleicht nicht einmal selbst bewusst sind. Dinge, die, offen gesagt, verstörend waren.«

Niemand im Raum sagte etwas oder bewegte sich auch nur.

»Darf ich für Sie singen?«, fragte Delilah.

Eine geflüsterte Antwort kam von Don Luis' Lippen: *»Por favor, Señora. Gracias.«*

Sie setzte sich an das Klavichord und schloss die Augen. Langsam, mit zunehmender Leidenschaft, begann sie Tomás Luis de Victorias »Ave Maria« aus der Messe zu singen, die laut Don Luis' Anweisung vom Morgen desselben Tages bei seiner Beerdigung gesungen werden sollte.

Während sie sang, füllte sich der Raum mit Bediensteten, *vaqueros* und *caballeros,* die sich um den alten Patriarchen scharten, der auf seiner Couch tief und fest eingeschlafen war.

Als das Lied zu Ende war, führte ein Diener sie für die Nacht nach oben.

Sie fanden sich in einem großen, überwölbten Raum wieder, der von einem übergroßen Bett beherrscht wurde. Seidene Morgenmäntel lagen für sie auf einer Ledercouch bereit, und auf einem runden Tisch mit brennenden Kerzen standen frisch zubereitete Speisen.

Zebulon zog sich um, legte sich in seinem Morgenmantel auf das Bett, sah zur Decke hinauf und rauchte einen von Don Luis' mexikanischen Stumpen.

Nach einer Weile bemerkte er Delilah, die auf der anderen Seite des Zimmers stand. Sie war nackt, ihr Morgenmantel lag zu ihren Füßen.

Als sie langsam auf ihn zukam, hörten sie das Läuten einer Glocke vom Turm der Kirche und Rufe aus dem Garten, die Don Luis' Tod verkündeten.

Sie ritten nach Calabasas Springs zurück und sahen, dass das Gefängnis niedergebrannt war. Drei tote Mexikaner lagen mitten auf der Straße, ein weiterer war auf ein Wagenrad gebunden worden, und zwei Männer schlugen ihn mit einer Pferdepeitsche auf Schultern und Rücken. Bis auf den von einem Ast einer Eiche hängenden Leichnam Ivans war der Platz verwaist.

Sie hatten noch nicht das Straßenende erreicht, als sie von bewaffneten Vigilanten umringt wurden.

»Don Luis ist tot«, teilte Zebulon ihnen mit.

»Gut für ihn«, lautete die Antwort. »Dann kannst du ihm gleich folgen.«

Während Zebulon zu Boden gerissen wurde, kam Hatchet Jack angeritten und griff nach den Zügeln von Delilahs Pferd, und die beiden galoppierten durch die Menge der verblüfften Goldsucher davon.

Das Letzte, was Zebulon von Delilah sah, war ihr langes schwarzes Haar, das hinter ihr her wehte, während sie und Hatchet Jack in die Nacht entschwanden.

Niemand machte sich die Mühe, die beiden zu verfolgen, denn es wäre sinnlos gewesen, Jagd auf eine Hure und ein Halbblut zu machen, auf deren Kopf keine Belohnung ausgesetzt war.

★

ZEBULON WURDE IN EINER kleinen Zelle im Keller des Gerichtsgebäudes von Sacramento gefangen gehalten, das auch einen gut gehenden Saloon beherbergte. Zum Verdruss der australischen Goldsucher, die ihn ausgeliefert hatten, betrug die Belohnung nur ein Viertel von dem, was in Aussicht gestellt worden war, und bei ihrer Rückkehr nach Calabasas Springs waren sie so aufgebracht wie an dem Tag, als sie zum ersten Mal in die Stadt gekommen waren.

Beim Prozess war der Saal von Anfang an brechend voll, vor allem wegen Artemis Stebbins' Artikel auf der ersten Seite des *San Francisco Star,* in dem er von der Gefangennahme des berühmten Gesetzlosen berichtet hatte. Die Verhöre und Kreuzverhöre kamen in der ersten Woche nur schleppend voran, da alle, einschließlich der Richter, sich vordringlich mit den Gerüchten um einen riesigen Goldfund am Feather befassten. Trotz dieser Ablenkung, in deren Folge sich die Stadt bereits halb geleert hatte, waren nicht einmal mehr Stehplätze zu bekommen, als der Bezirksstaatsanwalt, ein stattlicher einarmiger Mann, der sich Hoffnungen auf einen Sitz im Senat machte, vor die Geschworenen hintrat, um seine zusammenfassende Darstellung abzugeben:

»Die Geschichte ist ganz einfach, Leute. Zebulon ist zu Pferd nach Calabasas Springs gekommen und hat sich als *alcalde* ausgegeben, als ein im Auftrag des Gouverneurs handelnder Jurist. Seine eigentliche Absicht war es jedoch, bei der Befreiung von Graf Ivan Baranofsky, einem verurteilten Mörder, Mithilfe zu leisten. Am Abend seiner Ankunft brach in der Stadt die Hölle los. Am nächsten Morgen lagen auf der Hauptstraße von Calabasas Springs die Leichen von fünf Männern und zwei Frauen. Meine Herren Geschworenen, ich möchte Ihnen Folgendes vor Augen führen: Sollte Zebulon nicht für dieses schändliche Verbrechen bestraft werden, wird Anarchie über Gesetz und Ordnung triumphiert haben.«

Der Vortrag des Bezirksstaatsanwalts wurde von einem Sperling unterbrochen, der durch ein Fenster hereingeflogen kam. Der Vogel schwirrte im Kreis umher, über den Köpfen der Menge, darunter auch Delilah und Hatchet Jack, die in der letzten Reihe saßen, und Stebbins, der sich nah der Tür auf einem Klappstuhl niedergelassen hatte.

Nach einer weiteren hysterischen Runde durch den Saal landete der Sperling schließlich auf Zebulons ausgestreckter Hand.

Zebulon sah erst Delilah an, dann Hatchet Jack und schloss langsam die Finger um den zitternden Vogel.

»Den einen Moment ist ein Mann frei wie ein Vogel«, sagte er in den Saal, »dann wird er eingefangen. Dann ist er wieder frei.«

Er öffnete die Hand und ließ den Sperling frei. Der Vogel flog panisch hin und her, bis er schließlich mit Unterstützung einiger Männer, die mit ihren Jacken wedelten, durch ein offenes Fenster hinausfand.

Alle im Saal, mit Ausnahme Delilahs, klatschten und trampelten mit den Füßen, bis der Richter mit seinem Hammer auf den Tisch schlug und Ruhe verlangte.

Als die Ordnung wiederhergestellt war, fuhr der Bezirksstaatsanwalt fort: »Meine Herren Geschworenen, Gewitterwolken brauen sich über dem Horizont zusammen. Das große, noble Abenteuer unseres Landes steht auf dem Spiel, und ich fürchte um unsere Sicherheit, wenn nicht sogar um unsere Zukunft. Gelingt es uns nicht, die Reinheit unserer Heimat vor Gesetzlosen, Banditen und entlaufenen Sklaven zu schützen und sie vor dem Ansturm von Ausländern zu bewahren, die unser geheiligtes Erbe schänden und plündern wollen, dann ist das unser aller Schuld. Deshalb beschwöre ich Sie mit allem mir zu Gebote stehenden Ernst –«

Er wurde von einem Betrunkenen unterbrochen, der mit einem Pistolengurt über langen Unterhosen in den Gerichtssaal getorkelt kam und verkündete, dass Goldsucher am Feather auf eine Hauptader gestoßen seien, die größte in der Geschichte Kaliforniens.

Nachdem fast alle, einschließlich des Verteidigers, aus dem Saal gestürmt waren, trug der Richter den Geschworenen auf, innerhalb einer Stunde zu einem Beschluss zu kommen, sonst sehe er sich gezwungen, die Verhandlung zu vertagen.

Fünf Minuten später hatten die Geschworenen ihr Urteil gefällt: Zebulon Shook sei des Totschlags schuldig. Der Richter verurteilte ihn zu zwanzig Jahren Zwangsarbeit, und Zebulon wurde von zwei Hilfssheriffs in Handschellen aus dem Gerichtssaal geführt. Er blieb vor Hatchet Jack stehen, der an der Tür wartete, hinter ihm Delilah.

»Ich kümmer mich um sie«, sagte Hatchet Jack, »auf die eine oder andere Art.«

Bevor Zebulon antworten konnte, stieß der Hilfssheriff ihn durch die Tür und führte ihn die Treppe des Gerichtsgebäudes hinab.

★

IM STÄDTISCHEN GEFÄNGNIS teilte ein Angestellter Zebulon eine Häftlingsnummer zu und füllte dann ein Formular mit Namen, Staatsangehörigkeit, Beruf und Religionsbekenntnis aus. Zebulon nannte seinen richtigen Namen, die übrigen Antworten erfand er: Als Beruf gab er freischaffender Trapper an, als Religion Wakan Tanka und als Geburtsland Großes Himmelreich. Nachdem der Angestellte alles säuberlich notiert hatte, wurde Zebulon in einen Hof geführt, um fotografiert zu werden.

Eine große Menschenmenge wartete auf ihn. Die meisten hatten noch nie eine Kamera gesehen oder auch nur davon gehört.

Zebulon wurde angewiesen, sich an eine Ziegelmauer zu stellen. Der Fotograf war ein untersetzter Mann mit traurigen Augen unter schlaffen Lidern, der eine Baskenmütze trug. Als er unter dem Dunkeltuch verschwand, glaubte Zebulon, er solle mit einer neumodischen Waffe exekutiert werden. Einige ältere Leute hatten denselben Gedanken und traten eilends ein paar Schritte hinter den kuriosen Apparat zurück.

Als schließlich das Blitzpulver aufflammte, gab es da und dort Beifall und Glückwünsche ringsum.

Im gestreiften Sträflingsanzug wurde Zebulon in einem geschlossenen Wagen zur *La Grange* verfrachtet, einem französischen Schoner, der im Oberlauf des Sacramento ankerte, seit Kapitän und Besatzung von Bord gegangen und auf die Goldfelder gezogen waren.

Zebulon wurde vom Adjutanten des Gefängnisdirektors begleitet, Master Sergeant Alva Bent, einem beinamputierten Veteranen, der im Krieg gegen Mexiko sowie in den Feldzügen gegen die Comanche und die Apachen gekämpft hatte.

Sie fuhren an einer langen Reihe von Schonern und Raddampfern vorbei, die an einem *embarcadero* festgemacht waren, und dann über einen Knüppeldamm, auf dem Dutzende chinesischer Arbeiter Möbel und Bauholz durch das Durcheinander neu angekommener Goldsucher und überladener Leiterwagen schleppten.

Bent zündete zwei Zigaretten an und steckte Zebulon eine davon in den Mund. »Vor ein paar Jahren hat es hier nur ein paar Saloons und eine Pferdevermietung gegeben. Heute könnte man glauben, dass hier alle Arschlöcher dieser Welt herumstolzieren, die meisten mit Goldfieber.«

Er zeigte auf ein höher liegendes Gelände, wo auf dürren, mit Abfällen, kaputten Maschinen und toten Kühen übersäten Arealen Bauplätze abgesteckt waren. »Nächstes Jahr stehen hier oben hundert gottverfluchte neue Häuser. Denk an meine Worte. Aber keine Sorge, mein Sohn. Bis sie dich freilassen oder beschließen, dich doch noch aufzuknüpfen, wird hier wieder alles so sein wie früher. So ist das Leben.«

Er nahm Zebulon die heruntergebrannte Zigarette aus dem Mund. »Sag mir die Wahrheit: Hast du diesem Reporter was vorgeflunkert, oder hat das mit der Dieberei und dem Gemetzel alles gestimmt?«

»Dass ich mit dem Schiff hierhergekommen bin, ist wahr«, räumte Zebulon ein. »Und dass ich als Führer angeheuert worden bin, um jemanden zu den Goldfeldern zu bringen. Dass ich Bürger von Calabasas Springs abgeknallt habe, ist eine verdammte Lüge, und ich hab auch bei keinem Gefängnisausbruch geholfen.«

Bent zog einen Flachmann aus seiner Gesäßtasche, trank und bot ihn dann Zebulon an. »Das hab ich denen auch gesagt, einen Sack voller Lügen rieche ich nämlich schon von weitem. Es war ein abgekartetes Spiel: Die Politiker haben allen Freigeistern einen Maulkorb verpasst, das Land ausgepresst und es zur leichten Beute für Geschäftsleute und Greenhorns gemacht. ›Kommt her ins Paradies, Leute, und ihr werdet so reich, wie ihr es euch nie hättet träumen lassen. Holt euch ein paar Schüsseln Goldstaub. Kauft euch ein großes Hotel und füllt es mit leichten Mädchen, oder kehrt reicher als in euren kühnsten Träumen dahin zurück, wo ihr hergekommen seid.‹ Die Jungs in Washington haben uns eine Schlinge um den Hals gelegt. Ich muss es wissen, ich hab Frémont geholfen, die Bohnenfresser ins gute alte Mexiko zurückzutreiben. Frémont hatte seine Befehle aus dem Osten: Holt euch das Gold, öffnet die Schleusen und seht zu, wie alles den Bach runtergeht. Züge werden von Osten nach Westen fahren und wieder zurück. Schluss mit der Schinderei, Schluss mit den Bisons, Schluss mit den roten Niggern und Schluss mit den guten Zeiten. Das alles war einmal. Bleibt zu Hause und nährt euch redlich, Jungs. Baut eure Kartoffeln und eure Tomaten an, und zum Teufel mit der guten alten Zeit.«

Bent zündete erneut zwei Zigaretten an und gab eine Zebulon, dann machten sie dem Whiskey den Garaus. »Dein Fehler war, dass du bei dem Russen und seiner Sklavin angeheuert hast. Damit hast du dem Stier das rote Tuch unter die Nase gehalten. Jetzt bist du berühmt, mein Sohn. Es gibt eine Story über dich. Schuldig oder nicht schuldig. Wenn ich dir einen Rat geben darf: Der Gefängnisdirektor wird dir ab und zu den Arsch aufreißen, bloß so zum Spaß. Wenn er anfängt, über Gott und den Teufel zu quasseln, lass ihn reden. Wenn du auch nur die Nase rümpfst, lässt er dich ganz langsam in den Fluss hinab und sieht kalt lächelnd zu, wie du absäufst.«

Sie fuhren noch drei Kilometer am Fluss entlang, trinkend und rauchend, bis sie vor einem zweistöckigen, schindelgedeckten Neubau mit blau gestrichenen Fenster- und Türrahmen ankamen, der in einem großen, von einem weißen Zaun umgebenen Garten stand. Vor dem Haus sah

Zebulon das Gefängnisschiff liegen, das mitten im Fluss an zwei Ahornbäumen vertäut war.

»Das ist sie, mein Sohn«, erklärte Bent. »Deine Heimat fern der Heimat.«

Er führte Zebulon an zwei vor der Tür postierten Wachposten vorbei in das Haus und dann durch einen langen Korridor, an dessen Wänden Porträts der Präsidenten Washington, Jefferson und Madison hingen. Irgendwo im ersten Stock sang eine Frau ein irisches Wiegenlied.

Bent klopfte an eine Tür, dann noch einmal. Als noch immer niemand aufmachte, öffnete er sie und ließ Zebulon eintreten.

Ein schmächtiger Mann mittleren Alters mit Nickelbrille und weißem Leinenanzug saß über eine Patience gebeugt an einem Schreibtisch. An der Wand hing neben einer Cheyenne-Kriegshaube und zwei Crow-Tomahawks eine Fruchtbarkeitsmaske der Hopi. Auf einer abgenutzten Ledercouch gegenüber dem Schreibtisch stapelten sich Bücher und eine Scrimshaw-Schnitzerei, ein versteinerter Walrosspenis, ein poliertes Bisonhorn und vier Papago- und Zuni-Körbe.

Bent räusperte sich: »Der Gefangene wäre angekommen, Sir. Gesund und munter.«

Der Direktor schob die Karten zusammen und legte sie in ihre Elfenbeinschatulle zurück, dann sah er auf und musterte Zebulon vom Scheitel bis zur Sohle.

»Nach dem, was in der Zeitung gestanden hat, habe ich mir einen größeren Mann vorgestellt. Einen Hünen, womöglich eine groteske Figur, einen Beowulf-Riesen. Was nicht heißen soll, dass Ihre Erscheinung nicht imposant wäre, Mister Shook. Ganz im Gegenteil.«

Er wandte den Kopf und sah durch eine vergitterte Glastür auf die wuchtige Silhouette des Gefängnisschiffs hinaus, das im Licht der Nachmittagssonne über dem Fluss zu schweben schien. Dann griff er in die oberste Schublade seines Schreibtisches und entnahm ihr eine kleine goldene Schale. Sie hatte nur gut zehn Zentimeter Durchmesser und war bedeckt von einer durchscheinenden Kuppel, ebenfalls aus Gold gefertigt und mit Mastodon-Elfenbein verziert, in das ein Gerstenkornmuster geschnitzt war.

Zebulon hatte nie einen Gegenstand gesehen, der schöner und kunstvoller gearbeitet gewesen wäre.

Der Direktor begann, die Geschichte der Schale zu erzählen, und Bent sprach lautlos die Worte nach, die er im Lauf der Jahre auswendig gelernt hatte.

»Ein kostbares Objekt, finden Sie nicht auch, Mister Shook? Hellenistisch, drittes Jahrhundert. Reine Alchemie. Erstklassiges Material, ohne Anfang und Ende. Alle Unterschiede in eine runde Form gebracht, die keine Grenzen kennt. Ein Gefäß für die Götter! Ganz anders als der fürchterliche Plunder, der hierzulande ausgebuddelt wird. Ich interessiere mich nicht für das Karatgewicht eines Nuggets. Das ganze Unterfangen, vom Endresultat ganz zu schweigen, ist fluchbeladen. Vulgäres Beutegut für Ignoranten. Betrachten Sie diese Schönheit, Mister Shook. Eine Arbeit wie diese besitzt genug Eleganz, um die Natur in den Schatten zu stellen. Ihre Transzendenz besitzt die Macht, die Zeit anzuhalten, Verzückung heraufzubeschwören. Und das bringt mich wieder zu Ihnen, Mister Shook: Wenn Sie die Zeit anhalten möchten – und ich erkläre mit voller Überzeugung, dass es Ihnen zum Vorteil gereichen würde, dies zu tun –, dann müssen Sie sich unverbrüchlich dem Prozess der Erlösung verschreiben.«

Der Direktor stellte die Schale sorgsam an ihren Platz zurück. »Ihrer Reputation wegen hat man mir geraten, Sie in das Zuchthaus zu verlegen, das soeben in San Quentin – auf der anderen Seite der Bucht von San Francisco – errichtet wurde. Zum Glück für Sie konnte ich den Gouverneur überzeugen, dass wir durchaus in der Lage sind, Sie hier in Gewahrsam zu halten. Wäre es nach mir gegangen, hätte ich Sie kurzerhand aufhängen lassen. Doch damit werden wir noch bis zu einem geeigneteren Zeitpunkt warten müssen.«

Zebulon nickte und sah auf eine Rassel, die auf dem Schreibtisch des Direktors lag.

»Sergeant Bent sagt mir, sie ist Blackfoot«, sagte der Direktor. »Andere tippen auf Ute oder Crow.«

»Lakota Sioux«, erwiderte Zebulon. »Sie verwenden sie, um zu Wakan Tanka zu beten, ihrem Großvatergeist. Wenn sie ein Problem zu lösen haben, nehmen sie sie mit in eine Visionsgrube.«

»Ich habe von derlei Dingen gehört. Haben Sie eine Vorstellung, wie lange diese Visionssuchen dauern?«

»Ein paar Tage. Manchmal eine Woche. Manchmal noch länger.«

»Primitiv, doch lobenswert«, sagte der Direktor. »Und wenn wir glauben wollen, was wir über das Verhalten der Ureinwohner hören, auch ziemlich mystisch. Ihre Suche, Mister Shook, wird jedoch, so leid es mir tut, von ganz anderer Art sein. Ihre Visionsgrube wird eine finstere Stätte der Schuld und des Elends sein, ein Ort des Kummers und der Buße, gemäß den Geboten unseres Herrn Jesus Christus, ein Ort, an dem die Zeit, wie ich bereits angedeutet habe, irgendwann endgültig zum Stillstand kommt, wenn Sie fleißig genug sind.«

Er machte Bent ein Zeichen, und dieser zitierte aus dem Gedächtnis: »›Da nahm ihn sein Herr, und legte ihn ins Gefängnis, da des Königs Gefangene innen lagen; und er lag allda im Gefängnis. Aber der Herr war mit ihm, und neigte seine Huld zu ihm, und ließ ihn Gnade finden vor dem Amtmann über das Gefängnis. Denn der Herr war mit Joseph, und was er tat, da gab der Herr Glück zu.‹ Erster Mose 39, Vers 20 bis 23.«

Der Direktor nahm seine Brille ab und massierte den Rücken seiner Adlernase. »Es ist meine Überzeugung, dass selbst die Labilsten und Bösesten unter uns Erlösung erlangen können, Mister Shook.«

Er machte Bent ein Zeichen, und dieser riss mit beiden Händen an Zebulons Fußfesseln, sodass dieser mit dem Gesicht voran hinstürzte.

»Haben Sie irgendetwas zu gestehen, bevor Sie in Ihre Unterkunft gebracht werden?«

Zebulon schüttelte den Kopf.

»Gut. Schweigen ist nicht nur Gold, es ist auf diesem Schiff auch zweckmäßig.«

Der Direktor zog seine Stiefel an. »Halten Sie sich an die Vorschriften, wenn Sie überleben wollen. Auch nicht die geringste Äußerung von Unmut, Egoismus oder Feindseligkeit wird geduldet. Die leiseste Neigung zu Chaos oder Anarchie oder jeder Art von Trickserei wird bemerkt und geahndet. Ich verweise Sie erneut auf das Alte Testament. Jede Falschaussage und jede säuerliche Miene wird mit Zwangsjacke und Knebel bestraft. Wenn Sie sich in Diebstahl, Gewalttätigkeit oder Insubordination ergehen, werden Sie ausgepeitscht und für unbestimmte Zeit an eine Wand gekettet. Jeder Fluchtversuch oder auch nur die kleinste Abweichung von Ihrem vorgeschriebenen Tagesablauf hat zur Folge, dass Sie an einem Block aufgehängt werden, dergestalt, dass nur die Fußspitzen leicht den Boden berühren. Beim zweiten Versuch werden Sie so über die Bordwand des Schiffs gehängt, dass nur noch die Nasenlöcher über Wasser sind.«

Der Direktor stand auf und klatschte in die Hände. »Ordnung. Fleiß. Reinlichkeit. Das ist die Trilogie, der wir dienen, Mister Shook. Andernfalls stünden wir vor dem Abgrund.

Wie es im Buch der Bücher heißt: ›Was der Mensch sät, das wird er ernten.‹«

Bent nahm eine Flasche Brandy von einem Beistelltisch, füllte zwei Gläschen und reichte eines Zebulon, das andere dem Direktor.

»Das Schicksal hat uns nach Sacramento verbannt, Mister Shook. Übrigens ein Name, der ›Sakrament‹ bedeutet, ein Bekenntnis zu einem heiligen Eid oder, wenn Sie so wollen, einem Bund zwischen Gott und dem Menschen. Dies ist Ihr letztes Trankopfer für zwanzig Jahre oder jedenfalls so lange, bis Ihr Aufenthalt bei uns zu Ende geht.«

Er hob das Glas: »Auf die Erlösung.«

Als sie getrunken hatten, nahm der Direktor seine Spielkarten aus dem Elfenbeinkästchen und legte eine Patience. Bent und einem Wärter, der an der Tür gestanden hatte, blieb es überlassen, Zebulon auf das Gefängnisschiff zu bringen.

Der Wärter, den Bent Snake Eyes nannte, war ein bleichgesichtiger junger Mann mit einem nur zögernd sprießenden Schnurrbart. Am Fluss angelangt, bekräftigte Snake Eyes seine Autorität, indem er mit seinem Gewehr gegen Zebulons Beine schlug und ihn mit dem Gesicht voran in das kleine, flachkielige Boot stieß, das als Fähre zum Gefängnisschiff diente.

Zebulon musste rudern, Bent und Snake Eyes saßen ihm gegenüber.

»Du bist also einer von diesen Mountain Men«, sagte Snake Eyes. »Wie man hört, bist du ein Indianerschlächter, Bankräuber, Revolverheld und Desperado. Ganz schön viel auf einmal für einen einzelnen Mann.«

Zebulon antwortete nicht. Er hatte wegen der gefesselten Hände Schwierigkeiten mit dem Rudern.

»Wie viele Kerben hast du in deinem Gürtel, Mountain Man?«, fragte Snake Eyes.

Zebulon erhöhte den Einsatz. »So um die fünfzig. Ab zwanzig zählt man nicht mehr mit.«

»Ich bin auch schon ganz gut dabei«, sagte Snake Eyes. »Letzten Monat hab ich zwei Häftlinge erschossen, die versucht haben, den Fluss runter zu schwimmen. Damit hab ich jetzt insgesamt sechs.«

Bent schüttelte den Kopf, es war ihm peinlich, dass ein Mann von Zebulons Kaliber solch primitiver Prahlerei ausgesetzt war. »Ein Jammer, dass die echten Männer alle auf den Goldfeldern sind und wir hier nur noch grüne Jungs haben, die dümmer sind, als die Polizei erlaubt.«

»Jetzt mal halblang, alter Mann«, sagte Snake Eyes. »Komm mir nicht mit deiner Scheiß Lebenserfahrung. Ich rede hier mit einem Hurensohn, der zwanzig Jahre absitzen muss. Der hat sich geschnitten, wenn er denkt, er kann mich verarschen, bloß weil er berühmter ist als der Gouverneur.«

Snake Eyes zündete sich eine Zigarette an und blies Zebulon Rauch in die Augen, während der Rumpf des Gefängnisschiffs aus dem Nebel auftauchte. »Totschlag. Deswegen haben Sie dich verknackt, stimmt's? Wieso hast du auf dem Weg aus der Stadt raus nicht einmal den einen oder anderen richtigen Mord hingekriegt? Aber hast du ja vielleicht sogar. Vielleicht hast du die in den Rücken geschossen und nur Schiss gehabt, es zuzugeben. Aber egal, du kannst dich jedenfalls drauf verlassen, dass du früher oder später ins Gras beißt.«

Als das Dory am Gefängnisschiff festgemacht war, führten Snake Eyes und Bent Zebulon eine Gangway hinauf. Oben stand ein Wärter bereit, der ihn unter Deck bringen sollte.

★

Wieder einmal sah sich Zebulon in einen stinkenden Schiffskadaver eingesperrt. Keine Segel blähten sich im Wind, kein Wasser glitt am Rumpf entlang. Es gab keine Vergangenheit, keine Zukunft. Nur tagtägliche Knochenarbeit.

Bei Nacht wurde er mit den Beinen an einem Schott unter Deck angekettet, zusammen mit einundzwanzig anderen verlorenen Seelen. Er kannte den Typ: Pferdediebe, Revolverhelden, Trickbetrüger. Sieben Frauen waren auf der anderen Seite der Back untergebracht, überwiegend Huren und Diebinnen, außerdem eine Axtmörderin und eine Köchin, die den Besitzer eines Saloons in Hangtown vergiftet hatte, nachdem der ihr Schweinefleisch-Chili verunglimpft hatte. In den langen, erstickend heißen Nächten flogen zwischen den männlichen und den weiblichen Sträflingen Beleidigungen und Liebeserklärungen hin und her, und sie klopften an die Schotts und warfen ihre geschundenen Körper dagegen. Im Morgengrauen wurden sie von bewaffneten Wärtern übergesetzt, die Frauen in einem eigenen Dory, um den fetttriefenden Haferschleim für die Häftlinge zu kochen oder das Haus des Direktors zu putzen und die Wäsche der Familie zu waschen. Abends wurden sie zum Gefängnisschiff zurückgerudert. Zu erschöpft, um zu sprechen, durften sie eine halbe Stunde an Deck bleiben, wo sie mit leeren Augen auf den Fluss starrten, der sich nie wahrnehmbar bewegte oder auch nur das leiseste kühle Lüftchen bereithielt.

Kopf an Fuß auf harten Brettern zusammengepfercht, waren sie nie allein. Ratten so groß wie Opossums liefen schnüffelnd auf dem Deck herum, das nass war von Erbrochenem, Abwässern aus den verstopften Abflusslöchern und Exkrementen aus den übervollen Toiletteneimern. Riesige Moskitos kamen in Schwärmen durch die offenen Bullaugen und taten sich auf freiliegendem, wundem Fleisch gütlich. Abends war das Klaviergeklimper aus einem der Saloons in der Stadt zu hören, das sich in die Alpträume der Gefangenen drängte wie ein betrunkener Chirurg, der das Fleisch von den Knochen kratzt. Jedes Geräusch und jede Bewegung schienen darauf abzuzielen, ihre Sehnsucht nach einem frühen Tod zu nähren.

Zebulon ging mit der Verzweiflung um, wie sein Vater es ihm beigebracht hatte: indem er den erstbesten Mann zusammenschlug, der ihm in die Quere kam oder es wagte, auf seinen Schatten zu treten. In diesem Fall war das nicht irgendein verlorener Mountain Man, der aufgrund mangelnder Abwechslung *loco* geworden war, sondern ein verdrehter Giftsack mit dem Namen Plug in der Nachbarkoje. Er war ein dürrer Bankangestellter, der verurteilt worden war, weil er einen Postkutscher und zwei Lehrerinnen ermordet hatte, als sich herausstellte, dass deren Ersparnisse zusammen nicht für eine Dampferfahrt nach Brasilien reichten. Wegen Mangels an Arbeitskräften beim Aufbau der Hauptstadt des Staates war Plugs Hinrichtung bis auf weiteres verschoben worden. Zebulon war Plugs Vergangenheit scheißegal. Ihn fuchste, dass Plug ihm seinen Tabak klaute und seinen Toiletteneimer benutzte, obwohl sein eigener erst halb voll war. Davon abgesehen, dass er Nacht für Nacht nach einer Hure namens Lucy Goosey schrie, die ihn verlassen hatte, um mit einem Expedienten nach Hawaii durchzubrennen. Der Tropfen, der das Fass zum Überlaufen und Zebulon dazu brachte, Plug das Knie in den Bauch zu rammen und ihm mit der flachen Hand die Nase in die Stirn zu drücken, war, dass er eines Morgens mit Plugs Fingern um den Hals erwachte. Dabei flüsterte Plug seiner Liebsten Lucy Goosey ins Ohr, sobald er ausgebrochen sei, werde er sie aufstöbern, wo immer sie auch sei, und ihren fetten Hurenarsch an die Tür des Plumpsklos nageln. Es war eine befriedigende Lösung, Plug zusammenzuschlagen, aber das Ergebnis war eigentlich nicht der Mühe wert.

Von da an behandelte Plug ihn wie einen Heiland oder zumindest wie jemanden, von dem er glaubte, er sei womöglich noch verrückter als er selbst. Es war, als hätte Plug all seine auf den Direktor gerichteten Erwartungen und Befürchtungen jetzt auf Zebulon übertragen. Zu dessen Entsetzen fing er an, ihm nachzulaufen wie ein geprügelter Hund, ihm Tabak und Essensreste und was Zebulon sich vielleicht sonst noch wünschen mochte anzubieten, einschließlich einer Klapperschlangenhaut und einer abgebrochenen Pfeilspitze, die er gefunden hatte, als er am Flussufer Sträucher roden musste. Außerdem vertraute Plug ihm ein Geheimnis an: Irgendwann dieser Tage, du wirst schon sehen, werde er den Stöpsel aus einem Loch ziehen, das er neben seiner Koje gebohrt habe, und damit, halleluja, das ganze beschissene Schiff samt allen, die sich darauf befanden, versenken.

»Stöpsel raus und amen«, erklärte er. »Die Sache wird erledigt, wenn wir von unserem Arbeitskommando zurückkommen. Alles ist fertig. Ich hab auch noch andere Löcher gebohrt, für alle Fälle. Ein paar von den Frauen wissen davon. Large Marge, diese große irische Fotze, die ihren Chef in Stücke gehackt und sauer eingelegt hat, die hat auch ein paar gebohrt. Glaub mir, die Hölle wird losbrechen. Wenn die Wärter merken, dass ihnen das Wasser über die Knöchel steigt, werden sie springen wie Hühner, die vor der Axt davonrennen. Kein einziger von denen kann schwimmen. Das ist das Schöne dran. Wir schnappen uns ihre Gewehre und knallen den einen oder anderen ab, um zu zeigen, dass wir's ernst meinen. Sollte der Direktor gerade da sein, ziehen wir ihm sein selbstgerechtes Fell über die Ohren oder nehmen ihn als Geisel. *Gluck, gluck, gluck.* Weißt du, was ich meine? Ehe die sich's versehen, sind wir in dem kleinen Boot. Nur wir beide. Es wird Nacht sein, und wir werden diesen breiten Fluss runtergleiten wie ägyptische Pharaos, über uns die

Sterne und vor uns die Freiheit. Wir rudern die ganze Nacht, bis wir in San Francisco sind. Wenn wir an einem Dampfer vorbeikommen, der eine Ladung gieriger Goldsucher an Bord hat, stehen wir auf und schreien: ›Das wird euch noch leidtun! Das wird euch noch leidtun! Das wird euch noch leidtun!‹«

Plug legte sich auf die Seite, schmunzelte, kaute auf seiner Unterlippe und beglückwünschte sich zu seinem genialen Plan.

Eine Woche verging. Dann zwei. Dann ein Monat. Die Häftlinge maßen die verstreichende Zeit, indem sie durch Kerben in der Bordwand über Ereignisse und Vorfälle Buch führten: die Ankunft eines neuen Gefangenen, eine Hinrichtung, ein Unfall. Andernfalls wäre die Zeit stehengeblieben, und aus einem Tag wäre ein Jahr geworden.

Die Liste änderte sich und blieb doch immer dieselbe: Ein Falschspieler beging Selbstmord, indem er sich in einen Pickel stürzte, den er am Straßenrand aufgestellt hatte, drei entlaufene Chinesen, die unter Opiumentzug litten, hängten sich an ihren langen Zöpfen auf, eine samoanische Hure wurde dabei erwischt, wie sie Snake Eyes hinter dem Küchenwagen einen blies. Der Direktor erschoss die Hure auf der Stelle und entband Snake Eyes von seinen Pflichten, eine Schmach, die ihn dazu anstachelte, zwei gut betuchten Goldsuchern aus Virginia so viel abzunehmen, wie er brauchte, um selbst auf die Goldfelder abzuhauen.

Die Zeit verging, und Plug fiel immer tiefer in eine dunkle Lethargie. Unfähig, die nötige Energie zur Ausführung seines Plans aufzubringen, zog er sich in einen abgesperrten Bereich seines Verstandes und in ein trotziges Schweigen zurück, das er nur durch wahnsinnige Lachkrämpfe und weitere Drohungen an die Adresse seiner wahren Geliebten Lucy Goosey brach.

Der Direktor blieb auf distanzierte und doch bedrohliche Weise ständig präsent. Gelegentlich reiste er mit seiner Frau für ein paar Wochen nach San Francisco, um der Eröffnung einer Oper oder einer Music Hall beizuwohnen oder sich den Geschäftsleuten aus dem Osten zu empfehlen, die nach und nach die Stadt unter sich aufteilten. Nach seiner Rückkehr sahen die Gefangenen ihn oft bei Tagesanbruch im Nachtgewand vor dem Haus stehen und sie durch ein Fernglas beobachten, wie sie über den Fluss ruderten. Einmal, als sie mit erhobenen Rudern am Ufer anlegten, trieben sie an dem Direktor vorbei, der bis zur Hüfte im Wasser stehend badete. Er schüttete sich mit beiden Händen Wasser über den Kopf, lächelte und winkte ihnen zu.

Plug fasste Zebulon am Arm. »Schau dir diesen schleimigen Bastard an. Er weiß, was ich im Schild führe. Und dich hat er auch im Visier, als Komplizen. Er wird uns die Köpfe abhacken, daran denkt er gerade. Und sie vor dem Gerichtsgebäude auf Stangen stecken. Als Warnung an alle Unzufriedenen.«

Als sie an dem Abend zurückruderten, sahen sie den Direktor und seine Familie in einer Hängematte schaukeln, die unter einer Eiche ausgespannt war. Large Marge stand diensteifrig vor ihnen und wartete darauf, dass sie mit dem Schaukeln aufhörten, damit sie ihnen Kekse und Limonade auf einem Silbertablett anbieten konnte. Der Direktor trug cremefarbene Leinenhosen und einen langärmeligen, blau und weiß gestreiften französischen Pullover, seine Frau ein knöchellanges weißes Kleid. Ihr Sohn saß sichtlich missvergnügt zwischen ihnen, als sei ein Ameisenheer dabei, in seinen Matrosenanzug zu kriechen.

An Feiertagen veranstaltete der Direktor verschwenderische Picknicks, an denen die Elite der Stadt teilnahm. Man ließ längs des Flussufers Drachen steigen, und eine Kapelle aus Sacramento oder Sonoma spielte muntere Marschmusik und schottische und irische Jigs. Bei der Feier zum fünfzigsten Geburtstag des Direktors lief sein Sohn als kleiner George Washington mit langer weißer Perücke und Generalsmütze am Flussufer entlang und warf mit Steinen nach den Gefangenen, die langsam zum Gefängnisschiff zurückruderten. Als Zebulon von einem Stein an der Stirn getroffen wurde, feierte die Kapelle die Treffsicherheit des Knaben mit einem triumphierenden Trommelwirbel und einer Hornfanfare, und die Gäste klatschten dem Jungen für seinen Mut und seine Spontaneität Beifall.

Plug lachte hysterisch, dann schrie er:

»Vorwärts, Christi Streiter,
in den heiligen Krieg.
Denn die Kreuzesfahne
führet uns zum ...«

Weiter kam er nicht, denn ein Wärter schlug ihm mit dem Schaft seines Gewehrs auf den Hinterkopf.

Kleinere Vergehen wie die von Plug wurden mit einer rituellen Auspeitschung oder einem einwöchigen Aufenthalt im Kerker bestraft, einem stickigen, mit Wasser und Exkrementen gefüllten schwarzen Kabuff in den tiefsten Eingeweiden des Schiffs.

Fluchtversuche wurden wie aufrührerisches Handeln bestraft. Als ein Wärter einen entflohenen Miwok-Pferdedieb aufspürte, der sich außerhalb der Stadt am Boden eines Plumpsklos versteckt hatte, wurde der unbelehrbare Heide an Händen und Füßen gefesselt und gezwungen, für den Rest des Tages auf Deck zu stehen und über sein Schicksal nachzudenken.

Wenige Minuten vor Sonnenuntergang erklang dann ein Trommelwirbel, während der Direktor, gefolgt von Bent, auf der Poop erschien. Unter ihnen waren die Gefangenen angetreten – die Männer vor den Frauen, die Wärter hinter ihnen in Paradeuniform mit präsentiertem Gewehr –, und der Miwok wurde mit Hilfe mehrerer quietschender Blöcke an der Bordwand herabgelassen. Zehn Minuten später befahl der Direktor, den Gefangenen an Bord zu hieven, stellte jedoch fest, dass er noch atmete.

Erschüttert wandte sich der Direktor an Bent. »Wir sind Zeuge einer Intervention Gottes oder, der Himmel bewahre uns, Luzifers geworden. Die einzige moralische Lösung für diesen elenden Heiden besteht darin, ihn noch einmal unterzutauchen. Überlebt er das auch, ist es der Wille Gottes, und wir schenken ihm die Freiheit.«

Während der Miwok erneut in den Fluss hinabgelassen wurde, suchte der Direktor in seiner Bibel nach einem geeigneten Zitat über Heiden und Ungläubige. Auf Deck schlossen Gefangene und Wärter im Flüsterton Wetten ab, und die Quote betrug zwanzig zu eins gegen den roten Nigger. Nichts rührte sich außer den Schwalben, die über dem Fluss Jagd auf Insekten machten. Irgendwo quakte ein Frosch. Dann Stille.

Zebulon bemerkte als Einziger zwei Reiter, die am Flussufer aufgetaucht waren. Einer von ihnen war eine Frau – Delilah. Der andere war Hatchet Jack.

Eine halbe Stunde später klappte der Direktor seine Bibel zu, und der Miwok wurde aus dem Wasser hochgehievt. Nachdem sein lebloser Körper auf das Deck gelegt worden war und der Direktor sich überzeugt hatte, dass diesmal weder der Herr noch der Teufel interveniert hatte, ließ er sich zu seinem Haus zurückrudern, in dem das Abendessen auf ihn wartete.

In der Nacht lag Zebulon in seiner Koje und träumte von Wassergeistern, die sich über ihn erhoben wie hin und her schwankende Anacondas. Die Wassergeister hüllten ihn in einen Fluch, der irgendwie mit Delilah, dem ertränkten Miwok und, aus ferner Vergangenheit, mit dem Shoshone-Halbblut Nicht-hier-nicht-da zusammenhing. Er spürte, wie er hoch in die Luft emporgehoben wurde, dann stürzte er einen langen Abhang hinunter und rollte schließlich in einen Graben. Unfähig, sich zu bewegen, und nicht sicher, ob er tot oder lebendig war, wurde er aus dem Graben gezerrt und an einen von Delilah und Hatchet Jack gezogenen Wagen gehängt.

Die nächsten Tage zeigte sich der Direktor öfter vor den Gefangenen, kontrollierte ihre Fortschritte, wenn sie Erde schaufelten oder Steine für das ehrgeizige neue Straßennetz der Hauptstadt brachen. Gegen die unerträgliche Hitze hielt er sich einen Sonnenschirm über den Kopf, trank aus seiner Feldflasche und schüttete sich anschließend Wasser über Kopf und Schultern. Wenn er eine Trinkpause für alle anderen anordnete, gab er Zebulon die Feldflasche mit dem Auftrag, sie aus einem Wassereimer aufzufüllen. So führte er seinem Körper immer genug Flüssigkeit zu, während Zebulon immer mehr austrocknete, denn irgendwann sollte er begreifen, dass Wasser etwas war, worüber der Direktor verfügte, wofür er jedoch dankbar zu sein hatte – eine Unterwerfung, die, das versprach der Direktor, letztlich zur Erlösung führen werde.

Eines Nachts, mitten in einem Gewitter, knackte ein frisch eingelieferter chinesischer Häftling seine Fußfesseln und Handschellen. Niemand sah und hörte ihn, als er übers Deck auf Zebulons Koje zukroch. Vor ihm kniend, berührte er sanft Zebulons Stirn, mit Fingern so zart wie die Fühler einer Gottesanbeterin.

Zebulon packte den Chinesen am Hals und versuchte, ihm die Kehle zuzudrücken.

Der Chinese seufzte und wehrte sich nicht, dann drückte er Zebulon seinen Ellbogen in die Magengrube, bis der von seiner Kehle abließ.

»Ich bin Lu Yang«, flüsterte der Chinese. »Ich sehe dich früher in Traumpalast. Ich öffne Tür. Du suchst nach Drachenfrau, Delilah. Stammkundin. Erinner?«

Bis auf seine winzigen, flaschendicken Brillengläser war Lu nicht wiederzuerkennen, denn über seine Wange lief eine blutrote Narbe.

»Delilah sagt hallo«, sagte Lu.

Er sprach die Worte mit schmerzlicher Deutlichkeit aus, als hätte er Englisch aus einem Kinderbuch gelernt. »Ich zu Fuß geh nach Sacramento, will Boss von Gefängnis finden. Jeder in Sacramento reden Musik und machen Spaß. Nur nicht, wenn ich hol raus Würstchen und mach Gefängnisboss nass. Soldaten und Gefängnisboss wird wütend und bring mich hierher.«

Er sah Zebulon mit einem fragenden Lächeln an. »Du bereit Ausbruch aus Gefängnis, gesetzlos Mann?«

Draußen heulte der Wind über dem Fluss, und Wellen klatschten gegen den knarrenden Schiffsrumpf.

»Horch groß Wind«, sagte Lu. »Vielleicht du nicht mag Wind. Delilah leer innen. Nicht mag Wind. Wie Ozean. Du innen wie Schwein rennt weg von Axt. Laut. Immer denk, vielleicht bist tot. Wenn tot, nix passier. Wenn nix passier, Denken kommt. Du jetzt tot Mann zwischen zu viele Welt. Wer sag dir, sollst sein glücklich? Wer sag dir, zuhör? All gut. Dann wir umrühr Suppe.«

Zebulon hatte keine Ahnung, was der Chinese ihm sagen wollte.

Lu lächelte, als verstehe er Zebulons Verwirrung. »Kein Sorge. Lu, Hatchet, Plug, wir rühr um Suppe. Wir trink. Viel Würz. Dann wir brech aus.«

Neben ihnen zuckte und zappelte Plug in einem Alptraum mit Armen und Beinen, seine Schreie weckten die übrigen Gefangenen, auch die Frauen auf der anderen Seite des Schotts. Alle fingen an zu schreien und an die Trennwand zu trommeln, überzeugt, dass da jemand umgebracht oder vergewaltigt wurde.

»Ich sag Plug, rühr um Suppe ganz langsam«, sagte Lu. »Aber er nix hör. Er mach zu schnell und bös Ding passier.«

Er seufzte, dann griff er hinüber und drückte Plug den Daumen in den Hals, bis er ohnmächtig wurde.

Er wartete, bis sich die anderen wieder beruhigt hatten, dann sprach er weiter.

»Brechen wir aus?«, fragte Zebulon. »Oder kochen wir Essen oder was?«

»Erst Suppe.« Lu nickte zu Plug hin, der die Augen geöffnet hatte. »Dann Plug brech aus. Dann gesetzlos Mann, Chinamann, alle brech aus. Nix jetzt. Später. Jetzt nix. Sehr schwierig, nix.«

Plug setzte sich auf. »Wenn du mich noch einmal mit deiner Dreckpfote anfasst, schneid ich sie dir ab und fütter die Fische damit.«

Lu blickte über die Reihen der schlafenden Gefangenen und überlegte.

»Gut Idee.«

Er glitt zu seiner Koje zurück, so lautlos und geistergleich, wie er gekommen war.

»Sag nichts über nichts zu niemand«, sagte Plug zu Zebulon. »Und bleib mir verdammt noch mal vom Leibe, bis die Suppe auf dem Ofen überkocht. Ich bin zu früh gesprungen. Dieser verdammte Chinese hat mir das falsche Signal gegeben.«

Er drehte sich auf die andere Seite und schlief wieder ein.

Als ob auch sie in Lus Plan eingeweiht wäre, drehte Large Marge drei Tage später völlig durch. Genauer gesagt, sie wurde zur Furie. Sie arbeitete im Haus des Direktors, wie schon seit über einem Jahr regelmäßig, als Abigail, die Frau des Direktors, sie anschrie, sie solle gefälligst die Koch- von der Buntwäsche trennen und alle Kleidungsstücke zusammenlegen – sie also nicht einfach in eine Schublade stopfen, sondern säuberlich stapeln, Socken und Unterwäsche hier, Pullover und Hemden da. Falls sie sich dieser Aufgabe nicht gewachsen sehe, könne man sie jederzeit austauschen.

»Soll mir recht sein«, sagte Large Marge, packte das Bügelbrett, knallte es Abigail vor den Kopf und schlug ihr zwei Schneidezähne aus. Dann tobte sie durchs Haus, warf mehrere Fenster ein und zertrümmerte einen Chippendale-Tisch, bis man sie schließlich stellte – da schaukelte sie in einer Hängematte am Fluss und trank den hundert Jahre alten spanischen Brandy des Direktors aus der Flasche.

Am nächsten Abend mussten die Gefangenen antreten, und der Direktor sah von der Poop auf sie hinab. Lu und Plug war es gelungen, sich rechts und links von Zebulon zu postieren.

»Suppe ist am Kochen«, flüsterte Plug. »Jetzt muss ich mich um diesen kaltherzigen Hurensohn kümmern.«

Noch bevor Large Marge über die Bordwand gehievt werden konnte, scherte Lu unversehens nach hinten aus und brach zusammen. Er trommelte mit den Händen aufs Deck, verlangte laut schreiend auf Chinesisch Gerechtigkeit, Erlösung und eine Schiffspassage nach Shanghai, bis zwei Wärter ihn packten und gewaltsam unter Deck bugsierten.

»Jetzt geht alles Schlag auf Schlag«, sagte Plug. »Er muss nur noch seine Ketten abstreifen und den Korken ziehen.«

Large Marges gewaltige Leibesfülle wurde Zentimeter für quietschenden Zentimeter an der Bordwand herabgelassen.

Als sie auf halber Höhe war, zog Lu unter Deck den Stöpsel, Wasser strömte machtvoll in den Rumpf, und schon bald begann sich das Schiff nach Steuerbord zu neigen. Die Seile, mit denen Large Marge gefesselt war, gaben nach, und mit einem lauten Schrei stürzte sie senkrecht ab und landete in einem Dory, das am Heck festgemacht war.

Von da an passierte alles auf einmal.

Zebulon hielt sich an der Reling fest, während Bent an ihm vorbeirutschte, den Mund zu einem lautlosen Schrei aufgerissen, das Holzbein im rechten Winkel abgespreizt. Die Gefangenen fielen ebenfalls über Bord. Einige gingen unter, andere kletterten in das Dory oder schwammen ans Ufer. Plug stieg eine Leiter zur Poop hinauf und stürzte sich mit einem Schlachtermesser fuchtelnd auf den Direktor, der ihn jedoch ins Bein schoss. Das konnte ihn aber nicht aufhalten. Er packte den Direktor um die Taille, und zusammen vollführten sie einen grotesken Tanz, bis Plugs Bein einknickte und er über das Deck rollte und über Bord fiel.

»Jetzt sterb oder rühr Suppe«, sagte Lu, der neben Zebulon aufgetaucht war. Er war völlig nackt und so klapperdürr, dass man einen Finger durch ihn hätte durchstecken können.

Sie drehten sich um, als der Direktor mit der Pistole im Anschlag auf sie zugestürmt kam. Bevor er abdrücken konnte, packte Lu Zebulon an der Hand und zog ihn mit sich in den Fluss.

»*Quién es?*«, fragte ihn eine innere Stimme.

Wer war er, und wohin war er unterwegs? Und wer war da, um ihn zu retten? Er lag nicht in einem Straßengraben, das wenigstens wusste er. Und er ging nicht unter. Hilfesuchend streckte er die Hände aus.

Lu war es, der ihn aus dem Fluss und in ein Ahornwäldchen zog, in dem Hatchet Jack mit drei Pferden wartete.

Da sahen sie Bent, der an den Stamm einer Pappel gelehnt saß und mit dem Gewehr auf sie zielte.

Bevor er abdrücken konnte, feuerte Hatchet Jack seine Pistole ab.

»Na so was!« Bent schaute auf das Loch in seiner Schulter. »Ich bin ein toter Mann.«

Er sah zu Zebulon auf. »Tu mir einen kleinen Gefallen, Zeb. Als Gegenleistung für die Drinks und die Zigaretten … Sag ihnen, du hättest mich im Zweikampf erschossen. Du gegen mich. Und nicht, dass dieses verdammte Halbblut, dieser gemeine Pferdedieb, mich im Sitzen abgeknallt hat … Dann komm ich wenigstens in einer Geschichte vor und vielleicht in dem einen oder anderen Lied.«

Als sie am Flussufer entlangritten, kam Large Marge aus dem Fluss gewankt, ihre nassen Sachen hingen ihr in Fetzen vom massigen Körper, und ihr Haar war mit Schlamm verklebt.

»Habt ihr noch Platz für eine mehr?«, fragte sie, schwang sich hinter Lu aufs Pferd und schlang die Arme um seinen Hals.

Als sie beim Haus des Direktors anlangten, brannte der erste Stock lichterloh. Gefangene, dunkle Silhouetten vor den lodernden Flammen, rannten durch die Haustür ein und aus und warfen Einrichtungsgegenstände auf einen Karren und über Pferderücken. Andere stritten sich auf dem Rasen um Abigails Schmuck und die esoterischen Sammlerstücke des Direktors, darunter syrische Vasen, antike französische Uhren, deutsche Jagdgewehre, peruanischer und mexikanischer Schmuck und Dutzende englischer Taschenuhren in mit Samt ausgeschlagenen Kästchen.

Auf dem Rasen probierte Hatchet Jack einen der Leinenanzüge des Direktors an, dann ein Londoner Hemd mit Stehkragen und eine spanische Lederweste mit Perlmuttknöpfen.

Lu entschied sich für eine Seidenbluse und einen Knaben-Matrosenanzug, während Large Marge sich in eine Paradeuniform zwängte.

Nachdem auch Zebulon in einen der cremefarbenen Leinenanzüge des Direktors geschlüpft war, drängte er sich an den anderen vorbei ins Haus.

Das Büro des Direktors war voller Qualm, und die Flammen hatten schon auf Couch und Fußboden übergegriffen. Er riss die Schreibtischschubladen auf, bis er die kleine goldene Schale des Direktors, die Lakota-Sioux-Rassel und den fossilen Walrosspenis fand.

Als er aus dem Haus taumelte, stolperte er über die untersten Treppenstufen. Über ihm kauerte Abigail, die Frau des Direktors, auf einer Fensterbank im ersten Stock und drückte ihren Sohn an sich. Einen Moment lang trafen sich ihre Blicke, doch dann sah sie zu dem Gefängnisschiff hinüber, wo der Direktor sich an die Brücke klammerte und einem sich nähernden Ruderboot entgegensah, das ihn retten sollte.

»Springen Sie!«, rief Zebulon Abigail zu. »Ich fang Sie auf.«

Sie nahm ihren Sohn und machte einen kleinen Schritt vorwärts, doch da brach der Fußboden ein, und die beiden verschwanden.

★

ZEBULON, HATCHET JACK und Large Marge galoppierten am South Fork des American River entlang, immer wieder auch im Wasser, um möglichst wenige Spuren zu hinterlassen. An einer seichten Stelle überquerten sie den Fluss und ritten auf der anderen Seite wieder zurück.

Am späten Abend stießen sie in einem Zypressenhain auf eine verlassene Jagdhütte. Zu erschöpft, um zu reden, ließen sie sich drinnen einfach fallen, und in ihren seltsamen Kleidern sahen sie aus wie Mitglieder einer Wanderbühne oder entlaufene Insassen einer Irrenanstalt. Zur Isolierung waren Zeitungen an die Wände genagelt, mit Schlagzeilen über wichtige Ereignisse der Epoche: »Mexikanischer Krieg zu Ende«, »Zachary Taylor Präsident«, »Kalifornien 31. Staat«, »San Francisco brennt«, »Goldfunde in Sonoma!«, »Größter Goldfund aller Zeiten!!!!«, »Konföderierte Truppen erobern Independence, Missouri!«

Hatchet Jack trat vor die Hütte und legte sich flach auf die Erde, um nach Pferden von Verfolgern zu horchen. Als er sich überzeugt hatte, dass ihnen niemand auf der Spur war, holte er eine Flasche Tequila aus seiner Satteltasche, trank einen großen Schluck und ging wieder hinein. Er reichte die Flasche Zebulon, der trank und sie an Lu weiterreichte, der dasselbe tat und sie Large Marge gab, die einen Schluck trank und einschlief. Der Chinese hatte sich an ihren Schenkel gekuschelt.

»Du hast nichts als Ärger gemacht seit dieser Cantina in Panchito«, sagte Hatchet Jack zu Zebulon. »Wenn ich du wäre, was ich Gott sei Dank nicht bin, würde ich meine Schnauze auf eine andere Spur richten. Diese Delilah ist von Dämonen besessen. Mein Wort drauf. Ich bin in letzter Zeit mal durch ihr Tal geritten, und nichts ist, wie es scheint. Sie ist flussaufwärts in Sutter's Fort. Dort wo sie zum ersten Mal Gold gefunden haben. Jetzt ist alles den Bach runter, aber das ist mir schnurzegal.«

»Hat sie dich überredet, mich da rauszuholen?«, fragte Zebulon.

Hatchet Jack schüttelte den Kopf. »Wenn's nach ihr ginge, wärst du immer noch im Kittchen. Dieser mexikanische Heiler, Plaxico, der hat mir gesagt, ich soll dich rausholen. Vielleicht erinnerst du dich. Du hast ihn in dem *pueblo* gesehen, in dem wir mit deiner Ma waren. Der, bei dem ich die spirituellen Sachen gelernt hab, in Mexiko. Er hat gesagt, ich bin für die Nachtschicht zuständig und muss die Toten retten, oder diejenigen, die nicht wissen, dass sie tot sind. Angefangen mit dir. Ein übler Job, wenn du mich fragst.«

»Interessiert mich aber nicht«, sagte Zebulon.

Hatchet Jack schluckte ein bisschen Tequila. »Kann ich dir nicht verdenken.«

Er warf Zebulon die Flasche zu. »Ich geh zu den Goldgräbern. Hab gehört, die sind auf eine Ader gestoßen, oben in Placerville. Und verschon mich mit deinem *ja, nein, je nachdem.* Jetzt, wo ich dich rausgeholt hab, sind wir endgültig quitt. Du kannst reiten, wohin du willst.«

An der Tür spuckte er aus. »Ich bin deinem Pa wieder begegnet. Immer noch dasselbe verrückte alte Huhn. In Virginia City hat ihn das Goldfieber schwer erwischt. Hat noch mal einen dicken Treffer gelandet und wieder alles an irgend so eine raffgierige Nutte verloren. Jetzt muss er Steine fressen. Stell dir vor: Ich hab ihm wieder ein Pferd angeboten, ein richtiges Prachtexemplar diesmal. Er hat's wieder nicht genommen. Manches kriegt man eben nie hin. Ich hätte dich in dem stinkenden Arroyo liegen lassen sollen.«

»Hast du das nicht getan?«, sagte Zebulon.

Hatchet Jack lachte. »Keine Zeit, das zu klären. Aber nur zu, reit rauf nach Sutter's Fort und fang dir die Hexe mit dem Lasso ein. Und dann alles Gute. Wenn wir Glück haben, sehen wir uns nie wieder.«

Als Zebulon am nächsten Morgen erwachte, war Hatchet Jack verschwunden, zusammen mit Lu.

Large Marge saß auf einem Baumstamm und rieb sich die von den Stricken stammenden Schwielen, die sich kreuz und quer über Schultern und Nacken zogen.

»Frag mich nicht«, warnte sie ihn. »Ich weiß nicht, wo sie hin sind, und es ist mir auch scheißegal.«

★

Large Marge und Zebulon ritten gemächlich durch das Tal des Sacramento Richtung Sutter's Fort. Die einzigen Zeichen von Leben waren ein Hirschrudel ab und an und ein erschrockener Bär in einem Beerengestrüpp. Ganze Farmen waren verlassen, Weinberge und Obstgärten verwildert, Zäune niedergerissen. Die einstmals goldenen Weizenfelder hatten verirrten Rindern und Schafen als Weiden gedient.

Als in der Ferne ein Trupp Reiter auftauchte, der sich abwechselnd durch Regengüsse und milchiges Licht bewegte, galoppierten sie in die entgegengesetzte Richtung und landeten in einem Farmhaus im Schutz einer traurigen Gruppe halb verdorrter Eichen. Sie führten ihre Pferde durch die Haustür und zwängten sich in einen engen, niedrigen Raum, in dem dick Staub und Stroh von dem eingebrochenen Dach lagen. Der Boden aus festgestampfter Erde war mit Mäuse- und Wieselkot übersät, die Schränke waren leer bis auf eine verschimmelte Scheibe Brot.

»Wir schlagen uns den Bauch voll, und dann ruhen wir uns aus«, sagte Large Marge und ging hinaus. Ein paar Minuten später kam sie mit einem geköpften Huhn wieder.

Da sie nicht durch einen rauchenden Kamin auf sich aufmerksam machen wollten, rupfte und briet sie das Huhn in einer tiefen Grube.

»Mit dem alten Sutter war ich auch lange zusammen«, sagte sie und biss in das halbgare Fleisch. »Hab ihm Essen gekocht, Kekse gebacken, Teig gerührt, Schnaps zu trinken gegeben – alles, was du dir denken kannst. Ich hab ihn einen Winter lang bekocht, wo es sonst niemand getan hätte. War ihm zu Willen, wenn er zu voll war, um sich zu erinnern, dass ich keine von den Huren aus San Francisco war. Wie man's auch dreht und wendet, er hat's bei mir besser gehabt, als es irgendwer verdient hätte.«

Sie warf die Hühnerknochen hinter sich und wischte sich den Mund am Ärmel der Direktorjacke ab.

»Ich sag dir was, Mister Shook. Du reitest am besten allein weiter nach Sutter's Fort, außer es ist dir lieber, wir reiten nach Oregon rauf, nur wir zwei. Ich mein, ich als deine Partnerin, nicht deine *esposa,* obwohl sich das auch ändern könnte. Wir wären ein Team. Aber was Sutter's Fort angeht, da muss ich passen, das ist ausgelutscht. Überrannt und untergepflügt. Tausend Goldgräber da oben, die auf seinem Land kampieren, das kann ich dir garantieren. Eine Stampede. Zeit ist Geld. Das wirst du da oben hören ... Früher hat der Mann ein Reich sein Eigen genannt, das größte und beste Stück Land von den Sierras bis zum Pazifik: Obstbäume, Viehweiden wie Billardtische, tausend Pferde. Der Mann hat mit jedem gehandelt – Russkis, Spaniern, Mormonen, Pilgern aller Art. Hat ihnen gegeben, was sie wollten, und von ihnen bekommen, was er brauchte. Das größte Sägewerk in Kalifornien. Die größten Umzüge. Die größten Grillfeste. Die größten Fandangos. Die schicksten Frauen. Hat seine Indianer Uniformen tragen und eine Blaskapelle gründen lassen. Er war der größte Kikeriki von Mexiko bis zum Nordpol. Und schau ihn dir jetzt an. Ein Jammer.«

Sie stand auf. »Also, wie sieht's aus, Mister Shook? Bist du bereit, mit mir zusammen eine Furche bis nach Oregon rauf zu pflügen?«

Zebulon schüttelte den Kopf. »Ich geh meinen eigenen Weg.«

»Na ja, ist doch klar«, sagte sie, eher erleichtert als enttäuscht. »Ein berühmter Gesetzloser wie du. Ganz zu schweigen von der ausländischen Hure, auf die du's abgesehen hast, die, von der alle so begeistert sind.«

Sie stieg auf ihr Pferd. »Schau mich nicht so an. Man hört so Einiges. Ich war weiß Gott lange genug auf der

Schattenseite der Scheune, um es zu merken, wenn sich einer am Schwanz rumführen lässt.«

»Nenn es, wie du willst«, sagte er.

Sie überlegte. »Also gut, ich reite mit dir zu Sutter, weil ich dir vielleicht verpflichtet bin, weil du mich aus diesem Schiff befreit hast. Aber dann bist du auf dich allein gestellt.«

Sie ritten weiter, und auf einer Anhöhe zügelte Large Marge ihr Pferd. Mit verschränkten Armen sah sie auf Sutter's Fort hinab, das sich wie eine zerstörte Kreuzritterburg vor den Granitgipfeln der Sierra abzeichnete.

»Ich denk nicht dran, meine Fracht zu diesem Steinhaufen zu befördern. Egal, was wir beide am Laufen haben.«

Sie saß ab, legte sich ins hohe Gras und sah einer Kolonne schwarzer Wolken nach, die über den Himmel zog. »Ich schaff meinen *precioso* Kadaver nach Sonoma rüber. Da gibt's einen Saloonbesitzer, der mir einen Gefallen schuldet – genug für eine Fahrkarte dorthin, wo ich hergekommen bin.«

Sie sah zu ihm hinüber: »Wenn du schlau wärst, würdest du mitkommen. Sonoma ist ein hübsches kleines Städtchen. Und im Moment am Aufblühen.«

Als er nicht antwortete, saß sie auf.

»Du weißt nicht, was dir entgeht, Mister Shook. Dir ist da was zu Kopf gestiegen, vielleicht, dass du gesucht wirst und so viel über dich geredet wird. Aber ich weiß es besser. Ich weiß, wer du bist und wer du nicht bist. Und du bist nicht der letzte Dreck. Egal, was diese wilde Hexe sagt oder was für Lügen die Zeitungsschmierer ständig über dich verbreiten.«

Sie schnaubte einmal, winkte und ritt Richtung Sonoma davon.

Er war noch nicht weit gekommen, als sie im Galopp neben ihm auftauchte. »Mir ist wieder eingefallen, wie das mit diesem Saloon in Sonoma war. Den schmierigen Mistkerl, der ihn betreibt, deckt höchstwahrscheinlich der grüne Rasen, der füttert längst die Würmer. Oder wenn nicht, dann sollte es so sein. Aber nicht nur das, in Wirklichkeit hab ich Schulden bei ihm, und ich hab keine Lust, die zu begleichen. In Anbetracht meiner Umstände. Vielleicht ist es doch Zeit für Sutter. Nicht dass er mir nicht was schuldig wäre, nach allem, was ich für ihn getan hab.«

Eine halbe Stunde später überlegte sie es sich erneut anders und entschied sich für Hangtown, wo der Bruder eines ehemaligen Liebhabers von ihr eine Futtermittelhandlung hatte. »Da oben kann ich was Größeres aufziehen. Wenn nicht mit dem, dann mit wem anderen. Tu mich mit einem Goldgräber zusammen oder einem gepflegten Flachländer, und wenn das in die Binsen geht, geh ich eben auf den Strich. Auf Erfahrung kommt's an, Mister Shook. Zwanzig Dollar pro Nummer, Sonderwünsche extra. Hangtown ist dafür genau richtig. Kein Mensch wird mich altes Mutterschwein unter all den kaputten Gestalten und abgebrannten Landstreichern erkennen. Ich weiß nicht, was ich mir dabei gedacht hab, mich mit dir zusammenzutun. Gerade jetzt, wo so ein hoher Preis auf deinen Kopf ausgesetzt ist.«

Ein letzter Ruf, ein Winken, und sie galoppierte davon.

Zebulon war erleichtert. Er blieb lieber allein. Ein Zustand, nach dem er sich seit der Zeit auf der *Rhinelander* sehnte: zu wissen, dass er wieder mit beiden Beinen auf dem Boden stand, in sein eigenes Lagerfeuer zu schauen oder, wenn ihm danach war, zurück nach Colorado oder Mexiko oder in eine Gegend zu reiten, die auf keiner Landkarte zu finden war. Er hatte genug von anderen und ihren Wünschen, wer sagt was, wer will wohin und warum. Am Leben bleiben, das reichte ihm. Das ewige Suchen und Finden, das war für die anderen. Das Problem war nur … Aber der Gedanke ließ sich nicht fassen.

Er ritt an dem abgetrennten, auf einen Pfahl gesteckten Kopf eines Indianers vorbei. Darunter ein ausgebleichtes Schild:

SCHLECHTE HOMBRES UND TATEN
AB HIER VERBOTEN

Im schwindenden Licht bewegten sich Dutzende geisterhafter Gestalten schemenhaft um die Lagerfeuer vor dem Fort. »Wie Soldaten einer geschlagenen Armee«, hatte der Graf gesagt. Er erinnerte sich, wie Delilah ihn auf der Treppe des Hotels in Veracruz angesehen hatte, als wäre er ein Geist. *Rette mich*, hatten ihre Augen gefleht. *Und wenn dir dein Leben lieb ist, bleib weg.*

Anderthalb Kilometer von dem Fort entfernt schloss er sich einem Treck von Pennsylvania-Quäkern an – die Männer gingen zu Fuß neben ihren halbtoten Ochsen, die Frauen saßen auf ramponierten Conestoga-Wagen, die Köpfe unter den Hauben gesenkt, um die Schultern dicke Tücher. Sie waren zweihundert gewesen, als sie loszogen, und jetzt waren kaum noch fünfzig übrig – Indianerüberfälle, das Platte-Hochwasser, Cholera und Typhus hatten ihren Tribut gefordert.

Was von dem eisenbeschlagenen Tor des Forts übrig war, lag auf der Erde; das meiste davon war als Feuerholz verbrannt worden. Der Gestank nach Abwässern und verfaulten Nahrungsmitteln benahm einem den Atem. Vor ihnen breitete sich eine Ansammlung von Zelten und primitiven Hütten aus, für die alles hatte herhalten müssen, was gerade zur Hand war: alte Decken, Hosen und Hemden, Wagenrungen, kaputte Tische und Stühle und die üblichen Streifen zerrissener, schimmliger Leinwand. Die einen Meter dicken Lehmmauern des Forts waren mit Einschusslöchern gesprenkelt. Auf den zerbröckelnden Bastionen ragten die Rohre demontierter Kanonen gen Himmel. Alles andere war in Bewegung: fluchende Frauen, klappernde Kochtöpfe, heulende Hunde, Zelte, die auf- oder abgebaut, Wagen, die instandgesetzt wurden, wiehernde Maultiere und Pferde und Ochsen, die von ihrem Joch befreit und getränkt und gefüttert wurden.

Weiter drinnen auf dem Gelände knieten halbnackte Indianer, die einzigen, die von Sutters Landarbeitern übrig waren, an einem langen Holztrog und schaufelten sich mit den Händen Tierfutter und Maismehl in den Mund. Beiderseits von ihnen wälzten sich betrunkene Männer auf der Erde, rauften miteinander und stachen und hackten mit Bowiemessern und Tomahawks aufeinander ein. Ein Schuss fiel, gefolgt vom Schrei einer Frau und irrsinnigem Gelächter. Ein nackter Mann kam mit einer Bratpfanne wedelnd aus einer Scheune gerannt und wurde von einem peruanischen Goldsucher niedergestreckt. Ein Pferd machte Bocksprünge. Mormonen sangen Kirchenlieder und lobten lauthals den Herrn, ohne auf drei Goldsucher zu achten, die auf einem zusammengebrochenen Wagen tanzten und den vollen Mond anriefen.

Zebulon blieb am Rand einer Gruppe stehen, vor der ein Einarmiger mit einem englischen Zylinder eine blinkend neue Schaufel in die Höhe hielt. »Nur noch fünf dieser Prachtstücke übrig! Garantiert unbenutzt. Reines Metall aus der Schmiede des Vulcanus. Ohne Schaufel kein Gold, Gentlemen. Dreißig Dollar! Wer bietet mehr? Ein gutes Geschäft, Gentlemen. Vierzig der Herr, der unter dem Wagen sitzt! Wisst ihr, was es bedeutet, eine Kiste Schaufeln über Land oder auf dem Seeweg zu transportieren? Fünfzig! Wer bietet fünfzig? Wer weiß, wie lange es dauern wird, bis hier wieder so eine Schaufel zu bekommen ist! Vielleicht einen Monat!

Vielleicht ein halbes Jahr! Vielleicht nie mehr! Keine Schaufel, kein Gold. Kein Gold, und dann wird's ein sehr, sehr weiter Weg zurück nach Hause. Da! Ganz hinten! Fünfzig Dollar. Verkauft!«

Als Nächstes hielt der Händler ein Gemälde von einer lasziven, ebenholzschwarzen Nackten in die Höhe, die sich in Gesellschaft von drei ägyptischen Eunuchen auf einem Diwan räkelte. Ihre wohlgerundeten Schenkel und Brüste erinnerten Zebulon an Delilah.

»Das Beste zum Schluss, Gentlemen! Kleopatra, Königin vom Nil, in ihrem intimsten Gemach. Eine willkommene Gefährtin für den Goldgräber, der oft monatelang keine Frau zu Gesicht bekommt. Diese wunderschöne Darstellung exotischer Lust und Romantik gehörte einem russischen Grafen, der gerade erst letzte Woche in Calabasas Springs ermordet wurde. Davor war ihr stolzer Besitzer ein englischer Lord. Und davor hing das Bild im Boudoir der Königin von Spanien. Wir beginnen mit hundert Dollar. Dort drüben! Unter dem Wagen. Der Mann mit der Lederweste. Hundertfünfzig …? Zweihundert …! Wer bietet dreihundert?«

Der Mann zeigte auf Zebulon. »Sie, Sir! Mit den eleganten Leinenhosen! Sie sind offensichtlich ein Gentleman, der ein großes Kunstwerk zu schätzen weiß!«

Zebulon ging weiter, auf Sutters Hauptquartier zu, die Casa Grande, einen zerbröckelnden zweistöckigen Lehmbau, dessen Fenster in der oberen Etage zerschossen waren. Als er sich der sechs Meter hohen Eichenholztür näherte, stolperte er über einen Mexikaner, der zusammengesunken an einer Mauer saß.

»Quién es?« Der Mexikaner sah unter seinem Sombrero hervor zu ihm auf und zeigte ein zahnloses Gesicht mit einer leeren Augenhöhle. »Jemals das Gefühl gehabt, dass du länger brauchst, je schneller du reitest?«

Der Mexikaner schlug sich auf den Schenkel und schüttete sich aus vor Lachen über Zebulons verdutztes Gesicht. »Du weißt nicht so recht, ob ich der alte Mexikaner aus dem *pueblo* bin oder bloß irgendein anderer abgehalfterter Bohnenfresser.«

»Du bist Plaxico«, sagte Zebulon.

»Und du bist Zebulon. Der, der so tief in seinem Futterbeutel steckt, dass er nicht weiß, ob er kommt oder geht. Das passiert öfter, als du denkst.«

»Hat Hatchet das gesagt?«

»Das und andere Sachen, zum Beispiel, dass du einen Straight Flush nicht von einem Graben voller Frösche unterscheiden kannst. *Quién es?* Weißt du, was ich meine? Wer ist da draußen? Und wenn du da draußen bist, wohin bist du dann unterwegs? Vielleicht ist es an der Zeit, diese ganzen Fragen hinter sich zu lassen.«

»Wo ist Hatchet jetzt?«, fragte Zebulon.

»Höchstwahrscheinlich sucht er nach dir. Jetzt, wo er sich so viel Mühe mit deinem Pa gegeben hat, bist du an der Reihe.«

»Du bist wegen dem Gold hier?«, fragte Zebulon.

Plaxico lachte und stand auf.

»Ich bin nicht hier, und ich bin nicht dort. Heißt es nicht so in dem Lied?«

Er klopfte Zebulon auf den Rücken, dann ging er quer über das Gelände, als hätte er ein Ziel.

Zebulon setzte sich an die Mauer. Ringsum rollten Männer und Frauen ihre Schlafdecken aus, unterhielten sich über einen Erdrutsch bei Grizzly Flats, eine Hauptader am Yuba, eine Hinrichtung in Morgan's Flat. Ein kleiner Junge führte ein verkrüppeltes Pferd in einen Mietstall. Eine Tür ging auf und fiel krachend ins Schloss. Dann Stille, in der ein Lied aus der Casa Grande ertönte:

Amazing grace! How sweet the sound
That saved a wretch like me!
I once was lost, but now am found.
Was blind, but now I see.

'Twas grace that taught my heart to fear,
And grace my fears relieved;
How precious did that grace appear
The hour I first believed.

Es war Delilah.

★

Er stieß die riesige Eichenholztür der Casa Grande auf und ging durch die dämmrige *entrada* eines Speisesaals. Eine strenge weißhaarige Frau in einem hochgeschlossenen schwarzen Kleid saß an einem Esstisch in der Mitte des riesigen Raums, den Kopf in den Händen. Neben Frau Sutter saß ihr Sohn August, ein dicklicher junger Mann mit Tirolerhut. Er trank Whiskey und rauchte eine geschwungene Elfenbeinpfeife. Hinter ihm schritt ein dickbäuchiger Mann mit einem buschigen Schnauzer und knielangen Lederhosen auf und ab und schlug sich mit der Reitgerte auf seine mächtigen Schenkel.

Delilah saß am anderen Ende des Saals an einem Klavichord. Als Zebulon in der Tür stehenblieb, fanden ihn ihre Augen, dann wanderte ihr Blick zu August Sutter hin, der seine Pfeife auf den Tisch knallte.

»Sie sind nicht der Einzige, der sich für das Land meines Vaters interessiert, Herr Kehoe. Ich sage ihnen noch einmal: Meine Mutter wird niemals ohne Zustimmung meines Vaters verkaufen.«

Azariah Kehoe holte tief Luft, er versuchte, Ruhe zu bewahren. »Sie müssen verstehen, dass ich hier bin, um zu helfen, und nicht, um alles noch schlimmer zu machen. Ich hatte den deutlichen Eindruck gewonnen, dass Captain Sutter verkaufen möchte, was von seinem Land noch übrig ist, um mit dem Geld Schulden zu begleichen.«

Frau Sutter sah ihn an und sagte stockend mit deutschem Akzent: »Sie müssen das verstehen, Herr Keyhole. Ich bin erst vor kurzem in dieses Land gekommen. Ich bin müde. Ich habe einen kranken Magen. Ich sehe meinen Mann seit siebzehn Jahren nicht. Stellen Sie sich vor, wie ich leide, als er irgendwo anders auf Geschäftsreise ist und nicht in San Francisco auf mich wartet. Ich habe einen Sohn und eine Tochter zurückgelassen, dass sie auf ihn warten, und dann ich reise mit noch einem Sohn, August, um meinen Mann zu finden, und wir kommen durch schreckliches wildes Land, und jetzt sehe ich dieses Fort in Ruinen. Stellen Sie sich das alles vor!«

»Gnädige Frau«, sagte Kehoe. »Sie haben mein tiefstes Mitgefühl angesichts Ihrer Schwierigkeiten und Leiden. Da ich mein halbes Leben an der Siedlungsgrenze verbracht habe, weiß ich sehr gut, was Sie durchmachen. Doch um Ihrer selbst willen sollten Sie mir bitte gestatten, Ihnen zu helfen.«

»Und überall dieser Wahnsinn mit dem Gold!«, fuhr Frau Sutter fort, als hätte sie kein Wort gehört. »In der Schweiz höre ich von meinem Mann und Kalifornien, seinen Obst- und Gemüsegärten und seinen Kühen. Dass er von allen geliebt wird, sogar von den einheimischen Wilden, und dass alles vorbereitet ist, damit wir, ich und meine Kinder, hierher kommen und mit ihm zusammen geliebt werden. Wir sind keine Geschäftsleute, Herr Keyhole. Wir sind Familienmenschen, die sich ein Leben mit Kühen und Essen und Glück wünschen. Das ist das Versprechen, das ich in der Schweiz höre, und das ist der Grund, warum ich hierher komme.«

»Es stimmt tatsächlich, was Sie über Ihren Mann sagen, Frau Sutter«, sagte Kehoe. »Oder es hat jedenfalls gestimmt. Ein feiner Mensch, Captain John Sutter. Mutig. Erfinderisch. Tatkräftig. Obwohl andererseits leider auch töricht, in geschäftlichen Angelegenheiten ebenso wie in der Wahl seiner, nun sagen wir, Steckenpferde. Aber wir wollen uns nicht in der Verbreitung haltloser Gerüchte ergehen. Und vor allem müssen wir Ruhe bewahren.«

Als Zebulon auf den Tisch zukam, erhob sich Delilah von dem Klavichord und ging zu ihm hin. Sie sahen einander unverwandt an, und sie sang für ihn auf Spanisch:

Sublime gracia del Señor
Que a mi pecador salvo
Fui ciego mas hoy miro yo
Perdido y él me amo.

Zebulon stellte sich vor den Tisch und wiederholte die Strophe in Navajo:

Nizhonigo jooba' ditts' a'
Yesdashiitinigii
Lah yooiiha k'ad shenahoosdzin,
Doo eesh'ii da nt'ee.

»Ich bin traurig«, sagte Frau Sutter und wischte sich die Tränen ab. »Ich weine. Was soll das bedeuten?«

»Es drückt Dankbarkeit aus«, erklärte Delilah, »Dankbarkeit für Erlösung, Dankbarkeit für die Rettung durch Gnade.«

»Wer ist diese Gnade?«, fragte Frau Sutter. »Kenne ich sie?«

»Sie kennen sie«, erklärte Delilah. »Aber wenn Sie danach fragen, wird sie nie kommen. Wenn Sie nicht fragen, kommt sie auch nicht.«

»Ja«, rief Frau Sutter aus. »Ja. Ja. Ich verstehe. Sie sind Gnade, und der Mann, von dem Sie mir alles erzählt haben, ist Erlösung! Der Mann, der weggeht und zurückkommt und wieder weggeht.«

»Das ist der Mann.« Delilah sah Zebulon weiter in die Augen. »Oder jedenfalls was man für ihn hält. Er trägt einen anderen Namen als Erlösung.«

Aus Unmut über diese bizarren Unterbrechungen schlug Azariahs Reitgerte wie ein wild gewordenes Metronom gegen seinen Schenkel.

»Frau Sutter, ich bitte Sie – nein, hören Sie mir zu, ich

flehe Sie an: Können wir bitte auf unsere geschäftliche Besprechung zurückkommen?«

»Frau Sutter ist beunruhigt, Mister Kehoe«, erklärte Delilah mit fester Stimme. »Sie ist nicht glücklich, und sie ist nicht geduldig, und ehe sie ihren Mann nicht wiedersieht, wird sie nicht entscheiden, ob sie nach Zürich zurückkehrt. Sie hat sich die größte Mühe gegeben, Ihnen ihre Lage zu schildern, und sie wird keinerlei Verfügungen über Captain Sutters Land treffen und keinerlei Verträge abschließen, weder mit Ihnen noch mit irgendjemand sonst.«

»Entschuldigen Sie, Madam«, sagte Kehoe und brach seine Reitgerte entzwei. »Ich habe keine Ahnung, wer Sie sind oder in wessen Auftrag Sie sprechen, aber ich finde es unangemessen und grob unhöflich, dass Sie für Captain Sutter sprechen oder für seine Frau, seinen Sohn oder sonst jemanden.«

Frau Sutter stützte sich auf den Tisch und richtete sich zu ihrer vollen Größe von gerade mal einsfünfzig auf. »Gräfin Baranofsky ist kein Dienstbote, Herr Keyhole. Sie kommt aus Russland nach Mexiko und dann zu diesem Fort, meinen Mann um Hilfe zu bitten. Mit ihrem Mann, Graf Baranofsky, haben wir in Zürich in der Schweiz gesprochen, um Freunde mit ihm zu sein und Geschäfte zu machen in Kalifornien, einem Land, das man mir gesagt hat ist grün wie der Garten Eden, aber ich sehe, es ist nicht wahr. Jetzt wird ihr Mann Graf Baranofsky von Gesetzlosen gemordet. Ich sage nicht, wer was tut, Herr Keyhole. Das ist nicht mein Fort, es ist das Fort meines Mannes. Ich bin nicht hier, um Land zu verkaufen oder Hühner oder Kühe.«

August Sutter sah sich mit glasigen Augen um. Er hielt ein Zündholz an seine Pfeife, löschte die Glut mit dem Daumen, zündete sie erneut an.

»Könnten wir bitte diese Situation beenden? Wenn wir Glück haben, Mutter, schneidet irgendein Cowboy oder

Goldgräber oder rothäutiger Wilder Papa den Kopf ab, und seiner hawaiianischen Geliebten gleich mit. Dann können wir zu einer praktikablen Lösung kommen und sind nicht auf Menschen wie Herrn Kehoe angewiesen. Wir verkaufen alles zu einem guten, fairen Preis und machen, dass wir hier wegkommen.«

Frau Sutter hielt sich die Ohren zu. »August, du versündigst dich gegen Gott. Du darfst diese schrecklichen Worte nicht aussprechen.«

»Ich weiß nicht, was Gottes Wille ist oder was sich in Sacramento oder San Francisco abspielt«, sagte Azariah Kehoe. »Aber ich kann Ihnen versichern, Frau Sutter, dass ich auf der Stelle aufbreche, wenn wir nicht jetzt sofort, in dieser Minute, handelseinig werden, und dann stehen Sie vor dem sicheren Ruin. Verstehen Sie doch: Hierzulande geht alles immer schneller. Bald schon wird es von Küste zu Küste einen Zug geben, der Tausende von Einwanderern in alle Winkel des Staates bringen wird. Wenn Sie nicht die nötigen Anstalten zur Verteilung Ihrer Besitzungen treffen, solange sie noch einen Wert haben, werden Sie auf der Strecke bleiben.«

Frau Sutter fiel es sichtlich schwer, sich zu konzentrieren. »Sie treiben mich vor den Wahnsinn, Mister Keyhole. Sie sehen das Land meines Mannes, und Sie machen Pläne. Mein Mann besitzt viele Hektare. Er wird mit Freunden kommen, und dann wird er essen und mit Ihnen sprechen. Aber jetzt will ich mit Gräfin Baranofsky unter einem Obstbaum sitzen und sprechen darüber, wo wir gewesen sind und was wir verloren haben, was nicht aus uns werden kann und was wir nicht sehen werden. Ich habe einen Traum, hierher zu kommen, einen Traum, alles zu erledigen. Was geschieht diesem Traum? Vielleicht ist es der Traum von jemand anderem? Vielleicht ist es kein Traum. Vielleicht habe ich geträumt, es war ein Traum.«

Sie wandte sich an Delilah. »So etwas kommt vor. Sie und ich wissen das.«

»Ja, das wissen wir.« Delilah griff nach Frau Sutters Hand. »Wir wissen alles darüber.«

Azariah Kehoe hatte genug. Er beugte sich herab und küsste Frau Sutter flüchtig die schlaffe Hand. »Wenn Sie mich bitte entschuldigen wollen, Frau Sutter, ich habe mich schon zu lange aufgehalten. Unglücklicherweise habe ich in San Francisco wichtige Geschäfte zu erledigen, die keinen Aufschub dulden. Lassen Sie uns in unser beider Interesse hoffen, dass wir nie wieder über Geschäfte werden sprechen müssen. Bitte bestellten Sie Captain Sutter meine besten Grüße. Meine Karte müsste er haben.«

Delilah sah Zebulon an, dann Kehoe: »Kennen Sie die alte Redensart?: ›Wenn du Gott zum Lachen bringen willst, erzähl ihm von deinen Plänen.‹«

»Wie wahr«, murmelte Kehoe und stürmte hinaus.

Frau Sutter seufzte. »Ich denke immer, Herr Keyhole wird nicht weggehen. Wenn mein Mann jetzt kommt, wird er wissen, ob er bei mir und meinen Kindern bleiben und Obst und Gemüse anbauen und Kühe züchten will. Er ist nicht gut für Geschäfte. Und jetzt Sie, Gräfin, mit Ihrem freundlichen jungen Mann! So stark! So ruhig. Lassen Sie ihn nicht weglaufen, um Geschäfte zu machen!«

Sie küsste Delilah die Hand. »Aber nun, Gräfin, bitte ich Sie, von hier fortzugehen, bevor es zu spät ist. Mein Mann lässt mich im Stich. Er lässt mich und meine Kinder immer wieder im Stich, und er wird auch Sie im Stich lassen, Gräfin, wenn Sie Geschäfte mit ihm machen. Es gibt hier nichts für Sie, für niemanden. Verstehen Sie, was ich Ihnen sagen will? Gehen Sie nach China oder Portugal oder Indien. Gehen Sie in die Schweiz. Aber gehen Sie auf alle Fälle fort von diesem schlechten Land. Was sage ich zu Ihnen?«

»Sie sagen ihr *vamonos*!«, antwortete Zebulon.

»*Si*«, nickte sie, griff mit einer Hand nach einem Glas Wein und scheuchte sie mit der anderen zur Tür. »*Vamonos* in weite Ferne.«

★

ZEBULON FOLGTE DELILAH über das dunkle Gelände, wo sie sich zwischen Betrunkenen und schlafenden Goldgräbern, zwischen Pferdewagen und Bergbaugeräten hindurchschlängeln mussten, dann über eine bröckelnde Mauer und um einen Korral herum zu einem Zelt, das am jenseitigen Ende eines Feldes aufgeschlagen war.

Im Inneren des Zeltes horchten sie auf das Donnergrollen aus den Bergen, dem Regengüsse folgten, die wie mit tausend kleinen Fäusten auf die dünne Zeltbahn eintrommelten.

»Ich wusste, dass du mich finden würdest«, sagte sie.

»Hast du's dir gewünscht?«, fragte er.

»Ab und zu.«

So plötzlich, wie er begonnen hatte, hörte der Regen wieder auf.

Sie führte seine Hand an ihre Brust, dann weiter nach unten. Ihr Bauch war größer und runder, als er ihn in Erinnerung hatte. Und da war noch etwas anderes, etwas, dessen er sich nicht sicher war und das ihm Angst einflößte.

Auf einmal war nichts so wichtig wie sein Pferd. Soviel er wusste, war das Pferd tot, oder man hatte es ihm gestohlen. Nicht dass sich irgendwer die Mühe machen würde, eine auf dem letzten Loch pfeifende Rotschimmelstute mit eingesunkenem Rücken zu stehlen.

Er stand auf. »Ich muss nach meinem Pferd sehen.«

Sie streckte die Hand aus, um ihn am Bein festzuhalten.

Er kniete vor ihr nieder und legte den Kopf auf ihren Bauch, während sie ihm das Haar streichelte. Dann war er in ihr, und sie hielten still im Zentrum von allem, was sich bewegte.

Bis sie ihn wegstieß.

Durch die offene Zeltklappe sahen sie den Gefängnisdirektor, der mit einem halben Dutzend Männern auf sie zugeritten kam. Hinter ihnen und vor dem Fort stand Frau

Sutter mit einem älteren Mann in leuchtendroter Uniform mit Kokarde, bei dem es sich nach Zebulons Vermutung um Sutter handeln musste. Während sie aus dem Zelt traten und sich anzogen, tauchten noch mehr Männer und Frauen auf den Wagen und den Bastionen des Forts auf.

Er zog die kleine goldene Schale des Direktors aus seiner Westentasche und drückte sie ihr in die Hand.

»Die kannst du im Fort oder in San Francisco verkaufen. Du bekommst dafür so viel, dass du hinkannst, wo du willst.«

»Ich muss mit dir gehen.«

»Ich finde dich«, sagte er.

Er rannte über das Feld und im Bogen auf das Fort zu.

Als der Direktor herangekommen war, packte sie einen Steigbügel und zeigte mit der anderen Hand nach Osten.

»Der Schweinehund hat mich vergewaltigt«, stöhnte sie. »Er ist in die Berge gelaufen.«

Der Direktor stieß sie zu Boden und galoppierte mit seinen Männern Richtung High Sierras davon.

Delilah erreichte den Korral und bekam das Tor auf. Zebulon hatte unterdessen bereits ein Pferd in die Enge getrieben. Mit einem Satz sprang er hinauf und ritt an ihr vorbei.

Ein Schuss knallte, eine Kugel streifte ihn am Kopf. Eine zweite Kugel riss eine Fleischwunde in seinen Arm.

Es gelang ihm, sich an der Mähne des Pferdes festzuhalten, bis er außer Schussweite war.

★

ZEBULON RITT DIE GANZE NACHT hindurch, bis sein Pferd im Morgengrauen am Ende war. Er ging noch fünf Kilometer zu Fuß, dann schlief er am Ufer eines Bachs ein. Als er erwachte, stand die Sonne direkt über ihm, und niemand verfolgte ihn.

Er ging weiter, auf eine Kette buckliger Berge zu. Vereinzelte Gruppen von Kühen und einmal, in weiter Ferne, ein Zug Reiter waren die einzige Lebenszeichen. Er wartete, bis sie verschwunden waren, dann wanderte er die ganze Nacht und den nächsten Tag hindurch weiter.

Es war fast dunkel, als er ein an einen Baumstamm genageltes Schild erblickte:

WILKOMEN IN GREASY SPRING
TOHR ZUR H

Er stolperte noch ein Stück weiter, doch dann versagten seine Beine den Dienst, und ihm schwanden die Sinne.

Er erwachte in einem Graben. Seine Rippen waren geprellt, und am Kopf hatte er eine Beule. Ein Frosch quakte, und ganz in der Nähe fraß ein stoisch kauender Ziegenbock Abfälle.

»Wer ist da unten?«, rief jemand.

Niemand, dachte er, nur der gute alte Zebulon Shook. Der seinen kaputten Arsch über die ausgewaschene Straße der Schmerzen schleppt.

Der Ziegenbock ließ ihn an seinen Vater denken. Er fragte sich, was der alte Bastard jetzt wieder treiben mochte. Wahrscheinlich war er an einem neuen Claim dran. »Je höher oben, desto besser« – das war immer sein Motto gewesen. Möglichst weit weg von den Flachländern und Bauern.

»Wenn Sie nicht tot sind, Mister, dann sagen Sie was«, ließ sich die Stimme vernehmen.

War das seine eigene Stimme oder die von jemand anderem? Er erinnerte sich an eine andere Zeit, in einem anderen Graben. Er war nicht tot. Da war er sich ganz sicher. Nicht dass es so schlimm gewesen wäre, tot zu sein. Alles, wenn man nur davor sicher war ... seither immer auf Achse. Er hörte einen Trommelwirbel, oder vielleicht Donner, danach Gewehrschüsse. Irgendein Fest wahrscheinlich. Der Ziegenbock kam näher, starrte mit melancholischen Augen auf ihn herab. Hätte er eine Pistole gehabt, dann hätte er ihn erschossen, nur um obenauf zu sein.

Ein barfüßiger kleiner Junge in einem zerrissenen Overall kam auf ihn zu, einen Rupfensack in beiden Händen.

»Sind Sie der Mann, den's in dem Saloon erwischt hat?«, fragte der Junge. »Der Karten gespielt hat, und dann hat einer auf ihn geschossen. Das waren nicht Sie, oder?«

In dem Sack wand sich etwas.

»Nur ein paar Klapperschlangen«, erklärte der Junge. »Ich schleich mich an sie an, wenn sie auf Frösche gehen. Aber ich muss aufpassen, dass sie mich nicht beißen.«

Der Junge drehte sich um, weil aus der Stadt wieder Schüsse zu hören waren.

»Wir haben da eine Riesenschießerei am Laufen. Ich hab schon drei gesehen, die nicht mitgerechnet, bei der's meinen Onkel Ezra erwischt hat, aber der war selber schuld. Haben Sie Onkel Ezra gekannt?«

Das Trommeln hörte sich an, als käme es aus seinem Kopf.

»Sind Sie ein Geist, Mister?«, fragte der Junge.

»Vielleicht«, antwortete Zebulon. »Was würdest du sagen?«

»Ich glaub, Sie sind einer. Aber ich hab keine Angst, falls Sie das meinen.«

»Das ist gut«, sagte Zebulon. »Dann wird jetzt kein Geist aus dir.«

»Passiert das, wenn man erschossen wird?«, fragte der Junge. »Man wacht auf und merkt, dass man ein Geist ist?«

»Nur wenn man Angst hat oder nicht weiß, was man tut.«

»Wie Sie?«

Der Junge folgte ihm, als er aus dem Graben kroch und auf Greasy Springs zuging – eine Schlammstraße mit Holzhäusern, die sich um einen Saloon, ein Gefängnis und eine Schmiede gruppierten. Hinter der Straße erstreckten sich grüne Wiesen bis zu den Vorbergen und den verschneiten Gipfeln.

Am Ende der Straße hockten zehn, zwölf Männer hinter Pferdewagen und Holzstößen. Alle zielten mit Gewehren, Schrotflinten und Pistolen auf den Last Chance Saloon, ein großes, zweistöckiges Gebäude, in dem auch ein Hotel und ein Friseursalon untergebracht waren.

Hin und wieder feuerte einer einen Schuss ab und duckte sich dann hinter den Wagen, um nachzuladen – oder einen Schluck aus der Flasche zu nehmen, oder ein Hühnerbein zu essen, oder sich eine Scheibe von einem der zwei gebratenen Schweine zu schnappen.

Zebulon und der Junge legten sich hinter einen Wagen neben einen stattlichen Mann mit grauen Koteletten und einem Sheriffstern an seinem roten Unterhemd.

»Ich brauche einen Arzt«, sagte Zebulon.

»Der Doc ist drinnen«, sagte der Sheriff. »Wenn Sie ihn brauchen, seien Sie mein Gast.«

Er musterte Zebulon von Kopf bis Fuß, verwundert über den eleganten Schnitt seiner Leinenhosen und des Seidenhemds. »Geschäftsmann?«

»Kopfgeldjäger«, erwiderte Zebulon. »Hab ein bisschen was abgekriegt bei der Jagd nach Gefangenen, die aus dem Gefängnisschiff in Sacramento ausgebrochen waren. Ein paar gebrochene Rippen. Vielleicht eine Kugel knapp an der Pumpe vorbei.«

»Hab von dem Ausbruch gehört«, sagte der Sheriff. »Zebulon Shook, glaub ich, hat er geheißen, und noch so ein paar Desperados. Ein übler Haufen, wenn Sie mich fragen.«

Eine Kugel aus dem Saloon zerriss das Schwanzbrett des Wagens, und ein Splitter drang in das Bein des Sheriffs.

»Wer hat sich da drin verschanzt?«, erkundigte sich Zebulon.

Der Sheriff zog mit ruhigen Bewegungen seine Hose aus und entfernte den Splitter. »Irgendein Mountain Man kam gestern Abend mit Zahnschmerzen in den Ort geritten. Als der Doc ihm den falschen Zahn gezogen hat, ist er durchgedreht und hat wie wild um sich geballert. Zwei Tote. Vielleicht drei. Jetzt hält er den Doc und unseren Maler als Geiseln.«

»Was verlangt er?«, fragte Zebulon.

»Freies Geleit bis zu den Bergen. Unmöglich, solange ich hier der Sheriff bin.«

Als mehrere Männer eine Salve abgaben, kam als Erwiderung ein Schuss aus dem Saloon.

»Was für Waffen hat er?«, fragte Zebulon.

»Eine Schrotflinte und ein Sharps-Gewehr. Und höchstwahrscheinlich ein paar Handfeuerwaffen von denen, die er umgelegt hat.«

»Ich kann ihn rausholen«, sagte Zebulon. »Aber das kostet Sie eine Kleinigkeit.«

»Ich sag Ihnen was: Wenn Sie den Mountain-Schwanzlutscher da rausholen, kriegen Sie von der Stadt kostenlos ein Zimmer und drei Mahlzeiten täglich, einen Monat lang. Dazu jede Hure, nach der Ihnen der Sinn steht, und was immer der Doc berechnet, um Sie wieder zusammenzuflicken.«

»Legen Sie noch ein Pferd und einen Sattel drauf, und ich bin Ihr Mann.«

»Abgemacht«, sagte der Sheriff, ohne den Saloon aus dem Auge zu lassen.

Zebulon drehte sich zu dem Jungen um. »Ich brauche deinen Sack mit den Klapperschlangen.«

Der Junge überlegte. »Zehn Cent für die kleinen. Fünfzig für die großen.«

Der Sheriff gab dem Jungen die Silbermünzen. Kannst froh sein, dass du so viel dafür kriegst, Chester. Und jetzt ab mit dir nach Hause. Und fang nicht andauernd Schlangen, sonst verwandelst du dich noch selber in eine.«

Der Junge ließ den Sack fallen und rannte die Straße hinunter.

Zebulon hatte noch weitere Forderungen an den Sheriff: »Ich brauche ein paar Flaschen Whiskey, ein geladenes Gewehr und ein bisschen Tabak.«

Nachdem der Sheriff ihm alles gebracht hatte, schlich Zebulon sich geduckt auf die Rückseite des Saloons und hievte das Gewehr und den Sack mit den Schlangen durch ein Seitenfenster.

Ein paar Minuten später hörte man aus dem Saloon einen Schrei, dann einen Schuss, dann einen Fluch und dann noch zwei Schüsse.

Während Zebulon über das Fensterbrett kroch, sah er seinen Vater, der unter einem umgekippten Tisch hervor zu ihm aufschaute. Bevor Zebulon etwas sagen konnte, fiel er zu Boden und wurde ohnmächtig.

Als er aufwachte, lag sein Vater ein, zwei Meter von ihm weg und schob gerade eine Patrone in ein Gewehr – ein schwieriges Unterfangen, denn erstens hatte ihm ein Schuss einen Teil des Beins weggerissen, und zweitens glitt nur einige Handbreit neben seinem Kopf eine Klapperschlange über den Boden. Teile von anderen Schlangen lagen neben den Leichen von zwei Männern. Abgesehen von seinem lädierten Bein und dem Blut, das aus seinen Eingeweiden quoll, hatte sich Elijah nicht verändert. Eine krumme Narbe lief über seine rechte Gesichtshälfte und verzog Auge und Mundwinkel. Noch immer fiel ihm ein Vorhang aus weißen Haaren über die Schultern, und er trug noch dieselbe schmierige Lederjacke und die Ottermütze.

Elijah musterte seinen Sohn erstaunt. »Hast du die Schlangen hier reingeworfen?«

»Die haben mir gesagt, hier drin wär ein Verrückter aus den Bergen, der wie ein Wilder um sich geballert hat«, sagte Zebulon. »An dich hab ich dabei nicht gedacht.«

»Hättest du aber tun sollen.«

Vater und Sohn starrten einander an, unfähig oder nicht willens, den Abstand zwischen sich einzuschätzen.

»Wie zum Teufel kommst du dazu, dieses Drecksnest mit seinen Eier schlürfenden Bauerntölpeln zu retten?«, fragte Elijah. »So was macht ein Shook nicht. Wir zwingen eine Stadt in die Knie, statt ihr aufzuhelfen.«

»Ich bin auf der Flucht, Pa.«

»Wundert mich nicht. Das hast du jetzt davon, dass du von den Bergen runtergestiegen bist. Könnt ich natürlich genauso gut zu mir selber sagen.«

Elijah schloss die Augen, hustete und spuckte reichlich Blut. »Schwere Zeiten, Junge. Ein Pelz ist keinen Pfifferling mehr wert. Und Munition dafür unbezahlbar. An allem ist das Goldfieber schuld. Ein Unheil von Anfang bis Ende. Bin auf eine dicke Ader gestoßen, Midas wär vor Neid erblasst. Hab mir eine Kugel eingefangen. Bin in die Berge rauf und hab's noch mal versucht, bin mit dem Frühjahrs-Hochwasser und zwei Maultieren runtergekommen, dick beladen mit erstklassigen Fellen. Aber die haben mir meinen Schnaps verwässert, Junge, haben mich so was von übers Ohr gehauen. Und zu allem Übel hat mir die Knochensäge da drüben auch noch den falschen Zahn gezogen.«

Er machte eine Kopfbewegung zum anderen Ende des Raums hin, wo ein kleiner, kahlköpfiger Mann in einem blutbefleckten weißen Kittel auf einem Billardtisch stand. Er war an Händen und Beinen mit Gürteln gefesselt, und um seinen Hals lag ein Strick, dessen anderes Ende Elijah sich um den Bauch gebunden hatte.

»Deine Zähne sind durch und durch verfault«, schrie der Doc, »jeder einzelne. Ich sag dir, lass mich gehen, und du kriegst neue Beißer von mir, umsonst.«

Elijah riss an dem Strick, sodass der Doc heulend in die Knie brach.

»Mach dir keine Gedanken um den kleinen Kieferbrecher«, sagte er. »Der hat bloß Schiss, dass er hier nicht mehr lebend rauskommt.«

»Ma ist unter der Erde«, sagte Zebulon.

»Unter der Erde?« Elijah setzte sich auf und schüttelte den Kopf.

»Erschossen, als ich und Hatchet zu ihr rauf sind, um ihr mit den Fellen vom Winter zu helfen. Du warst ja weg, also sind wir nach Broken Elbow geritten. Da war plötzlich die Hölle los, wie so ein Bürohengst sie über'n Tisch ziehen wollte und sie einen fairen Preis verlangt hat.«

»Geschäftstüchtig war sie noch nie.«

Er stöhnte und biss sich auf die Unterlippe. »Hatchet wollte es mir sagen, aber er ist nicht dazugekommen: Ich hab ihn weggejagt, weil er mich mit einem Pferd bescheißen wollte. Der hat doch tatsächlich den Nerv gehabt wiederzukommen, aber ich hab mitten in einer Pechsträhne gesteckt, ein schlechtes Blatt nach dem andern … dann hab ich ein Full House, und irgend so ein wolfsäugiger Wilder teilt eine Karte von der Unterseite aus und hat einen Straight Flush gegen mein Full House. Ich bin mit ihm rausgegangen, und dann weiß ich nur noch, dass ich in einem stinkenden Graben aufgewacht bin.«

Elijah fiel der Kopf auf die Brust, und Zebulon dachte, er sei tot.

»Deine Ma und ich hatten auch unsere guten Zeiten«, flüsterte Elijah schließlich. »Die Wahrheit ist, dass sie mich lieber heute als gestern aus dem Haus hatte … und als aufrechter Mann, der ich immer gewesen bin, hab ich ihr den Gefallen getan.«

Er sah auf. »Hat sie wenigstens noch den einen oder anderen von diesen Ladenschwengeln umgenietet?«

»Ja, sie hat sieben oder acht erledigt«, log er. »Vielleicht sogar noch mehr.«

»Sie hat schon immer besser geschossen als du oder ich.«

Zebulon gab Elijah den Whiskey und den Tabak, und der freute sich und trank und kaute gleichzeitig.

»Ich hab mir immer vorgestellt, dass ich noch ein letztes Mal nach Hause zurückgehen würde«, sagte Elijah. »Und ihr zur Versöhnung einen großen Sack Goldstaub mitbringen. So viel, dass sie sich ein paar schöne Sachen davon hätte kaufen können. Gott segne sie. Jetzt werde ich sie ja bald wiedersehen.«

Vom anderen Ende des Raums ließ sich eine Stimme vernehmen. »Also, wenn das nicht Zebulon Shook ist. Das letzte Mal hab ich dich gesehen, wie du von dem Teufelsschiff gesprungen bist, und dann hab ich mich nach San Francisco durchgeschlagen.«

Plug saß zusammengesackt am Tresen und hielt sich mit beiden Händen einen Schlangenbiss am Knöchel. Eine Klapperschlange ringelte sich kaum einen halben Meter von ihm und schwenkte aufgeregt den Kopf hin und her.

Plug zeigte auf ein Wandbild, das sich auf ganzer Länge hinter dem Tresen erstreckte. »Wie gefällt dir denn das Gemälde, Zebulon?«

Das Bild zeigte mehrere Szenen: Man sah Zebulon, der mühsam von einem verschneiten Berg herabgeritten kam, dann ritt er über ein Hochplateau, verfolgt von einem Trupp galoppierender Reiter. Das letzte Bild zeigte einen Schoner unter vollen Segeln in einem aufgewühlten Meer. Auf anderen Szenen sah man San Francisco nach der Brandkatastrophe, einen in großen Lettern gedruckten Steckbrief für Zebulon Shook und schließlich Zebulon beim Sprung von einem sinkenden Gefängnisschiff in ein Flammenmeer.

»Die haben mich gut bezahlt für das Kunstwerk«, sagte Plug. »Wenn ich hier raus bin, male ich deine Geschichte von Hangtown bis Mariposa, und, wer weiß, vielleicht sogar bis heim in den Osten.«

Elijah lud das Sharps-Gewehr, spannte den Hahn und legte auf Plug an.

»Halt, nicht!«, schrie Plug. »Ich muss noch die Szene mit euch beiden malen. Dann werden die Leute von überallher kommen. Diese Stadt wird nie mehr dieselbe sein. Mein Wort drauf.«

Er schrie auf, als die Schlange ihm die Zähne in den Fuß grub.

Elijah richtete das Gewehr auf die Schlange, dann auf den Doc. Da er sich nicht entscheiden konnte, ließ er es auf den Boden fallen.

Zebulon hob es auf. »Ich finde das Sharps nicht besonders. Der Schaft ist zu schwer. Die Kammer überhitzt sich.«

»Überhitzt bist du«, sagte Elijah. »Und zwar ständig, seit du noch ein kleines Arschloch warst.«

Zebulon schoss der Schlange, die auf sie zugeglitten kam, den Kopf ab. Eine zweite Kugel erledigte die Schlange, die sich neben Plug zusammengeringelt hatte; was für Plug allerdings keine Rolle mehr spielte – er war schon blau im Gesicht, weil er keine Luft mehr bekam.

Bevor Zebulon erneut abdrücken konnte, schrie draußen jemand:

»Hallo, Saloon!« Es war der Sheriff. »Noch jemand am Leben da drin?«

Zebulon kroch ans Fenster.

»Wir schießen Schlangen«, rief er. »Nicht schießen. Ich komm raus.«

Zu Elijah sagte er: »Ich verhandel mit denen.«

»Zu spät zum Verhandeln, Junge«, sagte Elijah. »Ich bin nicht mehr zu retten. Aber wenn die blöd genug sind, wegen mir den Saloon zu stürmen, blas ich ihnen trotzdem mit Freuden die Lichter aus.«

Zebulon ging zur Tür hinaus.

Der Sheriff und die meisten Einwohner von Greasy Springs standen hinter den umgestürzten Wagen beisammen, tranken Whiskey und aßen, was vom Grillfest übrig war.

»Ihr müsst für den Rest der Nacht das Feuer einstellen«, sagte Zebulon zum Sheriff. »Andernfalls erledigt er den Doc und den Maler und höchstwahrscheinlich auch den einen oder anderen von uns, mich eingeschlossen.«

»Wie Sie wollen«, sagte der Sheriff. »Hauptsache, Sie kriegen ihn.«

»Noch was«, sagte Zebulon. »Wenn ich ihn lebend rausbringe, darf er in die Berge zurück.«

»In Ordnung«, sagte der Sheriff.

Zebulon nickte, die Augen auf dem Gefängnisfotografen aus Sacramento. Er stand hinter einem Wagen und setzte eine Glasplatte in seine Balgenkamera ein.

Er sah auf, als Zebulon herankam. »Ich sag nichts zu niemandem darüber, wer Sie sind«, sagte er. »Solange Sie mich nicht daran hindern, Sie zu fotografieren.«

»Wie viel Zeit habe ich?«, fragte Zebulon.

»Zwei Tage. Mehr nicht. Schließlich sind Ihnen der Direktor und der halbe Staat auf den Fersen.«

»Sagen wir so lange, bis ich die Stadt verlasse«, sagte Zebulon.

»Einverstanden.« Der Fotograf richtete die Kamera auf Zebulon. Nachdem er den Balgen eingestellt hatte, hielt er die Hand in die Höhe und verschwand unter dem schwarzen Tuch.

»Moment«, rief der Sheriff. »Das Wichtigste haben Sie vergessen.«

Der Sheriff und die Bürger gruppierten sich um Zebulon, und alle starrten direkt in die Kamera. Hinter ihnen, im Saloon, sang Elijah sein Todeslied:

Heya heya heya yo-ho, ho yo
Yeha hahe-ha-an ha-habe ha-wana
Yo ho ho-ho ha-ha ha-he ha-an
Wana yeya hey

Als Zebulon wieder durch das Fenster einstieg, war Elijahs Lied zu Ende, und die letzten Sonnenstrahlen glitten über die Dielen des Saloons und beleuchteten die toten Schlangen, das Wandgemälde und Elijah, der noch immer an dem umgestürzten Tisch lehnte und Blutklumpen spuckte.

»Hast du was aushandeln können?«, fragte Elijah.

Zebulon schüttelte den Kopf.

»Sag mir eins, Junge: Bist du immer noch so wild auf Billard?«

»Ab und zu«, antwortete Zebulon. »Aber nur so viel, dass ich nicht einroste.«

Elijah seufzte. »Erinnerst du dich an dieses Nest, Repose hat's geheißen, glaub ich, und den stocksteifen Schweden, der dich abserviert hat? Hat dich praktisch mit einem Besenstiel weggeputzt. Hat dir Gürtelschloss, Flinte und Stiefel abgenommen. Hast froh sein können, dass er dir deinen Skalp gelassen hat. Der hat dir vielleicht den Marsch geblasen, dieser Schwede. Deine Ma war auch dabei. Und Hatchet.«

»Ich weiß noch alles«, sagte Zebulon.

Elijah sah sich mit brechenden Augen in dem Raum um. »Es gibt Sachen, die haben deine Ma und ich dir nie gesagt. Wie wir, als du klein warst, immer gedacht haben, du bist verhext, weil du die ganze Zeit mit Viechern geredet und Geister gesehen hast, wo außer dir keiner was gesehen hat. Haben dich nach Süden zu einer alten Arapaho-Squaw gebracht, die das zweite Gesicht hatte. Die hat gesagt, du wärst irgendwo zwischendrin geboren worden. Zwischen den Welten, hat sie gesagt … Übrigens: Ich hab dir nie erzählt, wie ich Hatchet von einem mexikanischen Mischling und Bohnenfresser unten in Corrolitos gewonnen habe, der ihn von vorn bis hinten wie einen Sklaven gehalten hatte.«

»Weiß ich doch, Pa«, sagte Zebulon.

»Aber nicht alles«, widersprach Elijah. »Ich hab ihn mit einem hohen Straight Flush gewonnen. Der Mexikaner hat nicht zahlen können, also hat er mir Hatchet gegeben. Ich hab ihn nach Hause geschafft, hab gedacht, er kann sich nützlich machen. Wie ich die Arapaho gefragt hab, was mit dir ist, hat sie gemeint, der Mexikaner hätte mich vielleicht verflucht. Und da war noch mehr, was ich mir kaum noch merken kann. Aber was soll's? Wir sind alle verflucht, sobald wir auf der Welt sind. Nicht anders, wenn wir wieder gehen.«

Elijah drehte den Kopf zu Zebulons Bauch hin. »Verfolgt Hatchet dich? Oder mich? Sollte ich es sein, sag ihm, wir sind quitt. Und ich trage ihm nichts nach.«

Vor dem Saloon spielten zwei Geiger und ein Harmonikaspieler einen lebhaften Jig, während die Einwohner von Greasy Springs sich anschickten zu genießen, was eine lange Nacht zu werden versprach.

Elijah nickte im Takt mit dem Kopf, dann riss er wieder an dem Seil um den Hals des Docs, sodass dieser schrie und heulte.

Er griff nach dem Sharps und stützte sich auf.

»Ich bin falsch in diese Stadt gekommen«, verkündete er. »Aber ich werde sie mit der richtigen Seite nach oben verlassen.«

»Lass gut sein, Pa«, sagte Zebulon.

Elijah zögerte. »Warum?«

»Ich hab freies Geleit für dich ausgehandelt. Du kannst davonreiten.«

»Gibt nichts mehr, wo ich hinreiten könnte, Junge. Die Zeiten sind vorbei.«

Als Zebulon ihn zurückhalten wollte, drosch ihm Elijah den Gewehrschaft gegen die Brust, und er fiel hin. »Dieser Tanz gehört mir. Ich hab den Ball ins Rollen gebracht, und ich bring die Sache auch zu Ende. Wir alle sind Pilger auf der abschüssigen Rutschbahn des Lebens, aber jetzt bin ich dran mit Heulen. Deine Zeit kommt noch früh genug.«

Elijah nahm seine Ottermütze ab und warf sie Zebulon in den Schoß. »Hirsch ist Hirsch und Fleisch ist Fleisch, Junge, nichts ist wichtig, und zum Teufel mit allem andern. Ich hab Luft durch Felsen pfeifen sehen und Wasser, das sich in Feuer verwandelt hat. Ich hab mein Leben gelebt und keine Angst gehabt, dem ins Auge zu sehen, was auf der anderen Seite liegt. Mir ist scheißegal, was dort auf mich wartet. Um die Gesellschaft kümmer ich mich, wenn es so weit ist. Oder auch nicht.«

Er beugte sich hinab und küsste seinen Sohn auf den Scheitel, dann humpelte er zur Tür und stimmte erneut sein Todeslied an:

Heya heya heya yo-ho, ho you
Yeha hahe-ha-an, ha-habe ha

Es gab einen Moment, da wollte Zebulon sich dem alten Bastard anschließen, auf die alte Art abdanken, beide direkt nach oben, ohne die Socken auszuziehen. Aber da war auch ein tieferes Ziehen, das ihn auf dem Boden sitzen bleiben und zuschauen ließ, wie Elijah zur Tür hinaus taumelte, sein Sharps mit der einen und die Pistole mit der anderen Hand abfeuerte und einen letzten Gebirgsruf ausstieß: »Uaaaaaaaaaaa!!«

Sämtliche Waffen von Greasy Springs feuerten zurück, der Kugelregen warf Elijah durch die offene Tür wieder herein, über einen Tisch und dann auf den Boden, wo er auf Zebulon landete.

Keiner aus der Menge, die durch die Saloonfenster schaute, sagte etwas, bis der Doc losgebunden und Zebulon zum Billardtisch getragen wurde.

Nachdem der Doc Zebulons Hemd aufgerissen hatte, reichte ihm der Sheriff seinen Arztkoffer und eine Flasche Whiskey. Mit vereinten Kräften pressten sie Zebulon ein dickes Stück Rindsleder zwischen die Zähne und gossen Whiskey auf seine Wunde. Dann nahm der Doc ein Messer aus seinem Koffer und stocherte nach der Kugel.

»Heilige Scheiße«, sagte er. »Da steckt tatsächlich eine Kugel drin, aber es ist eine alte.«

Der Barkeeper, überzeugt, einem Wunder beizuwohnen, schenkte Drinks für den Sheriff und den Doc ein und dann auch für den Fotografen und alle anderen, die sich am Tresen drängten.

»Wir brauchen Beweise«, sagte der Sheriff. »Sonst wird die Welt denken, wir hätten uns das alles ausgedacht.«

Meinungen gingen hin und her.

»Eine Kugel ist durch ihn durch.«

»Der Alte hat ihn erledigt.«

»Der Maler war's. Der hat ihn abgeknallt.«

»Blödsinn, wir alle haben ihn abgeknallt. Jeder Einzelne von uns.«

»Drei Kugeln mitten durch die Pumpe.«

»Er ist rausgerannt, dann ist er getroffen worden, zwei Mal.«

»Dann hat's den andern erwischt. Den, der reingegangen ist, um ihn rauszuholen.«

»Wisst ihr überhaupt, wer da auf dem Billardtisch liegt?«, fragte der Doc, als das Gerede verstummt war, weil sich alle auf den Whiskey konzentrierten. »Das ist Zebulon Shook und kein anderer. Ich hab sein Bild in Sacramento gesehen. Vor euch liegt der größte verdammte Gesetzlose im gesamten Staat Kalifornien. Auf seinen Kopf sind fünfhundert Dollar Belohnung ausgesetzt, tot oder lebendig.«

Der Name wurde durch den Saloon und auf die Straße hinaus weitergesagt, und der Fotograf rannte hinaus, um seine Kamera zu holen.

Der Sheriff schüttelte ungläubig den Kopf. »Sie meinen, das ist derselbe Gesetzlose, der aus dem Gefängnis in Sacramento ausgebrochen ist?«

Der Doc nickte. »Genau das meine ich.«

»Mir egal, wer der ist«, sagte einer am Tresen. »Der Mann ist ein gottverdammter Held.«

»Er hat uns gerettet und unsere Stadt«, riefen andere.

Der Doc drehte sich zum Sheriff um. »Wenn er durchkommt, was dann?«

»Sperr ich ihn ein. Was bleibt mir anderes übrig?«

»Dann werden Sie aus der Stadt gejagt«, sagte der Barkeeper. »Im besten Fall.«

»Also gut«, lenkte der Sheriff ein. »Wir kümmern uns um ihn, bis er so weit wiederhergestellt ist, dass er die Stadt verlassen kann. Er kriegt ein Zimmer im ersten Stock und drei Mahlzeiten pro Tag.«

Die Menge applaudierte.

Der Fotograf baute seine Kamera vor dem Billardtisch auf und stellte sie für eine Aufnahme von Zebulon ein, den man aufgesetzt hatte, die Arme um seinen toten Vater.

Das Blitzlicht bildete den Auftakt zu der größten Feier, die Greasy Springs jemals gesehen hatte.

★

ZEBULON WAR WACH, wenn er schlief, und schlief, wenn er wach war. Sein Geist löste sich in traumhafte Schatten und Heimsuchungen auf, über die er keine Kontrolle hatte. Rings um ihn hallten oder flüsterten Stimmen. Tagsüber umkreisten ihn Lichtstrahlen. Bei Nacht kauerten dunkle Gestalten am Fußende des Bettes. Da waren ein Bär, ein doppelköpfiger Adler und ein quakender Frosch, der unter einem einäugigen Ziegenbock saß. Verrückte aus den Bergen tauchten auf, setzten sich mit gekreuzten Beinen unter das Fenster und erzählten langatmige Geschichten von Unheil und Erlösung. Sioux, Comanche und Crow mit Kriegsbemalung zogen schemenhaft langsam mit erhobenen Lanzen und Tomahawks vorüber. Bohnenfresser, rote Nigger und Himmlische aus China erschienen. Und Delilah, die auf der Bettkante saß und ihm das Herz massierte. Schweine wühlten unter dem Bett nach Rüben, und Strandvögel mit gebogenen Schnäbeln flogen über das Fensterbrett. Und dort, direkt vor ihm, waren seine Ma und sein Pa und Hatchet Jack und stritten sich über Trennung und Verlust und darüber, wie man seinen Mann steht. Hinter ihnen zogen Spieler und Gesetzlose vorbei, die lange Staubmäntel und Tücher über den Gesichtern trugen. Wussten sie, dass auf seinen Kopf eine Belohnung ausgesetzt war? Tot oder lebendig.

Der Doc drückte einen Finger in Zebulons Brust. »Nach allem, was ich über Schusswunden gelernt habe, müssten Sie schon lange tot sein. Ihre Narbe ist alt. Wenn ich Sie aufmache, um die Kugel rauszupulen, schneide ich womöglich eine Arterie durch. Am besten machen Sie einfach so weiter. Es laufen massenweise Männer mit so viel Blei im Körper rum, dass man damit eine Satteltasche füllen könnte.«

Er drückte fester. »Tut das weh?«

»Nein.«

Der Doc nahm ein Skalpell und presste es in Zebulons Bein. »Spüren Sie das?«

»Nein.«

»Seltsam.« Er drückte noch fester. »Und jetzt?«

»Nichts.«

»Erinnern Sie sich, dass mal auf Sie geschossen wurde?«

»Ich erinnere mich an gestern, aber auch da nicht an alles.«

»Die einzige Behandlung besteht darin, nicht dran zu denken«, sagte der Doc und ging hinaus.

Tage später, oder vielleicht auch am selben Nachmittag, stand Zebulon vor dem Fotografen und seiner Kamera. Er trug ein sauberes Hemd, eine Hose und eine Lederweste, alles Spenden von wohlmeinenden Leuten aus der Stadt.

»Sie wissen sicher, wie berühmt Sie sind«, sagte der Fotograf. »Sie sind hier in aller Munde. Womöglich ernennen die Sie sogar zum Bürgermeister.«

Der Blitz blendete Zebulon für einen Augenblick.

Der Fotograf reichte Zebulon rasch einen Tomahawk. »Heben Sie ihn so, als wollten Sie jemanden skalpieren.«

Als das Blitzlicht aufflammte, warf Zebulon den Tomahawk in die Mauer und verfehlte den Kopf des Fotografen nur um ein paar Fingerbreit.

Der Fotograf gab ihm eine Mandan-Kriegskeule.

»Denken Sie daran, wie viele Menschen Sie umgebracht haben und wie viele wünschen, Sie wären tot.«

Zebulon drosch mit der Keule auf ein Kopfkissen ein, dass die Federn im Zimmer herumwirbelten.

Für seine letzte Aufnahme gab ihm der Fotograf Elijahs Gewehr.

»Zielen Sie auf die Kamera, so wie Ihr Vater es getan hat, als er durch die Saloontür kam.«

Abermals ein Blitzlicht.

Zebulon ließ sich auf das Bett sinken, schloss die Augen und stellte sich vor, er würde hoch über der Stadt schweben.

»Sehr schön. Nicht bewegen.« Der Fotograf machte noch eine Aufnahme von dem schlafenden Zebulon. »Bleiben Sie still wie ein Berg. Wir werden nicht nur Geschichte schreiben, wir werden mehr Geld verdienen, als Sie sich vorstellen können. Mehr als bei jedem Goldfund! Ich verkaufe diese Bilder an Zeitungen, Buchverlage, Zeitschriften. Siebzig Prozent für mich. Dreißig für Sie.«

Zebulon schüttelte den Kopf. »Damit will ich nichts zu tun haben. Ich will nur, dass ich davonreiten darf und dass man mich vergisst.«

»Zu spät«, sagte der Fotograf. »Ihr Pferd steht nicht mehr im Stall. Auf Ihren Kopf ist eine Belohnung ausgesetzt, und die Menschen singen Lieder über Sie von hier bis New York City. Wenn ich Sie wäre, würde ich mir die Moneten nicht entgehen lassen.«

»Halbehalbe.«

»Sechzig-vierzig.«

»Abgemacht.«

Der Fotograf gab ihm die Hand und ging hinaus.

Zebulon saß mit geschlossenen Augen am Fenster und stellte sich eine Holzbank vor, die sich durch eine leere Wüste erstreckte. Verlorene, ratlose Menschen saßen rechts und links von ihm, die nicht wussten, auf wen oder was sie warteten oder wovor sie davonliefen.

Er sah nicht auf, als der Sheriff zur Tür hereinkam.

»Was mach ich bloß mit Ihnen?«, fragte der Sheriff. »Sagen Sie's mir. Manche meinen, Sie taugen nichts und ich soll Sie ausliefern. Andere sagen, ich soll Sie hierbehalten. Wenn Sie mich fragen: Einfacher wäre es, Sie zu erschießen.«

»Tun Sie sich keinen Zwang an«, sagte Zebulon.

»Von wegen«, sagte der Sheriff. »Die teeren und federn mich, wenn ich Sie umlege. Und zwar mit Recht. Sie haben die Stadt gerettet und uns auf die Landkarte gesetzt. Noch letzte Woche war Greasy Springs nur bekannt für seinen billigen Whiskey und sein noch schlechteres Essen. Jetzt kommen Leute bis von Hangtown und Mariposa, weil sie das Gemälde über der Bar sehen wollen. Jetzt haben wir hier Unterhaltung – Geiger, Mundharmonika- und Akkordeonspieler. Stricher und Flittchen. Gestern ist eine Frau bis aus New Orleans gekommen. Sie singt, als wär sie Mitglied im Engelschor. Wir kommen groß raus, Mister Shook.«

Der Sheriff zündete sich eine Zigarre an und blies fette Rauchringe an die Decke. »Neulich ist einer aufgetaucht, der wollte das Gemälde kaufen. Hat gesagt, er will es nach San Francisco transportieren, mitsamt dem Tresen und allem, was drauf ist, und dann nach London verschiffen und es im größten Tanzpalast der westlichen Welt aufbauen. Ich hab mich natürlich nicht drauf eingelassen.«

Er faltete eine Zeitung auseinander: »Ich lese Ihnen mal vor, was in der Hauptstadt über Sie geschrieben wird:

›Vor zwei Wochen schwappte eine Welle von Wut, Gewalt und Angst durch die Hauptstadt, als eine Bande zu allem bereiter Häftlinge aus einem Gefängnisschiff ausbrach, das auf dem Sacramento vor Anker lag. Angezettelt wurde der Ausbruch von Zebulon Shook, einem Gesetzlosen, dessen Taten inzwischen im ganzen Westen bekannt sind. Shook war wegen Totschlags zu zwanzig Jahren Zwangsarbeit verurteilt worden. Zum Zeitpunkt seiner Flucht waren noch mehrere Anklagen wegen Bankraubs, Pferdediebstahls und Mordes in Texas und Colorado gegen ihn anhängig.

Augenzeugen zufolge war der Ausbruch das Ergebnis eines Grolls, den Shook gegen den Gefängnisdirektor, Major

Ashton Bigelow, hegte. Direktor Bigelow, eine angesehene Persönlichkeit des öffentlichen Lebens, hatte kurz zuvor seine Absicht bekanntgegeben, sich um den Posten des Gouverneurs zu bewerben. Bigelow diente im jüngst beendeten Krieg gegen Mexiko in der Army unter Colonel John Prescott. Der gebürtige Bostoner hat in Harvard Theologie studiert.

Während des Abendappells in dem Gefängnis zog Shook plötzlich einen Revolver und stürmte aufs Offiziersdeck, mit der Absicht, Direktor Bigelow zu töten. Da es ihm nicht gelang, Bigelow zu überwältigen, der sich in seiner Kajüte verbarrikadierte, sprang Shook in den Fluss und schwamm ans Ufer, wo mehrere Komplizen auf ihn warteten. In dem anschließenden Durcheinander überwältigten mehrere andere Häftlinge die übrig gebliebenen Wärter, wobei drei von ihnen ums Leben kamen und vier verwundet wurden. Wieder anderen Gefangenen gelang es, die Rettungsboote des Schiffs zu requirieren, mit denen sie flussabwärts fuhren; seither fehlt jede Spur von ihnen. Acht weitere Gefangene, die Hälfte davon Frauen, gelangten ans Ufer, wurden jedoch schon tags darauf von Soldaten aus der Garnison in Sacramento wieder eingefangen.

Zebulon Shook und seine kleine Gruppe von Desperados plünderten das Haus der Bigelows, brannten es nieder und töteten Bigelows Frau und Sohn, bevor sie flüchteten.

Da dieser gefährliche Verbrecher nun abermals auf freiem Fuß ist, sind alle Bürger gut beraten, bei Nacht ihre Türen gut verschlossen zu halten. Örtliche Milizen unterstützen Direktor Bigelow bei dem Versuch, Zebulon Shook aufzustöbern und ihn der Justiz zu übergeben.‹«

Der Sheriff faltete die Zeitung zusammen. »Ich habe allen gesagt, dass Sie nach Colorado oder Texas unterwegs sind, aber irgendwann dieser Tage wird irgendein besoffener Volltrottel sich verplappern. Dann kommen die Gesetzeshüter und knüpfen Sie auf. Sie sollten möglichst bald die Kurve kratzen, wenn Sie mich fragen.«

In der Tür blieb der Sheriff noch einmal stehen. »Ich habe noch nie einen so berühmten Mann wie Sie gesehen, und hoffentlich wird mir das auch nie wieder passieren.«

In dieser Nacht hörte Zebulon ein Lied aus dem Saloon:

Hard times come again no more.
'Tis the song, the sigh of the weary.
Hard times, hard times, come again no more.
Many days you lingered around my cabin door.
Oh hard times come again no more.

A sigh that wafts across the troubled wave,
A wail heard upon the shore,
A dirge murmured around the lowly grave –
Oh! Hard times come again no more.

Am nächsten Morgen saß Delilah neben ihm und rieb Rosenblätter über sein verwundetes Herz.

Ihre Finger glitten langsam über seinen Bauch. Dann tiefer.

»Wo ist Hatchet?«, fragte er.

»Er wartet auf uns.«

»Vergiss Hatchet. Wir gehen nach Mexiko. Oder nach Norden. Egal wohin.«

Sie setzte sich vorsichtig rittlings auf ihn und biss sich auf die Unterlippe, als sie spürte, wie er in ihr wuchs. Er schloss die Augen. »Du hast noch nie von der Gnade gesungen, ich hab dich nicht in dieser *hacienda* gesehen, du hast den Direktor nicht in die falsche Richtung geschickt, sodass ich entkommen konnte, und ich hab dich noch nie zuvor gesehen.«

»Alles richtig.« Sie beugte sich hinab und küsste ihn auf den Hals, die Ohren, die Augen. »Es war alles ein Traum.«

Sie beugte den Hals und schwang ihre Hüften über seine, dann beugte sie sich vor und drückte mit den Händen von beiden Seiten gegen sein Herz. Ohne sich zu bewegen, passte sie ihren Atem dem seinen an, bis er sich so weit beruhigt hatte, dass sie ihn behutsam an den Rand seiner selbst führen und ihn dann langsam wieder zurückholen konnte, ein Gefühl, das er noch nie erlebt hatte. Früher war immer er es gewesen, der führte, derjenige, der den Pfad markierte, derjenige, der immer die Kontrolle behielt, der kam und ging, wie es ihm passte.

»Träumen wir einander?«, fragte sie.

»Nein.« Er stieß so gewaltsam in sie, dass sie aufschrie. »Und jetzt?«

»Nein«, flüsterte sie und führte ihn wieder zurück.

»Jetzt?«

»Ja«, stöhnte sie. »Jetzt.«

Als sie später in der Nacht nebeneinander lagen, war ihre Stimme so weit weg, dass er sie dicht an sich ziehen musste, um sie zu verstehen: »Vor langer Zeit, in einem fernen Land, lebte einmal ein Mädchen, das immer den ganzen Tag am Ufer eines breiten schlammigen Flusses verbrachte. Das Mädchen war mit besonderen Kräften geboren worden und konnte mit allen Tieren sprechen, die in und an dem Fluss lebten, einschließlich der Fische, Frösche, Schlangen und Insekten, und außerdem mit mehreren der bösen Wassergeister, die sich für etwas ganz Besonderes hielten und glaubten, sie bestimmten über alles, was sich zutrug.

Eines Tages machte sich das Mädchen über die Wassergeister lustig. Sie sagte ihnen, sie wisse mehr über den Fluss als sie und sie verstünden sich nicht darauf, richtig mit den Überschwemmungen und den gierigen Fischern umzugehen, die den Fluss so gefährlich machten. Sie riet ihnen, sich im eigenen Interesse von ihr beraten zu lassen, denn sie besitze eine besondere Gabe. Die Wassergeister, die mehrheitlich alt und verschroben waren, ärgerten sich über die Eitelkeit des Mädchens und beschlossen, ihr eine Lehre zu erteilen: Sie belegten sie mit einem Fluch. Der Fluch versetzte das Mädchen in solche Angst, dass sie drei Jahre lang unfähig war, ihr Bett zu verlassen. In einer Gewitternacht erschien ein alter Zwerg im Dorf und sagte der Mutter und dem Vater des Mädchens, dass ihre Tochter im Schattenreich zwischen Leben und Tod gefangen sei. Um den Bann zu brechen, sagte der alte Mann dem Mädchen, sie müsse sich jede Nacht ans Flussufer stellen und zu den Wassergeistern beten, sie ins Leben zurückzuführen. Mehrere Monate später, nachdem sie sich immer wieder die wilden, hysterischen Gesänge des Mädchens angehört hatten, willigten die Flussgeister schließlich ein, den Fluch von ihr zu nehmen, stellten dafür aber drei Bedingungen: Sie dürfe nie vergessen, dass sie ein normaler Mensch sei, der niemals die Mysterien der Natur begreifen könne, sie müsse das Dorf, den Fluss und ihre Familie verlassen und sich nie mehr länger als ein paar Tage an ein und demselben Ort aufhalten. Als das Mädchen über ihr furchtbares Schicksal jämmerlich zu weinen begann, hatten die Flussgeister Erbarmen und sagten ihr, dass sie eines Tages, nach vielen Abenteuern, in einem seltsamen, gewalttätigen Land einen Mann kennenlernen werde, der ebenfalls unter einem Fluch stehe. Wenn sie Mitleid miteinander hätten, bekämen sie die Chance, sich aus ihren Zwischenwelten zu befreien – allerdings um den Preis, dass womöglich einer von beiden sterben müsse, damit der andere leben könne, und dass sie ein Kind gebären werde.«

Gegen Mittag traten sie, durch Hufgetrappel und lautes Rufen geweckt, ans Fenster und sahen unten den Gefängnisdirektor, der vor dem Saloon auf seinem Pferd saß. Bei ihm waren Stebbins und eine zusammengewürfelte Schar von Kavalleriesoldaten und berittenen Gefängniswärtern.

Der Sheriff und der Doc kamen aus dem Saloon, zusammen mit dem Fotografen und ein paar Huren und Betrunkenen, die nicht aufhören konnten, die Gründung von Shookville zu feiern, wie die Stadt jetzt hieß.

»Wir wissen, dass Zebulon Shook verletzt wurde, als er in Sutter's Fort geflüchtet ist«, hörten sie den Direktor sagen. »Und wir wissen, dass er hier aufgekreuzt ist und einen Riesenwirbel veranstaltet hat.«

Noch mehr Leute kamen aus dem Saloon und hörten zu.

»Shook war hier, das ist richtig«, sagte der Sheriff. »Er war hier, um seinen Vater zu beruhigen, nachdem der drei Männer getötet und den Saloon kurz und klein geballert hatte.«

Der Barkeeper mischte sich ein. »Wenn der nicht getan hätte, was er getan hat, wären eine ganze Menge von uns jetzt tot und der Saloon bis auf die Grundmauern niedergebrannt.«

Der Direktor schüttelte ungläubig den Kopf. »Wollen Sie damit sagen, dass Zebulon Shook seinen eigenen Vater getötet hat? Das kann ich nicht glauben.«

»Wenn er ihn nicht getötet hätte, stünde ich jetzt nicht hier und würde mit Ihnen reden«, sagte der Doc. »Und das gilt nicht nur für mich.«

»Das stimmt«, sagte jemand aus der Menge. »Er hat uns den Arsch gerettet.«

»Der Mann ist ein Heiliger«, sagte eine der Huren.

»Und wo ist er jetzt?«, wollte Stebbins wissen.

»Tot, aller Wahrscheinlichkeit nach«, sagte der Sheriff, »und wenn nicht, dann ist er in Colorado oder Mexiko.«

»Er hat einen Mann namens Plug erschossen«, sagte der Doc zu dem Direktor. »Ich glaube, der war einer Ihrer Häftlinge.«

»Ich hab eine Fotografie von Zebulon gemacht, wie er seinen sterbenden Vater in den Armen hält«, ergänzte der Fotograf. »Ich kann sie Ihnen zeigen, wenn Sie möchten.«

Der Direktor saß ab und stieg die Stufen zum Saloon hinauf, dann drehte er sich um und sprach zu der Menge. »Lassen Sie mich Ihnen das ganz deutlich sagen: Zebulon Shook ist ein Gesetzloser. Er hat im ganzen Staat Schaden angerichtet und Leid verursacht. Durch ihn mussten unschuldige Menschen sterben, unter ihnen auch meine Frau und mein Sohn. Diesem Mann sitzt der Teufel im Nacken. Jeder, der ihm Unterschlupf gewährt oder Nachrichten über ihn zurückhält, wird festgenommen.«

Als niemand etwas sagte, ging der Direktor raschen Schrittes in den Saloon.

Auf der Straße nahm Stebbins den Fotografen beiseite. »Meine Zeitung würde Sie für Ihre Fotografien großzügig bezahlen. Ich habe der Redaktion regelmäßig Reportagen über Zebulon Shook geschickt, seit er seine Laufbahn als Gesetzloser begonnen hat. Ich bin mit ihm nach Kalifornien gekommen und habe meinen ersten Bericht über ihn für den *New York Herald* und zwei Zeitungen in Philadelphia geschrieben. Ich weiß mehr über Zebulon Shook als irgendwer sonst.«

Der Fotograf zeigte sich interessiert. »Ich mache eine Porträtaufnahme von Ihnen am Ort der Schießerei. Sie können sich vor die Einschusslöcher und die zertrümmerten Tische stellen, die sind alle noch da. Sie bezahlen mich für jede Aufnahme, die Sie an Ihre Zeitung schicken.«

»Natürlich«, sagte Stebbins, während sie in den Saloon gingen. »Etwas anderes käme für mich auch nicht in Frage.«

»Der Sheriff und der Direktor werden einen Kuhhandel machen«, sagte Zebulon, während sie sich hastig anzogen. »Dann brechen sie die Tür auf und erschießen uns.«

Wie zur Bestätigung fiel ein Schuss im Saloon, dann noch einer, gefolgt von einem Schrei.

Auf dem Gang zögerten sie.

»Nach Norden«, sagte Delilah, während sie die Treppe hinunterliefen.

Dann rannten sie zu einem kleinen Wäldchen, in dem Delilah Pferde stehen hatte.

★

Sie ritten unter einem klirrend kalten Schauer metallischer Sterne, und die Hufe ihrer Pferde trappten dumpf über die schwarze Erde. Vor Tagesanbruch erreichten sie einen Unterstand, einen an zwei Eichen genagelten Streifen Segeltuch. Davor waren drei gesattelte Pferde neben den Resten eines kleinen Lagerfeuers an einen am Boden liegenden dicken Ast gebunden.

Hatchet Jack kam auf sie zugetaumelt, zog sich die Hosen hoch und griff nach seinem Patronengürtel, der an einem Ast hing.

Er sah Delilah an. »Hab gedacht, ihr seid in Mexiko, du und er.«

»Er wollte, ich nicht«, sagte sie.

Hatchet Jack zeigte auf Elijahs Ottermütze, die Zebulon tief in die Stirn gezogen hatte. »Die Haube kenn ich.«

»Pa ist tot«, sagte Zebulon. »Hat sich abknallen lassen.«

Hatchet Jack drehte sich um und scharrte mit dem Fuß Erde auf die Glut. »Da ist das Gold dran schuld. Und dass er von den Bergen runtergekommen ist.«

Er verschwand in dem Unterstand. Dann kam er mit seinem Gewehr und zwei Satteltaschen wieder heraus, die er einem Pferd auf den Rücken schnallte.

»Ich hätte dich doch in dem Graben liegen lassen sollen«, sagte er. »Hätte mir und allen anderen einen Haufen Ärger erspart.«

»Wer lässt wen in welcher Stadt zurück?«, fragte Large Marge, die schwankend aus dem Unterstand auftauchte. Sie stieg langsam auf ein Pferd. »Ihr wisst sicher, dass sie kommen. Aber ich hab nicht vor, hierzubleiben, um mich davon zu überzeugen.«

Sie sprengte davon, gefolgt von Hatchet Jack.

Delilah ging zu ihrem Pferd hinüber, dann blieb sie stehen und schaute zu Zebulon zurück.

»Reite ruhig mit, wenn du das willst«, sagte er.

»Ich hab's mir überlegt: Wir sollten doch nach Mexiko«, schlug sie vor.

»Ich bin mit allem hier fertig«, sagte er. »Und vielleicht auch mit dir.«

»Wenn's doch nur so wäre«, sagte sie, saß auf und ritt hinter den beiden anderen her.

Zebulon setzte sich an den Stamm einer Eiche und wartete darauf, dass sie zurückkam.

Quién es?, fragte er sich selbst.

Die Antwort war ein Stimmengewirr, das klang, wie wenn jemand Murmeln in eine Blechschüssel schüttet.

Er wartete den ganzen Vormittag darauf, dass die Stimmen verstummten. Als sie immer lauter und noch wirrer wurden, wälzte er sich hin und her und schlug mit den Fäusten auf die Erde ein.

Quién es?, fragte er wieder.

Schließlich stand er auf und ritt hinter Hatchet Jack und Delilah her. Nach ein paar Kilometern überfiel ihn die Sorge, er könnte im Sattel einschlafen. Das hätte ihm gerade noch gefehlt, in einem Traum aufzuwachen, der nicht seiner war.

Träumen ist leicht, dachte er. Unangenehm wird's, wenn man geträumt wird.

★

Er fand ihr Lagerfeuer am Ende einer schmalen Schlucht. Es war dunkel. Die Luft war kühl, weil es geregnet hatte, und die nasse Erde roch nach Tannenzapfen. In der Mitte der Schlucht stieg er ab und band das Pferd an einer Krüppelkiefer fest.

Ein Uhu rief, und er antwortete mit einem langen, klagenden Doppelton. Ein stechender Schmerz durchzuckte seine Brust, und er krallte sich mit den Händen in die Erde und biss sich auf die Lippe, bis er Blut schmeckte. Abermals schrie der Uhu, diesmal von einem tieferen Ast. »Shook!«, kreischte er. »Shooook … Shooook … Shooook!«

Als er in das Lager gestolpert kam, schliefen schon alle.

Er legte sich neben Delilah, die auf der anderen Seite des Feuers neben Hatchet Jack schlief, den Kopf auf seiner Brust, einen Arm um seine Schulter.

Er zögerte, schaute von Hatchet Jack zu Delilah, legte ihr dann die Hand aufs Kreuz und atmete den Duft ihres lehmverkrusteten Haars.

»Ich wusste, dass du kommen würdest«, sagte sie, ohne die Augen zu öffnen.

Er zögerte und schaute zu Hatchet Jack hinüber. »Vielleicht ist es zu spät.«

»Kommt auf einen Versuch an«, antwortete sie.

Sie wehrte sich nicht, als er ihr die Hose auszog.

Er drang in sie ein, und sie nahm ihren Arm von Hatchet Jack, dessen Mund weit aufgerissen war, wie in Totenstarre.

»Nicht bewegen«, befahl sie, nahm ihn in sich auf und atmete mit ihm, bis er spürte, dass ein Druck sein Rückgrat emporschoss, dem pulsierende Hitzewellen folgten.

Als die Empfindung vorüber war, fühlte er sich plötzlich verlassen, als stürzte er in die dunklen Wogen einer stürmischen See hinab. *Komm näher,* heulten die turmhohen Wellen, *näher zu* – Er wusste nicht, was ihn erwartete. Als er den Mund öffnete, atmete er nicht mehr. Er stellte sich vor, dass seine Lunge voll Wasser war, und je mehr er nach Luft rang, desto übermächtiger wurde die Angst.

Er betete zu Wakan Tanka und all den Geistern, die dort leben und tanzen, wo die Sonne untergeht, und sich der Zwischenwesen annehmen, die in allen Wassern der Welt gefangen sind. Die alten Menschen sprachen mit ihm. Seine Mutter und sein Vater riefen nach ihm und dem doppelköpfigen Adler, der dort lebt, wo der Riese die Welt auf seinen Schultern trägt. Sie alle riefen nach ihm.

»Hee-ay-hay-ee«, rief er so laut, dass die anderen davon wach wurden. »Hee-ay-hay-ee-ee!«

Als er die Augen aufschlug, sah ihn Hatchet Jack auf den Ellbogen gestützt an und zielte mit seinem .44er Colt auf seine Stirn.

»Treibst du's nicht ein bisschen zu weit damit, kleiner Bruder?«, fragte er mit einem neugierigen, halb amüsierten Lächeln.

Zebulon sah, dass es der Colt war, den er trug, als man in dem Saloon auf ihn geschossen und ihn dann in den Arroyo geworfen hatte.

»Ich hab ihn nicht gestohlen«, sagte Hatchet Jack. »Und ich hab ihn auch keinem Sterbenden abgenommen. Nicht mein Stil. Der Colt lag auf dem Tisch. Da du nicht mehr da warst, hab ich mir gedacht, ich kann ihn genauso gut an mich nehmen.«

»Jetzt mach schon, erschieß ihn.« Large Marge schaute zu ihnen herüber. »Und die da gleich mit. Er würde es auch tun. Oder, falls dir dazu der Nerv fehlt, erschieß mich. Oder dich selbst. Egal was, nur tu irgendwas, damit dieses ewige blöde Palaver und dieses Rumgemache jeder mit jedem endlich aufhört.«

Es war eine Situation, die sie nicht mehr verstehen konnte oder wollte. Angewidert zog sie sich die Decke über den Kopf.

Hatchet Jack gab den Colt Delilah, die ihn aus einer Hand in die andere nahm. Dann reichte sie ihn an Zebulon weiter, der ihn ihr jedoch wieder zurückgab.

Hatchet Jack stand auf und zog sich die Hose an. »Morgen reiten wir Plaxico nach. Er wartet am Yuba. Er hat mir eine Karte gezeichnet.«

Er nahm ein Stück Rindsleder aus der Brusttasche. CALFORNIE war über eine Reihe von Pfeilen geritzt, die nach Nordwesten zeigte und an einem dreimastigen Segelschiff endete. An einer anderen Stelle stand ORAGON.

Delilah drückte sich den Colt mit beiden Händen zwischen die Brüste.

»Und mehr brauchen wir nicht? Nur eine Karte? Sind wir deswegen hier? Um weiterzureiten, und dann noch ein bisschen weiterzureiten, und dann wieder weiter, wenn uns einer nachreitet und vielleicht einer vor uns her, weil wir nicht wissen, wie wir hinter uns selbst herreiten können? Wenn das so ist, dann lasst uns doch nach Oregon hinaufreiten und den finden, den wir suchen, wer immer das sein mag. Vielleicht kann uns Plaxico, wer immer das ist, erklären, was wir machen, auch wenn er es nicht weiß oder, falls er es doch weiß, nicht sagen kann, warum. Sucht's euch aus. Mir ist alles recht.«

Sie feuerte eine Kugel in einen Baumstamm und stolzierte in die Nacht hinaus.

Als sie zurückkam, schliefen die anderen oder stellten sich zumindest schlafend. Sie suchte sich einen Platz ein Stück entfernt von Hatchet Jack und Zebulon und kuschelte sich allein zusammen, die Arme über den Brüsten verschränkt.

Über ihnen standen dunkle Wolken wie Tintenkleckse unter dem Vollmond. Irgendwo heulte ein Wolf. Dann noch zwei, und schließlich fiel das ganze Rudel in den Trauerchor ein.

Sie schliefen die ganze Nacht, zusammen und getrennt, zu erschöpft, um zu träumen oder die Wölfe heulen zu hören.

★

HATCHET JACK RITT VORAUS über grüne, mit Goldruten und Manzanita-Büschen gesprenkelte Hügel. Nach Osten zu schwebte, schmal und spitz wie das Ende eines Queues, ein Regenbogen über einem Wasserfall. Am Himmel segelten Adler. Hirsche und Gabelböcke stoben vor ihnen davon, wenn sie das Hufgetrappel der Pferde hörten, verhofften dann und schauten mit großen erschrockenen Augen zu ihnen zurück.

Nachdem sie die Oberläufe des Sacramento und des Cottonwood Creek überquert hatten, überwanden sie eine Reihe von Hügeln mit Erlengestrüpp und dichten Ahornwäldchen. Als sie später aus einem Fichtengehölz kamen, sahen sie am Horizont eine dünne Rauchsäule aufsteigen.

Es ging steil bergan, auf einen Felsen zu. In der dünnen Luft sagte keiner etwas, es war, als wären sie in eine Ruhe eingetreten, die schon immer dagewesen war, ein magisches Land, in dem es weder Stillstand noch Tod gab, in dem nie etwas geschehen war und auch nie etwas geschehen würde.

Geräusche von Pickeln und Schaufeln rissen sie aus ihren Gedanken. Unten im Tal sahen sie durch Nebelbänke ein Goldgräberlager, das aus Hütten und Zelten am Ufer des Flusses, eines tosenden Wildbachs in der Mitte einer tief eingeschnittenen Schlucht, errichtet worden war.

Die einzige Hütte mit vier Wänden stand etwas abseits von den anderen auf einer kleinen Anhöhe. Auf einem Schild an der Tür stand:

VORRÄTE UND WERKZEUG –
ERSCHWINGLICHE PREISE

Delilah zeigte auf Cox, den Engländer von der *Rhinelander*, der gerade zu der Hütte hinaufstieg, gefolgt von drei Miwok, die schwere Säcke mit Getreide auf Kopf und Schultern trugen. Cox schickte die Indianer hinein, setzte sich auf eine Bank neben der Tür und zündete sich einen selbstgerollten Stumpen an.

Unter ihm arbeitete eine Gruppe erschöpfter Männer an Abzugsgräben und Wasserrädern. Weiter flussabwärts standen halbnackte Chinesen, Mexikaner und Indianer bis zum Bauch im eiskalten Wasser und wuschen Kies in hölzernen Schwingtrögen.

Plötzlich stieß ein Miwok einen Schrei aus. Er kniete sich hin und horchte mit dem Ohr an der Erde. Auf der Stelle ließen die weiter flussaufwärts arbeitenden Miwok ihre Schwingtröge fallen und rannten in ein dichtes Grautannenwäldchen, unmittelbar bevor der Gefängnisdirektor in das Lager gesprengt kam.

Schräg über der Stirn trug der Direktor eine Kokarde. Sein magerer, von der Ruhr und cholerischer Wut geschwächter Körper war in einen zerrissenen roten Umhang gehüllt. Hinter ihm führte der Sheriff eine zerlumpte Truppe von Wärtern und drei von Pferden gezogene Fouragewagen an. Die Nachhut bildeten Stebbins, der Fotograf und zwei Maultiere, die mit der Fotoausrüstung und mehreren Gestellen mit spanischem Wein beladen waren.

»Wir sind auf der Suche nach dem Gesetzlosen Zebulon Shook«, rief der Direktor. »Wir wissen, dass er diesen Weg genommen hat. Wer etwas über seinen Verbleib weiß, soll jetzt reden.«

Niemand meldete sich. Die meisten hatten noch nie etwas von Zebulon Shook gehört – und wenn, dann hätten sie ihn oder auch irgendwelche andere Gesetzlosen angesichts ihrer eigenen Vergangenheit nie verraten.

»Das ist der letzte Aufruf«, schrie der Direktor.

Als sich wieder niemand meldete, nickte er dem Sheriff zu, und dieser schoss einem chilenischen Arbeiter in den Fuß.

Bis auf Cox, der beim Auftauchen des Direktors in seine Hütte gerannt war, riefen nun alle, was sie über Zebulon wussten oder zu wissen meinten. Das meiste saugten sie sich aber aus den Fingern: »Er ist untergetaucht, Herr General. Niemand weiß, wo –«, »New Mexico oder Colorado –« »Oklahoma –«, »El Paso, hab ich gehört –«, »Jemand hat ihn auf den Brazos gesehen –«, »Er hat in Silver City eine Bank überfallen und die halbe Stadt in Stücke geschossen –«, »In Placerville einen Mann umgelegt –«, »Mit einem Haufen entlaufener Sklaven am Frazier sein Lager aufgeschlagen«, »Auf dem Weg nach Vancouver –«, »Diese Mulattenhure, die ihn an der Nase rumführt –«, »Unterwegs nach Oregon, mit ein paar Männern aus Minnesota –«

»Ergreift diesen Mann!«, rief der Direktor und zeigte auf einen Chinesen, der hinter einem Schleusentor kauerte, das Gesicht halb unter einem Bambushut verborgen.

Während zwei Soldaten auf ihn zurannten, riss Lu ein Brett von dem Tor ab und watete in den Fluss. Er klammerte sich an das Brett und ließ sich über die nächste Stromschnelle treiben. Sein langer schwarzer Zopf ringelte sich hinter ihm her wie eine Schlange, als er den Fluss hinunter verschwand.

Alle stoben in verschiedenen Richtungen davon, bis auf ein Dutzend Chinesen, die sich Schwingtröge vors Gesicht hielten. Zwei wurden auf der Stelle erschossen, drei weitere, als sie in den Wald liefen. Die übrigen blieben mit erhobenen Händen im Wasser stehen.

Der Direktor ritt fuchsteufelswild auf und ab, während seine Leute ausschwärmten, gewaltsam in Hütten und Zelte eindrangen und jeden erschossen, der Widerstand leistete, und auch ein paar, die es nicht taten. Als sie unter einem von Cox' Bodenbrettern einen großen Goldvorrat entdeckten, schlugen sie ihn mit einer Keule, beschlagnahmten das Gold und brannten seine Hütte nieder.

Die Gewalt hörte so plötzlich auf, wie sie begonnen hatte, und zurück blieb das Rauschen des Flusses, so laut, dass es das Schreien und Stöhnen der Verwundeten beinahe übertönte.

Als wäre nichts Ungewöhnliches geschehen, wurden Wagen abgeladen und am Flussufer ein Tisch und Stühle für das Mittagessen des Direktors aufgestellt, dem der Sheriff, der Fotograf und Stebbins Gesellschaft leisteten.

Während er Wein trank, eine Zigarre rauchte und auf ein warmes Essen wartete, baute der Fotograf sein Stativ auf.

»Jetzt bitte so bleiben, Gentlemen«, rief er. »Ausgezeichnet … Herr Direktor, wenn Sie so freundlich wären und eine Handbreit weiter nach links rutschen könnten. Nein, nicht nach rechts, nach links … Ausgezeichnet … Würden Sie nun bitte alle geradeaus blicken, zum Fluss hin … Nicht bewegen … Sehr schön.«

»Wir sollten sie allesamt erschießen, dann hätten wir's hinter uns«, sagte Hatchet Jack, als das Blitzlicht aufflammte.

»Ein paar könnte ich mit dem Sharps erledigen«, sagte Zebulon.

»Sinnlos, in ein Hornissennest zu stechen«, widersprach Large Marge. »Sonst bleiben die uns auf den Fersen, das kann ich euch garantieren, jedenfalls bis wir in Oregon sind.«

Sie blieben, wo sie waren, und spähten über den Rand des Felsens, bis der Direktor und seine Männer mit den Soldaten wieder abzogen. Stebbins, der Fotograf und der Sheriff folgten auf einem Wagen, alle drei zu betrunken, um aufs Pferd zu steigen.

★

Als sie in dem Lager ankamen, waren die meisten einheimischen Goldsucher geflohen und die restlichen Chinesen, Mexikaner und Indianer entweder tot oder verwundet.

Delilah zerriss Hemden, weil sie Stoff für Verbände brauchte, und bastelte einfache Schienen, während Large Marge einen dicken Brei aus Kartoffeln und gestampftem Mais zubereitete.

Hatchet Jack und Zebulon fanden Cox mit dem Kopf auf einem Getreidesack; aus seinem Schenkel quoll wie ein dicker Wurm ein Blutstrom.

»Gold hatte ich«, murmelte er. »Und Gold hab ich verloren. Der Traum einer Hure, von allen Dämonen der Hölle über den Fußboden eines Saloons geschleift.«

Zebulon schlenderte zum Fluss hinunter. Er dachte an andere Schießereien, Massaker und Unglücksfälle, die er erlebt hatte: ein Rancher, seine Frau und fünf Kinder skalpiert und enthauptet, ein alter Trapper keine zwei Kilometer von seiner Hütte entfernt verhungert, ein Arapaho-Dorf von einer Seuche ausgelöscht, Siedler und Goldgräber ertränkt, gehenkt oder erschossen.

Während er auf die vielen Toten hinabsah, die nicht weit vom Fluss nebeneinander gelegt worden waren, drang das Donnern der Stromschnellen mit Macht in sein Herz.

Am nächsten Tag begruben sie die Toten in einem langen Graben auf einer dem Fluss zugewandten Anhöhe. Archibald Cox hielt die Grabrede – eine Aufgabe, für die er prädestiniert war, hatte er doch in Nordengland für das Priesteramt studiert.

»Das Leben ist aus dem Ruder gelaufen. Es ist größer und hässlicher und zugleich schöner und kostbarer geworden, als uns früher bewusst war. Dahin sind unsere Träume. Dahin ist der ungebärdige, unwiederbringliche Geist der Jugend, dem allein wir den Mut verdankten, in dieses Land zu reisen. Während wir hier in ernster Besinnung an diesen Gräbern stehen, können wir unser Leben nicht länger für selbstverständlich halten. Doch der Herr schützt uns und breitet einen Schleier über unser Leiden. In seiner Barmherzigkeit spendet er uns die Gnade, die uns weiterleben lässt, und schon bald werden wir uns von den Toten abwenden und weitermachen, weil wir keine andere Wahl haben. Geboren werden heißt sterben müssen, und schon bald werden wir nur noch Erinnerungen daran haben, wer wir waren, und dann nicht einmal mehr dies. Unsere Tränen können nicht das Maiengrün herbeizaubern oder die Liebe wieder aufblühen lassen. Doch sie wird trotzdem wieder blühen. Denn das ist der Sinn des Lebens.«

Er setzte sich, das Gesicht dem Fluss zugewandt, und brachte kein Wort mehr hervor, bis man ihm eine Flasche Whiskey reichte. Und dann betrank er sich sinnlos, wie die anderen Überlebenden auch.

Am nächsten Morgen waren sich Cox und die übrigen Goldgräber einig, dass in dem Tal immer noch Gold zu finden sei und dass schon bald andere kommen würden, um ihr Glück zu versuchen. Sie beschlossen, weiterzumachen und zu verteidigen, was sie hatten, wiederaufzubauen, was von ihren Hütten noch übrig war, ihre Claims auszubeuten und sich dann beizeiten abzusetzen.

Die Mexikaner ihrerseits beschlossen, über die Grenze zurückzugehen, bis auf einen jungen Obstbauern aus Chiapas, der unbedingt Plaxico finden wollte, weil er überzeugt war, dass der alte *brujo* in die Zukunft sehen und ihm den Weg zu einer dicken Goldader weisen konnte oder wenigstens zu einem so großen Fund, dass er sich davon noch eine Obstfarm südlich der Grenze würde kaufen können.

Die am Leben gebliebenen Chinesen brachen nach San Francisco auf, wo sie durch Lohnarbeit so viel verdienen wollten, dass sie die Heimreise nach China bezahlen oder sich jedenfalls künftig vom Goldrausch und seinen Folgen fernhalten konnten.

★

Hatchet Jack führte Zebulon und die anderen zur Küste, wobei sie Redding und Plumas City umgingen und auch dem Applegate Trail mit seinen neuen Siedlungen und Goldgräberlagern auswichen. Drei Tage später überquerten sie den Feather, ritten genau in westlicher Richtung weiter und passierten in der Abenddämmerung den Mount Shasta, dessen verschneiter Kegel durch leuchtende Schichten melancholischer Wolken kaum auszumachen war.

Am nächsten Morgen stießen sie auf tief eingegrabene Wagenspuren und dann auf diverse Haushaltsgegenstände – eine zerschmetterte Chippendale-Kommode, eine Ledercouch, kaputte Stühle und zerbrochenes Porzellan, aus einer Bibel herausgerissene Seiten, ein Klavier und verschiedene landwirtschaftliche und Bergbau-Geräte –, allesamt über eine Wiese verstreut. Das aufgeschlitzte Bildnis eines puritanischen Geistlichen und seiner nicht minder streng dreinblickenden Gattin lehnte an einem Wagenrad, nicht weit von den verstümmelten Leichen von fünf Männern und Frauen. Ein Stück weiter oben lag, halb im hohen Gras verborgen, ein kleines Mädchen mit einer Stoffpuppe in den Armen breitbeinig auf einer schwarzen Frau, die ein zerfetztes hochgeschlossenes Kattunkleid trug. Beide waren tot.

Hinter ihnen ließ sich eine Stimme vernehmen: »Wahnsinnig. Alle wahnsinnig. Der Direktor und seine fröhliche Schar von Irren.«

Stebbins kam unter einem Wagen hervorgekrochen und brach vor Delilahs Füßen zusammen. Er spuckte dicke Klumpen Blut.

»Die haben die Frau für Sie gehalten und schon von weitem das Feuer eröffnet. Ich hab ihnen gesagt … ich hab ihnen gesagt … dass sie sich irren, aber sie haben sie trotzdem erschossen. Dann hat einer auf mich geschossen.«

Delilah hielt Stebbins in den Armen, bis er nicht mehr atmete. Dann legte sie ihn auf die Erde, ging zu dem toten Mädchen hinüber, nahm ihr die Puppe aus den Händen und wanderte in das hohe Gras.

Zebulon und Hatchet Jack fanden sie auf der Erde sitzen. Sie wiegte die Puppe in den Armen. Als sie zu singen anfing, zogen dunkle Wolken langsam über sie hinweg wie ein einsames Trauergefolge:

Once I had two sweethearts
And now I have none,
They've both gone and left me
To sorrow and moan.

Last night in sweet slumber
I dreamed I did see
My two precious jewels
Still smiling at me.

But when I awakened
And found it not so,
My eyes like some fountain
With tears overflowed.

I walked across America,
From Africa to Spain;
And now all that is left
Is a child's broken doll
To be cast on the watery main.

Nachdem sie Stebbins und die Goldsucher begraben hatten, ritten sie ein paar Kilometer in die Abenddämmerung hinein und machten dann ein kleines Lagerfeuer. Keiner aß oder sagte etwas. In der Nacht schliefen sie alle zusammen, Hatchet Jack und Zebulon rechts und links von Delilah, Large Marge eng an den mexikanischen Obstbauern geschmiegt.

Im Morgengrauen brachen sie wieder auf, ermuntert von einer warmen Brise, die das Meer ahnen ließ. Als sie den Goose Lake erreichten, eine weite, spiegelglatte Fläche eisblauen Wassers, entledigten sie sich ihrer Kleider und wateten in das kalte Nass, planschten und schwenkten die Arme wie Kinder.

An diesem Abend gaben sich alle hektischen Beschäftigungen hin, als wollten sie sich vor unbekannten Gefahren schützen.

Large Marge bereitete eine Mahlzeit aus Keksen und Pferdefleisch zu, Delilah führte unterdessen die Pferde zum See und rieb sie mit nassem Gras ab. Der Mexikaner setzte sich auf einen Stein und angelte mit einem Haken, den er sich aus dem Stift seiner Gürtelschnalle gebastelt hatte. Etwas weiter abseits stand Zebulon am Ufer und beobachtete einen Blaureiher mit einem lädierten Flügel bei dem Versuch, sich aus dem Wasser in die Luft zu erheben. Immer wieder schlug er mit seinen Flügeln, und immer wieder fiel er zurück.

Ein Schuss krachte, und eine Kugel riss dem Reiher den Kopf ab.

Hatchet Jack ging auf Zebulon zu.

»Ein Vogel kann mit einem Flügel nicht fliegen«, sagte er und steckte seinen Colt in den Gürtel. »Hat er noch nie gekonnt, wird er nie können.«

»Willst du damit sagen, ich kann nicht mit einem Flügel fliegen?«, fragte Zebulon.

»Ich will sagen, einer von uns wird fliegen, dem anderen wird es nicht gelingen.«

»Wird was nicht gelingen?«

Hatchet Jack zuckte die Achseln. So weit vorausgedacht hatte er noch nicht.

Er ging zu einem Kanu, das halb im hohen Schilf verborgen war. Als er hineinstieg und auf den See hinauspaddeln wollte, watete Zebulon ins Wasser und hielt das Kanu am Heck fest.

Hatchet Jack hob das Paddel hoch über seinen Kopf, und keiner von beiden rührte sich, beide warteten darauf, dass der andere eine Entscheidung traf.

»Kommst du oder gehst du?«, fragte Hatchet Jack und legte das Paddel zurück. »Vielleicht hast du Angst, weil du im Wasser bist? Lass dir eins gesagt sein: Wenn du ertrinkst, brauchen sie dich nicht aufzuhängen.«

Zebulon kletterte in das Kanu und setzte sich ins Heck, und Hatchet Jack paddelte auf den See hinaus. Dann ließ er das Kanu treiben.

»Wie lange kennen wir uns jetzt?«, fragte er.

»Lange genug«, antwortete Zebulon.

»Wenn du mich nicht gerade umbringen wolltest, oder ich dich, sind wir ganz gut miteinander ausgekommen. Ich hab dir auf deine erste Hure raufgeholfen, dich aus einer Biberfalle gezogen, dein kaputtes Bein geschient und dich mehr als einmal davor bewahrt, skalpiert zu werden.«

»Und du hast mir ein paar Mal den Kopf unter Wasser gedrückt«, sagte Zebulon.

»Ja, gut«, gab Hatchet Jack zu. »Und du hast mich mehr als einmal bewusstlos geschlagen. Damit sind wir quitt.«

»Hat dir Plaxico geraten, das zu sagen?«

»Er hat mir gesagt, ich muss mich mit dir versöhnen, und mit Elijah und Annie May.«

»Was geht das den an?«

»Er hat gesagt, andernfalls … Willst du's wissen oder nicht?«

Zebulon schwieg, aber Hatchet Jack sagte es ihm trotzdem. »Plaxico ist der Mexikaner, der mich beim Pokern an deinen Pa verloren hat. Er hat mich aufgespürt, um mir das zu sagen. Seitdem hat er mir allerlei beigebracht, als Wiedergutmachung sozusagen. Sonst wird ihm das ewig nachhängen, sagt er, und es wird eine üble Reise für ihn, wenn er sich ins Jenseits aufmacht. Er sagt, es bleibt ihm nicht mehr viel Zeit auf dieser Erde.«

Sie saßen da und schauten zu, wie die Sonne hinter die Berge glitt. Als kein Licht mehr auf den See fiel, zog Hatchet Jack den Colt aus dem Gürtel und ließ ihn von einer Hand in die andere wandern. »Denkst du, das war ich, der dich damals in dem Saloon angeschossen hat?«

»Und, warst du's?«

»Was glaubst du denn?«

»Ich glaube, du warst es.«

»Aber ich war's nicht.«

»Vielleicht wär's dir aber ganz recht?«

»Das ist was anderes.«

Hatchet Jack ließ den Colt sinken. »Du hast sie verlassen, ich aber nie. Deshalb zieht sie mich dir vor.«

Er gab Zebulon den Colt. »Na los, leg mich um. Ich hab genug davon, zu jagen und gejagt zu werden. Genug davon, nicht zu wissen, was ein Traum ist und was nicht. Genug von dir, genug davon, was Plaxico mir auferlegt, genug davon, deine Hexe zu bespringen oder nicht zu bespringen, genug davon, über einsame Pfade in gottverlassenen Gegenden zu reiten.«

Zebulon hob den Colt, mehr aus Frust als aus Ärger, und gab ihn dann Hatchet Jack zurück, der ihn in seinen Gürtel steckte.

»Wir sind auf das falsche Ziel fixiert«, sagte Hatchet Jack. »Es geht um Delilah. Egal, was Plaxico sagt, einer von uns beiden sollte sie auspusten. Plaxico weiß Sachen, von denen wir keine Ahnung haben. Wie übel sie uns mitgespielt hat, weiß er nicht. Aber wir werden es nicht tun, oder?«

»Nein«, stimmte Zebulon zu.

»Und ich werde dich nicht auspusten.«

»Stimmt.«

»Also sollten wir vielleicht sie fragen, wen sie vorzieht?«

»Das schafft sie nicht«, sagte Zebulon, »so viel steht fest. Schon gar nicht jetzt, wo ihr Bauch bald aufspringt und sie nicht weiß, wer der Vater ist. Du könntest es sein. Ich könnte es sein. Oder auch der Graf oder ein anderer. Wir haben es nicht gewollt, und sie auch nicht, so einfach ist das.«

Sie zogen das Kanu aufs Ufer und gingen am Fluss entlang Richtung Lager, als Zebulon stehenblieb.

Ohne Vorwarnung versetzte er Hatchet Jack einen Kinnhaken und einen Schlag in die Magengrube und stieß ihn in den See.

»Das war dafür, dass du von dem ganzen Mist angefangen und die Sache mit Delilah noch schlimmer gemacht hast. Dass ich dich in den See gestoßen hab, war nur um der alten Zeiten willen.«

Hatchet Jack stieg aus dem Wasser und zielte mit dem Colt auf Zebulons Kopf.

Zebulon breitete lächelnd die Arme aus. »Nur zu. Schau mal, ob der Colt auch funktioniert, wenn er nass ist. Verpass mir eine. Du würdest mir damit einen Gefallen tun, zum ersten Mal in deinem Leben.«

Als Hatchet Jack abdrückte, ging der Revolver nicht los.

Er ließ ihn fallen und zwang Zebulon mit einem bösartigen Schlag an den Kopf in die Knie.

Sie prügelten aufeinander ein, und keiner gab nach, bis Hatchet Jack Zebulon in den See zog und seinen Kopf mit beiden Händen unter Wasser drückte.

Zebulon wusste, dass es irgendwann so enden würde, mit seinem Kopf unter Wasser, so wie Hatchet ihn erledigen wollte, als sie noch Kinder waren – was er allerdings auch seinerseits mit Hatchet nicht nur einmal probiert hatte.

Dann wurde sein Kopf an die Oberfläche gerissen, und Hatchet Jack überließ es ihm, sich aus eigener Kraft ans Ufer zu schleppen.

Als sie ins Lager zurückwankten, bereiteten der Mexikaner und Large Marge eine riesige Menge Forellen zu.

»Wir haben ein Kanu gefunden«, erklärte Hatchet Jack. »Wir waren draußen auf dem See, und das Kanu ist gesunken. Es hat eine Weile gedauert, bis wir wieder an Land waren.«

»Glaub ich dir aufs Wort«, sagte Large Marge mit einem Blick auf ihre geschwollenen Gesichter.

»Wo ist Delilah?«, wollte Zebulon wissen.

Large Marge zuckte die Achseln. »Ist sie nicht bei euch?«

Wortlos gingen Zebulon und Hatchet Jack zum See zurück.

Sie standen bis zum Bauch im Wasser und riefen immer wieder Delilahs Namen, doch die Antwort war nur undurchdringliche, unversöhnliche Stille.

Am nächsten Morgen war Delilah immer noch verschwunden. Hatchet Jack und Zebulon suchten rings um den See, Large Marge und der Mexikaner ritten in den Wald, hielten in kurzen Abständen an und riefen nach ihr.

Bis zum Abend des folgenden Tages hatten alle aufgegeben, nur Zebulon nicht. Er ritt landeinwärts, denselben Weg, den sie gekommen waren. Als er immer noch keine Spur von Delilah fand, beschloss er, nach San Francisco zu reiten, weil sie womöglich in Lus Dream Palace zurückgekehrt war. Doch nach ein paar Kilometern wurde ihm klar, dass es hoffnungslos war, und er kehrte um.

Als Delilah tags darauf wiederkam, saßen sie um das Lagerfeuer und aßen Kanincheneintopf. Ihre Kleider waren zerrissen, Gesicht und Hals voller blutiger Striemen und Kratzer. Sie ließ sich neben Large Marge auf die Erde sinken und legte ihr die goldene Rubin-Kette in den Schoß.

»Vielleicht bringt sie dir mehr Glück als mir«, sagte sie und wandte ihnen den Rücken zu.

Sie sagte nicht, wo sie gewesen war, und es fragte sie auch keiner danach.

★

HUNDERTFÜNFZIG KILOMETER vor der Küste nahm der Himmel eine unheilverkündende schiefergraue Färbung an, und ein nicht enden wollender Dauerregen setzte ein. Die Stimmung wurde so mies, dass sie weder miteinander reden noch einander auch nur ansehen konnten. In der dritten Regennacht kam der mexikanische Obstbauer zu dem Schluss, dass er sich den falschen Leuten angeschlossen hatte, und brach mit einem Pferd, zwei Gewehren und einer Decke Richtung mexikanische Grenze auf. Als Large Marge auf ihn schießen wollte, explodierte der mit Lehm verkrustete Lauf ihrer Pistole und hinterließ Verbrennungen auf ihrer Brust und in ihrem Gesicht. Obwohl er sie bestohlen hatte, erwies sich sein Abgang als günstiges Vorzeichen. Als wäre ein Fluch aufgehoben worden, hörte der Regen plötzlich auf, und am Himmel explodierte ein Feuerwerk bunter Nordlichter.

Bei Tagesanbruch durchquerten sie ein mit Zypressen und Erlen bestandenes Tal. In der Ferne hoben sich riesige Mammutbäume wie Kathedralen vom Horizont ab.

Als sie sich dem Wald näherten, der inzwischen hinter dichten Nebelschwaden kaum noch zu sehen war, sprang Hatchet Jack vom Pferd, ließ sich zu Boden fallen und streckte beide Arme nach den Bäumen aus.

»Hört mich an, Waldgeister«, rief er. »Wir sind ein Haufen lahmer Narren. Und nicht nur das: Für uns läuft nichts, wie es sollte, und wir haben euch nicht mehr zu bieten als ein herzliches Hallo. Niemand wird es euch verargen, wenn ihr uns abweist oder uns Ärger macht, aber wir brauchen eine Pause, weil wir nicht sicher sind, nach wem wir suchen, wohin wir gehen oder was uns erwartet, wenn wir dort ankommen.«

Sie ritten weiter durch Bündel heller Lichtstrahlen in einen Wald so düster und nass wie der Boden einer

Regentonne. Über ihnen ließ sich kein Vogel vernehmen, und kein lebendes Wesen ließ sich blicken, nur ein weicher Nieselregeln tropfte durch dicke Schichten vollgesogener Äste und Zweige.

Zebulons Herz begann wie eine Trommel zu schlagen.

In Wahrheit war es das Dröhnen einer echten Trommel. Es kam von irgendwo vor ihnen, als wollte es sie anspornen weiterzureiten. Oder, wie Large Marge mit einem schiefen Lächeln meinte, sie vor dem nahenden Untergang warnen.

Das Trommeln kam von allen Seiten, wurde lauter und dann fast unhörbar leise, war manchmal vor und dann wieder hinter ihnen. Schließlich, als sie jedes Richtungsgefühl verloren hatten, wurden sie von einem Geräusch begrüßt, wie wenn jemand mehrere Male kräftig ausatmete.

»Oh …! Ha …! Ho …! Oh …! Ha …! Ho …!«

Am Ende einer langen Allee sahen sie die niedrige Silhouette eines hölzernen Langhauses am Ufer einer schmalen Bucht. Das Dach ruhte auf dicken Pfosten und war mit roh behauenen Brettern gedeckt. Zwei Reihen Totempfähle, gut einen Meter höher als das Dach, standen beiderseits des Langhauses. Die Pfähle waren von oben bis unten mit geschnitzten, in Dunkelrot-, Apfelgrün- und Schwarztönen bemalten Figuren verziert. Zwei Indianer saßen zusammengesunken auf einer Bank neben der sechs Meter hohen Tür. Beide trugen Infanteriehosen und Bowlerhüte, von denen Adler- und Rabenfedern in die Höhe standen.

Das Trommeln und Singen wurde lauter, als Plaxico aus dem Langhaus trat, beinahe lächerlich gekleidet in eine knielange, geknöpfte Decke mit einem roten Adler auf dem Rücken und einem aus einer Fichtenwurzel geschnitzten kegelförmigen Hut. Hinter ihm erschien Lu in einem langen, sackähnlichen Gewand, den schwarzen Zopf mit Rindenstreifen zu einem Knoten gebunden.

»Sieh an, sieh an«, sagte Plaxico und musterte sie. »Ich vermute, die Dinge sind alles in allem doch nicht, was sie scheinen. Aber wenn ihr meine Meinung hören wollt, auch nicht anders.«

Er ging auf Hatchet Jack zu und schlug ihm mit so überraschender Kraft auf den Rücken, dass er in die Knie brach. »Also, mein lange verlorener Sohn, jetzt sind endlich alle Enten in der Schlinge. Noch ein Tag, und ich hätte mich auf den Heimweg gemacht.«

Er sah Zebulon an. »Hast du Karten mitgebracht?«

»Mit den Karten bin ich fertig«, sagte Zebulon. »Und ich wollte, ich wäre auch fertig mit dir.«

»Das kommt noch«, sagte Plaxico. »Früher, als du denkst.«

»Reicht das?« Delilah griff in ihren Beutel und hielt eine Herzkönigin hoch.

»Wenn du mit einem ganzen Spiel kommst, spielen wir«, sagte Plaxico. »Dealer's Choice. Keine gezinkten Karten und kein Austeilen von der Unterseite, wie ihr das früher so gern gemacht habt.«

Die Herzkönigin, die vielen *gringos* und die Bemerkungen über Pokern und Falschspielen, das alles überzeugte die Indianer hinter Lu, dass sie zumindest eine wilde Nacht vor sich hatten.

Ihre Begeisterung schwand, als ein großer grauer Uhu über sie hinwegflog und sich auf dem Kopf eines geschnitzten Holzadlers am oberen Ende des längsten Totempfahls niederließ. Der Adler war dunkelgrün bemalt und hatte einen langen, gebogenen roten Schnabel. Seine Augen waren aus Seeohrenschalen und hatten dieselben Farben wie die von Hatchet Jack: eines schwarz, das andere blau.

Der Uhu drehte den Kopf im Kreis und richtete den Blick zunächst auf Plaxico, dann auf Zebulon und die Indianer.

»Huuu, huuu, huuu«, rief er und schlug mit seinen riesigen Schwingen.

»Selber huuu, huuu«, antwortete Plaxico und schwenkte die Arme.

Zermürbt von der Art, wie diese seltsamen Leute sich miteinander unterhielten, zogen sich die Indianer in das Langhaus zurück.

»Uhus sind klarsichtig«, sagte Plaxico. »Aber man kann sich nicht auf sie verlassen. Manchmal ist ihnen nur langweilig und sie brauchen etwas zu tun, dann stellen sie allerlei Unsinn an.«

Large Marge befand, dass sie genug von dem Hokuspokus gesehen hatte, und ging zu ihrem Pferd hinüber.

»Meine Ruh ist hin«, seufzte sie, »mein Herz ist schwer.«

»Du findest sie nimmer und nimmermehr«, ergänzte Delilah.

Als sie sich in den Sattel schwang, ging Large Marge plötzlich auf, was es bedeuten konnte, allein davonzureiten in einem Land, das sie nicht kannte. Achselzuckend saß sie wieder ab und ging zu der Bank hinüber, die Augen auf dem Uhu, der jetzt auf dem Dach des Langhauses saß, den Kopf unter einem Flügel.

Plaxico setzte sich neben Large Marge auf die Bank. »Der Uhu weiß nicht recht, ob er am richtigen Ort ist. Und ich weiß es ehrlich gesagt auch nicht.«

»Amen«, sagte Large Marge.

Plaxico zog einen Tabaksbeutel hervor, drehte zwei Stumpen und reichte Large Marge einen davon. »Ich weiß nicht, was mit diesen Leuten ist, ob sie nun Kwakiutl, Tlingit oder Haida sind, oder was sie vorhaben. Für unsere Zwecke spielt das auch kaum eine Rolle. Die meisten haben von Walfängern und Goldgräbern genug Englisch gelernt, also werden wir schon klarkommen.«

Im Inneren des Langhauses schwoll das Trommeln an, und dann hörte man auch Rufe und Geräusche, die so klangen, als träten genagelte Stiefel gegen die Wände.

Plaxico erhob sich seufzend. »Zeit für den Tanzboden.«

Er zeigte auf einen Strauß Wildblumen und Seeohrschalen, der neben der Tür lag. »Rühr sie nicht an, riech nicht daran und schau nicht zu genau hin. Sie sollen die Geister narren, diejenigen, die man nicht reinlassen will. Das sind natürlich nicht wir. Jedenfalls noch nicht.«

An der Tür drehte er sich um. »Wenn du einmal drin bist, kommst du nicht mehr raus. Aber was kannst du sonst machen? Meiner Erfahrung nach ist es nicht anders, wenn du drauf und dran bist, den zu verlieren, für den du dich hältst, oder das, was du tust, oder den Ort, zu dem du deiner Meinung nach unterwegs bist.«

Zebulon schaute zu dem Totempfahl hinauf. Dicht unterhalb des geschnitzten Adlers waren drei ineinander verschlungene Seeungeheuer, deren Köpfe in verschiedene Richtungen schauten.

Einen Augenblick lang war er sich sicher, dass einer dieser Köpfe sein eigener war und die anderen beiden die von Hatchet Jack und Delilah.

Dann wurden wieder Seeungeheuer daraus, und er brachte den Mut auf, Plaxico zu folgen.

★

Sie setzen sich an die Wand des großen, niedrigen Raums, in dem überall Felle und Schnüre mit Seehund- und Walzähnen hingen. Plaxico stand in der Mitte. Er trug eine Froschmaske mit grinsenden Kupferzähnen. Nicht weit von ihm, auf der anderen Seite einer Feuergrube, trug ein flacher Stein ein Arrangement aus Adler- und Habichtfedern, Häufchen von Bonbons, einem polierten Totenschädel und der Holzplastik eines auf einem Bein stehenden Blaureihers mit einem gebrochenen Flügel.

Kinder rannten hin und her, über die ausgestreckten Beine von Männern und Frauen, die lange, selbstgerollte Zigarren pafften, Rasseln schüttelten und Trommeln schlugen. Die meisten von ihnen trugen Sakralhemden aus Zypressenrinde, die mit handgenähten Wölfen, Adlern und Raben in Rot und Kobaltblau verziert waren.

»Das ist euer Haus«, rief Plaxico und stolzierte mit Fußrasseln aus Muschelschalen im Raum umher.

»Es gibt kein anderes. Ich bin ein Gast. Ihr seid die Gastgeber, und ich bin der Gastgeber, und ihr seid die Gäste.«

»Oh …! Ha …! Ho!«, rief er.

»Oh …! Ha …! Ho!«, antwortete der Raum.

Er hielt inne und schaute nacheinander jedem ins Gesicht. »Es gibt Dinge, die zu tun man mich gebeten hat, Menschen, denen zu helfen ich hier bin. Ich habe den weiten Weg aus Mexiko hierher zurückgelegt, und ich danke euch dafür, dass ihr mich alten Narren in euer Haus aufgenommen habt. Manche von den Leuten, die ich hierher gebracht habe, mögen seltsam erscheinen, und sie sind es auch, aber in diesem Haus sind wir alle gleich.«

»Oh …! Ha …! Ho!«

»Oh …! Ha …! Ho!«, antwortete ihm die Versammlung, gespannt und neugierig auf diesen alten Geisterbeschwörer, der zusammen mit dem ersten Chinesen, den sie je gesehen hatten, von so weither gekommen war. Plaxico stolzierte weiter im Raum umher und versetzte den Leuten Schläge mit der flachen Hand auf Kopf und Brust. Lu ging hinter ihm her und schwenkte Stöcke mit rauchendem Salbei.

»Wir alle sind hier: die Toten und die Lebenden und die, die zwischen Tod und Leben gefangen sind. Wir sind alle hier, und wir sind alle gleich. Sagt, ist das nicht wahr?«

»Ja, es ist wahr«, riefen sie.

»Wir sind hier, nirgends sonst. Morgen wird alles anders sein. Und dann übermorgen und überübermorgen. Doch hier sind wir, selbst wenn wir getrennt sind, alle gleich. Selbst unsere Feinde, die uns unsere Kraft rauben und uns töten wollen. Selbst der Gesetzlose, der um sein Leben rennt und nicht weiß, dass er dem Tod in die Arme läuft. Wir laufen alle dem Tod entgegen, und wir sind alle gleich. Väter und Mütter, Brüder und Schwestern, schwarz, weiß, gelb und rot. Wir sind alle gleich!«

»Alle hinsetzen«, rief er.

»Alle hinsetzen«, antwortete der Raum.

Plaxico schlug Hatchet Jack auf Kopf und Schultern.

»Der da vor mir ist ein Kojote. Er stiehlt dir deine Frau und verkauft deine Kinder und nimmt dir dein Boot und dein Pferd, deine Hühner und deine Ziegen.«

Plaxico breitete die Arme aus, rollte die Augen und heulte wie ein Kojote.

Kinder fingen an zu weinen und versteckten sich hinter ihren Eltern, die lachten und in die Hände klatschten, aber trotzdem darauf achteten, dass sie ihre Kinder um sich hatten.

Plaxico blieb vor Zebulon stehen. »Schaut euch den hier an, der zwischen den Welten gefangen ist. Er leidet, weil er glaubt, dass es eine Möglichkeit gibt freizukommen, dass es hier jemanden gibt, der die Macht hat, ihn zu erlösen. Er glaubt, eine Frau kann ihm helfen, aber diese Frau ist genauso verloren wie er.«

»Oh …! Ha …! Ho!«

»Oh …! Ha …! Ho! Genauso verloren wie er.«

Plaxico riss Delilah hoch. »Schaut euch diese Frau an! Sie ist vom anderen Ende der Welt gekommen und hat doch einsehen müssen, dass sie nie irgendwohin konnte! Auch sie ist zwischen den Welten gefangen. Man hat ihr gesagt, sie könne sich nur befreien, wenn sie anderen hilft, die in der gleichen Lage sind wie sie. Der andere Weg ist der, zu erkennen, dass alle Spuren Träume sind und dass es nie etwas gegeben hat, was man versuchen oder tun konnte. Dass man immer nur sein konnte.«

»Oh …! Ha …! Ho!«

»Oh …! Ha …! Ho! Immer nur sein.«

Plaxico setzte Delilah ab und nickte Lu zu, der ihr die Hand auf den Bauch legte.

»Diese Frau wird einen Sohn bekommen«, verkündete Lu.

»Einen Sohn!«, rief Plaxico.

»Einen Sohn«, wiederholten alle im Chor.

Die Leute riefen und klatschten. Die Trommeln dröhnten so lange und so laut, dass die Leute dachten, die auf den Balken verstauten Paddel und Angelruten würden ihnen auf den Kopf fallen.

»Oh …! Ha …! Ho!«

»Oh …! Ha …! Ho! Der Junge gehört allen.«

Die Männer schlugen mit den Fäusten auf den Boden, die Frauen zogen ihre Kinder noch dichter an sich.

»Oh …! Ha …! Ho!«

»Oh …! Ha …! Ho!«

Eine Schale Whiskey wurde herumgereicht. Regen kam in Schauern vom Meer herüber und drang durch große Risse in den Stützpfosten und zwischen den Dachplanken in das

Langhaus. Als der Wind die mit Walöl gefüllten Lampen umwarf, wurden Kerzen angezündet und auf flachen Steinen im Raum verteilt.

Plaxico wanderte weiter mit hervortretenden Augen herum, als schwelte in seinem Kopf ein Feuer. Er blieb vor Zebulon stehen, nahm Lu die Whiskeyschale aus der Hand, trank einen Schluck und besprühte prustend Zebulons Gesicht. Dabei schüttelte er seine Rasseln und stieß laute Rufe aus.

Dann versetzte er Zebulon einen Faustschlag in die Herzgegend, der ihn zu Boden warf.

Als Zebulon wieder zu sich kam, kniete Plaxico auf dem Boden und lachte über ihn.

»Bevor du ohnmächtig geworden bist, hast du geklungen wie eine alte Hure, die an einem Eiszapfen lutscht.«

Zebulon packte ihn mit beiden Händen an der Gurgel und versuchte ihn zu erwürgen, aber darüber lachte Plaxico nur noch lauter.

»Oh …! Ha …! Ho!«

»Oh …! Ha …! Ho!«

Wieder schlug er Zebulon in die Herzgegend.

»Nicht deine Pumpe ist hin, sondern dein Geist. Du denkst, alles ist vorbei, dabei hat's noch gar nicht angefangen.«

Die Menge schrie und klatschte in die Hände.

»Oh …! Ha …! Ho!«

»Oh …! Ha …! Ho! Sein Geist ist hin, und es hat noch gar nicht angefangen.«

Plaxico ging weiter im Raum herum, schüttelte seine Rasseln und stieß Schreie aus.

»Oh …! Ha …! Ho!«

»Oh …! Ha …! Ho!«

Zebulon schwebte über dem Boden und sah zu den Gestalten auf, die über die Decke tanzten. Er kannte sie alle: Gesetzlose und Mountain Men, Comanche, Arapaho, Shoshone und

Sioux, alle mit Federhaube und Kriegsbemalung. Da war ein weiblicher Wassergeist mit schweren Brüsten, der aus einem aufgewühlten, tobenden Meer stieg, da waren Ziegen, Frösche mit schlangenähnlichen Zungen, Raben und Donnervögel, und zu guter Letzt auch Sergeant Bent, Snake Eyes, seine Eltern, der Gefängnisdirektor und seine Frau, Stebbins und Kapitän Dorfheimer.

»Oh …! Ha …! Ho!«

»Oh …! Ha …! Ho!«

Während die Nacht voranschritt und die Visionen verschwanden und mit Macht zurückkehrten, wurden Geschenke ausgetauscht. Plaxico schenkte Delilah eine Türkis-Gürtelschnalle, und sie schenkte ihm ihre goldene Rubin-Kette, die Large Marge ihr zurückgegeben hatte. Indianer verteilten und empfingen Angelhaken, Perlen, Gewehre, Hemden, Schalen und Stemmeisen. Zebulon warf Lu die goldene Taschenuhr des Direktors zu, und Lu schenkte ihm ein Tlingit-Messer mit geschnitztem Meerottergriff. Large Marge überreichte Plaxico einen verzierten französischen Federhalter, und Plaxico steckte Hatchet Jack eine afrikanische Perlenkette zu, der ihm seinerseits sein Green-River-Bowiemesser schenkte, und so weiter, durch den ganzen Raum.

Der Colt wanderte von Hatchet Jack über Delilah zu Large Marge, dann weiter zu Plaxico, der ihn gegen den fossilen Walrosspenis eintauschte, den Zebulon vom Schreibtisch des Direktors genommen hatte. Zebulon gab ihn einem Tlingit, der sich mit einer Austernschalenkette dafür bedankte. Die Kette gab er an Lu weiter, der Delilah ihre goldene Rubin-Kette schenkte, die sie unter ihrer Bluse versteckte.

Die Orgie des Gebens und Nehmens wurde immer frenetischer, während Gegenstände herumgeschoben, geworfen, taxiert und hin und her gereicht wurden. Trommeln wurden geschlagen, Rasseln wurden geschüttelt, Kinder kreischten und lachten, Männer und Frauen schmollten und weinten und klatschten in die Hände. Schon bald wusste keiner mehr, und keiner achtete auch mehr darauf, woher die Nuggets, Messer, Gewehre, Perlen, Spiegel, Kupferschalen, Stiefel, Paddel, Spielkarten, Dominosteine, Patronen, Gürtel, langen Unterhosen, Stemmeisen, Angelruten, Lakota-Sioux-Rasseln und Säcke mit Mehl und anderen Lebensmitteln stammten, die von Hand zu Hand gingen.

»Uaaaaaaaaaaa!«, rief Zebulon, den Colt in der Hand.

»Oh …! Ha …! Ho!«

»Oh …! Ha …! Ho!«

Zebulon erkannte Kapitän Dorfheimer, als der an der Decke erschien und an den o-beinigen Mann und Azaria Kehoe Karten austeilte. Und da war Hans, der Deutsche von der *Rhinelander,* der eine weiße Kugel in eine Tasche eines auf dem Ozean schwimmenden Billardtischs stieß, daneben Cox und Plaxico, der Frau Sutter tröstete, und der Sheriff; und Stebbins, der Miranda Serenade in den Armen hielt und sie wiegte, während er ihr seinen letzten Bericht vorlas. Und Delilah zog vorüber, Arm in Arm mit dem Grafen und Hatchet Jack, und dann entschwebte sie ebenso plötzlich wieder.

Zebulon schloss sich den anderen an, die stampften und pfiffen, Schreie ausstießen und im Chor ausriefen:

»Oh …! Ha …! Ho!«

»Oh …! Ha …! Ho!«

Delilah gab ihm die Herzkönigin und verlangte sie dann wieder zurück. Dabei löste sich ihr Gesicht in das einer alten Vettel auf und dann in einen ausgebleichten Totenschädel. Der Schädel hätte der von Miranda Serenade aus Veracrux sein können, der von Rosita aus Denver, Suzy aus El Paso, Louisa aus Alamosa oder der von Nicht-hier-nicht-da – von all den Frauen aus all den verlorenen Zeiten, tot und lebendig. Seine Mutter war da, die ihn an den Haaren aus dem

Fluss zog. Und Hatchet Jack, der auf der Bank saß und lachte und lachte.

Der Gefängnisdirektor erschien und verbeugte sich vor ihm, mitsamt seiner Frau und seinem Sohn. Ihm folgte der Fotograf, der seine Kamera für eine Aufnahme von dem Raum aufbaute. Der Sheriff rauchte eine Zigarre, blies den Rauch dem Doc und dann Plug in die Augen. Alle posierten, der Graf und Vanderbilt, Large Marge und Ivan, der O-Beinige und der Doc, der Finne, der Seminole, Toku, Nicht-hier-nicht-da, Kapitän Dorfheimer und der Ire aus Belfast, und alle beglückwünschten sich gegenseitig, als der Blitz aufflammte, und sie tanzten und tanzten und rieben ihren Speichel und ihren Schweiß, ihren Schnaps und ihren Urin in die Bodendielen.

»Das wird euch noch leidtun«, schrie Plug und wich langsam zur Tür zurück.

»Oh …! Ha …! Ho!«

»Oh …! Ha …! Ho!«

Delilah schmiegte sich in seine Arme, lauschte seinem Herzen, das im Takt der Trommeln pochte. Bevor sie einschliefen, hörten sie, wie Stebbins von Zebulons Gefangennahme berichtete, oder vielleicht von seinem Tod oder von tausend Dollar Belohnung. Aber wahrscheinlich träumten sie.

Als Zebulon erwachte, war Delilah neben ihm, und sein Herz schlug nicht mehr. Doch trotzdem atmete er. Ein und aus. Ein schwacher Puls. Aus und ein. Dann ein dumpfer Schlag. Mehr Atemzüge. Mehr Schläge. Leben und Tod und Leben.

»Quién es?«

Er sah Hatchet Jack an, der mit Plaxico und Lu an der Tür stand, und alle mahlten sie mit den Kinnbacken wie nachdenkliche Ziegenböcke. Neben ihnen saßen zwei kleine

Jungen und ein Mädchen auf dem Boden und spielten mit dem Colt. Einer der Jungen richtete den Colt auf das Mädchen und drückte ab, doch die Kammer war leer. Dann nahm der andere Junge den Colt und zielte auf Delilah, die noch immer in der Raummitte auf dem Rücken lag und die Lippen bewegte, als wollte sie jemandem etwas erklären, vielleicht sich selbst. Als das Mädchen abdrückte, war die Kammer immer noch leer.

Zebulon stand auf und atmete aus, dann langsam ein. Er versuchte es noch einmal, und seine Atmung funktionierte immer noch. Er versuchte es ein weiteres Mal, ein und aus, und ging dabei auf Plaxico zu, der noch immer mit Hatchet Jack und Lu an der Tür stand.

»*Quién es?*«, fragte er Plaxico.

Oder sprach er mit sich selbst?

»Ich habe getan, wofür ich gekommen bin«, sagte Plaxico, während Zebulon näherkam. »Manches hat funktioniert, vieles nicht. Wie auch immer, du und dein erfundener Bruder habt noch einiges zu erledigen. Zum Glück für mich. Wenn nämlich diese alten Knochen nicht längst eine Verabredung mit der anderen Seite hätten, wäre ich womöglich dumm genug, noch weiter hier herumzulungern.«

Im ganzen Raum regten sich nach und nach ein paar Leute, drehten die Köpfe und streckten Arme und Beine. Andere schliefen noch oder saßen benommen auf dem Boden und starrten an die Wände oder an die Decke.

»Ein Letztes noch«, sagte Plaxico zu Hatchet Jack und Zebulon: »Klammert euch nicht an Dinge, die gesagt oder getan wurden, keiner von euch beiden, egal ob es von mir, der Hexe dort drüben oder von irgendjemand sonst kommt. Wenn ihr so töricht seid, euch an Dinge zu klammern, die nicht existieren, könnte einer von euch in Rauch aufgehen und der andere sich zwischen den Welten wiederfinden, ohne zu wissen, wie er sich daraus befreien kann. Wenn euch wer den Kopf unter Wasser drückt und darüber lacht oder wenn ihr eine Karte von der Unterseite nehmt oder jemand euch von hinten eins überzieht, lasst es geschehen. Und wenn nicht, lasst es trotzdem geschehen. Nicht dass einer von euch beiden *locos* vom Berg jemals etwas tun würde, um in seinem eigenen Vergnügen steckenzubleiben.«

»Oh …! Ha …! Ho!«, sagte er müde.

»Oh …! Ha …! Ho!«, wiederholte Lu mit einem langen Seufzer.

Donner grollte, gefolgt von Blitzen und Regengüssen, die durch die Planken und unter und über der Tür eindrangen.

»In welche Richtung gehst du?«, fragte Hatchet Jack Plaxico.

»Zur Grenze, dann nach Süden, bis ich mich von all den Schmerzen befreit habe, die ich mir zuzog, weil ich versucht habe, euch auf den rechten Weg zu bringen.«

»Ich reite mit«, sagte Hatchet Jack.

»Ich werde dich nicht daran hindern«, sagte Plaxico. »Aber du sollst wissen, dass ich in das Land unterwegs bin, in dem sich weiter nichts tut. Dort schürft keiner nach Gold. Und keiner jagt oder wird gejagt. Es wird nichts zu tun geben und keinen, mit dem man es tun könntc.«

»Soll mir recht sein«, sagte Hatchet Jack.

Plaxico musterte ihn eine Weile, nicht sicher, ob er zu ihm durchdrang.

»Ich hätte nie gedacht, dass du und ich so weit kommen würden«, sagte er. »Aber jetzt, wo wir es so weit gebracht haben und uns im Klaren sind, wer wir waren und wer wir nicht waren, und wo du weißt, dass ich dein Pa bin, ob's dir passt oder nicht und so weiter, können wir es vielleicht gut sein lassen.«

»Soll mir recht sein«, antwortete Hatchet Jack.

Plaxico seufzte, noch immer nicht überzeugt. Er wollte

Zebulon etwas sagen, überlegte es sich dann anders und folgte Lu, der zur Tür hinausgegangen war.

Hatchet Jack schaute zu Delilah hin, die immer noch schlafend auf dem Boden lag.

»Ich bin fertig mit ihr«, sagte er zu Zebulon. »Und wenn Wakan Tanka mir einen halben Knochen hinwirft, vielleicht auch mit dir. Noch eins: Sollten wir jemals das Pech haben, uns noch einmal in die Arme zu laufen, werden wir höchstwahrscheinlich den Stein ins Rollen bringen und beide verlieren. Oder wünschen, wir hätten verloren. Also hoffen wir, dass es uns erspart bleibt.«

Dann ging er hinter Plaxico zur Tür hinaus.

Als sie am nächsten Morgen erwachten, waren Zebulon, Delilah und Large Marge allein in dem Langhaus.

Den Rest des Tages warteten sie darauf, dass es aufhörte zu regnen. Als es weiterregnete und sie noch immer unschlüssig waren, wohin sie sich wenden sollten, beschlossen sie, nach Norden zu reiten, weil sie nicht in den Süden zurück wollten und nicht wussten, wo sie sonst hätten hingehen sollen.

»Norden«, sagte Zebulon. »Alles andere ist aufgebraucht.«

★

ZEBULON, DELILAH UND LARGE MARGE ritten über steile, zerklüftete Felsen, wandten sich dann landeinwärts und ritten etwa parallel zur Küste weiter. Nach drei Tagen kamen sie an einen schmalen Fluss. Als sie ihm Richtung Meer folgten, verwandelte sich der Regen in weichen Nebel, der das dichte Grün der Wälder jungfräulich erscheinen ließ, so als hätte noch nie jemand hier gelebt.

Sie mussten absitzen und führten ihre Pferde durch dichte Wäldchen von Pappeln und Schierlingstannen. Zur Mündung hin wurde der Fluss breiter und träger. Auf der windabgewandten Seite einer großen Halbinsel sahen sie aus der Ferne winzig erscheinende Häuschen, die sich um eine Sägemühle scharten. Weiter vorn, dort wo der Fluss sich mit dem Meer vereinigte, blies ein starker Wind Schleier aus weißem Sand hoch in die Luft.

Als sie ihre Pferde um eine Windung des Flusses führten, hörten sie Gewehrschüsse.

Vier russische Matrosen in zu großen Kitteln und schlabbrigen Hosen standen in einem mit Segeltuch bespannten langen Beiboot und schossen auf eine Herde Seeotter, die in einem Tangwald Seeigel fraßen.

Ein großer Otter saß auf einer Klippe und schaute zu den Matrosen hinüber. Als wollte er um Schonung flehen, hielt er eine Vorderpfote hoch, bedeckte damit seine Augen und nahm sie wieder herunter. Ein Dutzend Artgenossen lagen bereits tot an der Küste, die Vorderpfoten sanft über der Brust gekreuzt, als hätten sie sich im letzten Moment in ihr Schicksal ergeben.

Delilah stieß einen Schrei aus, aber nicht wegen der Otter.

Es war die *Rhinelander*, die mit Schüssen aus einer Heckkanone ihre Ankunft ankündigte, während sie in die Flussmündung segelte. Sie war frisch gestrichen und hatte neue Segel, und aus ihrem Bug ragte eine Reihe bronzener Drehbassen.

Sie sahen dem Schiff vom Flussufer aus nach, bis nur noch seine Positionslichter über dem schwarzen Wasser auszumachen waren. Selbst für Zebulon und Large Marge, die geschworen hatten, nie wieder an Bord eines Schiffs zu gehen, war die *Rhinelander* ein unverhoffter Hoffnungsstrahl, der sie immerhin so weit aufmunterte, dass sie weiterritten.

Am Nachmittag des folgenden Tages erreichten sie die Halbinsel, auf der sie tief eingegrabene Wagenfurchen entdeckten, die zu einer Ansammlung von Hütten und Lachsgestellen führten. Der Vollmond ging auf, als die Sonne sank, so dass es in der Dämmerung schien, als befänden sich Mond und Sonne auf Kollisionskurs.

Die einzige Straße der Siedlung war menschenleer, bis auf ein paar Betrunkene, die in Hauseingängen schliefen oder sich auf nassen Planken ausgestreckt hatten. Ein Hund bellte, kalte Nebelstreife zogen über die Flussmündung und glitten um die Ecke eines Handelspostens und das halbfertige Gerüst einer im Bau befindlichen Kirche. Am Ende der Straße, hinter der Sägemühle und mehreren großen Lagerhallen, klimperte jemand eine Tanzmelodie auf einem Klavier im Trail's End Saloon, einem windschiefen zweistöckigen Gebäude aus Treibholz und frisch geschnittenen Zypressenplanken.

Das Dach der langen Veranda vor dem Saloon ruhte auf einer Reihe Narwal-Stoßzähne. Die Fenster beiderseits der Eingangstür gingen auf die Mündung und einen verfallenen Kai hinaus, an dem die *Rhinelander* vertäut war. Neben ihr lagen zwei russische Fischerboote hinter einem seetüchtigen Kanu mit hoch aufgebogenem Bug, auf dem ein geschnitzter Adler seine Schwingen ausbreitete. Weiter die Küste hinauf, im Nebel kaum auszumachen, bewegte sich ein Knüppeldamm wie eine Wellen schlagende Straße.

Zwei Männer, die auf dem Heck der *Rhinelander* Zigaretten rauchten, brachen in lautes Gelächter aus.

»Das einzige Schiff, auf dem ich jemals gewesen bin, war dieses Gefängnisschiff«, sagte Large Marge. »Man müsste mich nackt ausziehen und mir das Herz rausschneiden, bevor ich noch mal auf so ein Ding geh.«

Der Wind sprang um, und die *Rhinelander* verschwand in einer Nebelbank.

Der einzige Weg zu dem Saloon führte auf einer schmalen Planke über einen breiten Graben. Als Zebulon die Planke betrat, quakte unter ihm ein Frosch. Er schaute hinab und sah einen Ziegenbock, der zu ihm aufblickte und stoisch kauend Abfälle fraß.

Er war wie gelähmt. Einmal auf der anderen Seite, würde er nicht mehr zurück können.

»Wer ist da drüben?«, schrie ein kleiner Junge vom Ende der Planke. Sein kleiner Körper war im Nebel nur als unscharfer Umriss erkennbar.

»Sind Sie von dem Schiff?«, fragte der Junge. »Weil wenn Sie nicht von dem Schiff sind, woher kommen Sie dann?«

Auf einer Planke zwischen den Welten, dachte Zebulon und machte noch einen Schritt. Ein Stein traf vor ihm die Planke, sprang hoch und fiel in den Graben.

»Sagen Sie was, Mister«, rief der Junge, »damit ich weiß, dass Sie kein Geist sind.«

Zebulon machte einen kleinen Schritt vorwärts. Dann noch einen. Dann blieb er stehen.

»Was ist?«, brummte Large Marge hinter ihm. »Muss ich dir die Hand halten?«

Ein Frosch quakte in dem Graben.

Die Worte des Jungen kamen aus dem Nebel.

»Können Sie mich hören, Mister?« Jetzt schwebten die Worte des Kindes scheinbar irgendwo über ihm.

»Wir sind aus Kalifornien«, antwortete Large Marge.

»Seid ihr hier herauf gekommen, um zu fischen?«

Zebulon machte noch einen Schritt. Jetzt sah er den Jungen. Er trug einen Regenumhang, Gummistiefel und eine in die Stirn gezogene Wollmütze.

»He, Junge«, rief Large Marge. »Kriegt man in dem Saloon was zu essen?«

»Die haben Essen, aber ich darf da nicht rein. Meine Ma sagt, da drin wird man erschossen und so.«

»Du meinst, da wird man wegen dem Essen erschossen?«, fragte Large Marge.

»Meine Ma sagt, die Leute gehen da rein und spielen Karten und albern rum, und manche schießen aufeinander, und manche kommen dann nicht wieder raus, weil sie tot sind.«

Der Junge warf wieder einen Stein, dann noch zwei, dann lief er in den Nebel davon.

Zebulon machte noch ein paar Schritte, und plötzlich war er auf der anderen Seite.

Ein kleiner, o-beiniger Mann in einem Schafspelz stand vor ihm am Rand der Saloon-Veranda und urinierte.

»Keine Sorge wegen dem Jungen«, sagte er. »Er hat gedacht, ihr seid vielleicht ein Haufen Geister. Er kriegt Angst, wenn ein Schiff einläuft und Fremde sich hier rumtreiben. Letzte Woche hat er mit angesehen, wie einer erschossen und in den Straßengraben geworfen wurde. Seitdem sieht er Gespenster. Wenn es neblig wird, sag ich ihm, er soll sich hier rausstellen, damit er sieht, dass es so was wie Geister nicht gibt. So lernt er mit seiner Angst umzugehen.«

Er brach ab und musterte Zebulon. »Kenn ich Sie nicht?« Er griff nach seiner Pistole. »Moment mal, ich hab doch Ihr Bild gesehen. Auf einem Steckbrief auf dem Schiff, das gerade angelegt hat, der *Rhinelander.* Hat in der Kapitänskajüte gehangen. Tausend Dollar Belohnung für Zebulon Shook, den Gesetzlosen. Und der hat ausgesehen wie Sie.«

Delilah kam hinter Zebulon heran. »Vielleicht haben Sie nicht gehört, was mit Zebulon Shook passiert ist. Die haben ihn in Calabasas Springs gehängt, in Kalifornien. Die ganze Stadt war da und hat zugesehen, wie sie ihn aufgeknüpft haben. Hat in der Zeitung gestanden.«

»Ich weiß, was ich gesehen hab«, sagte der O-Beinige. »Mehr sag ich gar nicht.«

»Jeder macht mal einen Fehler«, sagte Zebulon. »Aber wenn Sie jemanden hinterrücks abknallen wollen, mich zum Beispiel, stecken Sie vorher wenigstens Ihren Pimmel in die Hose.«

Er ging an ihm vorbei in den Saloon, ohne sich um seine Reaktion zu kümmern.

Der O-Beinige sah zu Large Marge und Delilah hin und dann zu den zwei Huren, die ihn durchs Fenster auslachten.

»Scheiß Ausländer«, sagte er, während er seinen Pimmel in die Hose steckte. »Wen interessiert's, was der denkt, wer er ist oder wer er nicht ist? Mich nicht. Aber ich weiß, was ich gesehen hab.«

Als Large Marge sich an ihm vorbeidrückte, rammte sie ihn von hinten mit der Schulter, sodass er kopfüber in den Graben fiel.

★

ZWEI AN DER NIEDRIGEN DECKE hängende Öllampen tauchten den verräucherten Raum in flackerndes Licht. Mehrere andere Lampen waren leer oder zerschossen. Als sie auf den Tresen zugingen, kamen sie an einer Klapperschlange vorbei, die sich in einem Glaskrug auf einem Klavier zusammengerollt hatte. Der Pianist warf ihnen einen Blick aus halb geschlossenen, wässrigen Augen zu und schlug dann mehrere grollende, dissonante Akkorde an, die das Klavier erschütterten, woraufhin die Schlange den Kopf hin und her drehte, als suchte sie einen Ausweg oder jemanden, in den sie ihre Giftzähne schlagen konnte.

Am Tresen tranken sie mehrere Runden Screech, einen Whiskey aus der Gegend, der ihnen wie ein Brandeisen in die Eingeweide fuhr. Ein unvollendetes Wandgemälde hinter dem Tresen zeigte zwei Kwakiutl-Fischer, die im Bug eines Kriegskanus standen, mit erhobenen Speeren, mit denen sie einen blasenden Pottwal erlegen wollten. In der Ferne, unter einem düster drohenden Himmel, durchpflügte ein dreimastiger Schoner mit vollen Segeln ein sonniges Meer; aus Bug und Heck ragten die Rohre von vier Drehbassen. Das Schiff segelte auf zwei Männer und eine Frau zu, die an einer felsigen Küste saßen. Ihre Gesichter waren nicht zu erkennen. Über dem Wandbild hingen in einer Reihe fünf Elchköpfe, die mit ausgeschossenen Augen den Raum überblickten.

»Hier war ich schon mal«, sagte Zebulon und ließ den Blick durch den Raum schweifen, in dem Dorfheimer und Hatchet Jack Karten spielten.

»Das Gefühl kenn ich«, sagte Large Marge. »Nur weiß ich nicht, wann ich da war oder mit wem. Nicht dass das wichtig wäre. Ich hab meinen Steiß hier nicht raufgeschleppt, um mich zu erinnern, woher ich komme. Ich bin hier, um zu vergessen.«

Delilah stieß ihr Whiskeyglas weg und ging zu dem Klavierspieler hinüber, als dieser gerade ein neues Stück begann. Die Schlange bewegte sich immer noch züngelnd in dem Glaskrug. Delilah blickte auf die Hände des Klavierspielers, die über die ramponierten Tasten glitten, und Zebulon ging an ihr vorbei und setzte sich zu Dorfheimer und Hatchet Jack.

»Sieh an, wen haben wir denn da«, sagte Dorfheimer, als Zebulon sein Geld in die Tischmitte schob. »Ich dachte, Sie wären tot oder hinter Gittern. Hab sogar drauf gewettet.«

Zebulon lächelte. »Vielleicht bin ich ja tot.«

»Oder wirst es gleich sein«, sagte Hatchet Jack.

»Willst du mir sagen, dass die Enten in der Schlinge sind?«, fragte Zebulon.

»Außer du siehst das anders.«

Nachdem Zebulon drei Spiele verloren hatte, ging er ans andere Ende des Raums, wo drei Matrosen von der *Rhinelander* Billard spielten.

Delilah schloss die Augen und improvisierte ein Lied. Der Klavierspieler hatte Mühe, die richtigen Begleitakkorde zu finden:

I've been here before,
Or so they say.
So don't look for cover
From your backdoor lover,
Don't hold on
When he's already gone.

Large Marge, die von unerfreulichen Vorahnungen heimgesucht wurde, stellte die goldene Schale des Gefängnisdirektors vor den Barkeeper hin und buchte das teuerste Zimmer im Haus – inklusive Vollpension und Wäsche.

Als sie die Treppe hinaufstapfte, sang Delilah die letzte Strophe:

So don't ask me to love you
After the fool I've been.
And if you don't believe I'm sinkin',
See what a hole I'm in.

Sie begann die nächste Strophe, überlegte es sich dann anders und ging zu Dorfheimer und Hatchet Jack hinüber.

»Ich dachte, du wärst längst in Mexiko«, sagte sie zu Hatchet Jack.

»Ich hab's versucht«, erwiderte er. »Und dann hab ich's noch mal versucht, obwohl Plaxico mir gesagt hat, ich wär ein Blödmann und sollte aufhören, solange ich noch gut im Rennen liege.«

»Wie hast du uns gefunden?«, fragte Delilah.

»Ich habe euch nicht gefunden. Ihr habt mich gefunden.«

Am anderen Ende des Raums versenkte Zebulon nacheinander drei Kugeln in dieselbe Tasche. Er nahm seinen Gewinn, kam herüber und setzte sich Delilah gegenüber.

»Ich dachte, du hast den Karten abgeschworen«, sagte er.

»Manche Dinge ändern sich«, erwiderte sie. »Auch wenn sie gleich bleiben.«

Zebulon überlegte. Er schaute sich im Raum um, dann sah er Delilah an und schließlich Hatchet Jack. »Du musst dich entscheiden. Er oder ich.«

»Ich hab in letzter Zeit Ärger mit Entscheidungen gehabt«, sagte sie. »Ich bin entschlossen, nie wieder eine Wahl zu treffen.«

»Entscheide dich trotzdem«, sagte Zebulon.

»Ich weiß nicht, was ihr vorhabt«, sagte Dorfheimer, »aber ich rate euch, bleibt bei den Karten. Was passiert ist,

ist passiert. Niemand schuldet irgendwem irgendwas. Hier oben haben wir eine Chance, die Vergangenheit hinter uns zu lassen. Ist das nicht eigentlich das Wesen einer Grenze? Ist das nicht die Verheißung? Wir schleppen alle unser Gepäck mit, aber jetzt können wir's über Bord werfen. Ich schlage ein Spiel vor, das uns hilft, uns zu entspannen und die Dinge nicht zu ernst zu nehmen.«

Er mischte die Karten. »Ich warne euch: Ich hab eine gefährliche Glückssträhne, und ich denke nicht daran, Gefangene zu machen.«

Hatchet Jack schaute Delilah an. »Ich weiß, was er meint. Gefangene halten auf.«

Dorfheimer nahm die Karten in die Hand. »Seven Card Stud. Nichts Besonderes. Spielt fair und richtig, oder geht mit euren Problemen vor die Tür.«

In den ersten zehn, zwölf Runden wurde mehr oder minder gleichmäßig gesetzt, und keiner fiel stark zurück, bis auf Dorfheimer, der bei jedem Blatt so setzte, als wäre es sein letztes. Als Zebulon sein bestes Blatt mit drei Zehnen verlor, weil Hatchet Jack einen niedrigen Straight hatte, sprang er auf und stieß seinen Stuhl um.

»Die hast du von der Unterseite genommen«, beschuldigte er Hatchet Jack.

Hatchet Jacks Hand legte sich auf den Griff seiner Pistole. »Wenn du glaubst, das ist wahr, was es nicht ist, können wir auch vor die Tür gehen.«

»Wie du willst«, sagte Zebulon.

Hatchet Jack stand auf, dann setzte er sich wieder hin. »Ich hab den weiten Weg hier rauf gemacht, um mit euch beiden abzurechnen, und jetzt schaff ich's nicht.«

»Sag Bescheid, wenn du weißt, was du willst«, antwortete Zebulon.

Er ging zum Billardtisch hinüber. Er gewann vier Spiele

nacheinander, wodurch sich seine Barschaft verdoppelte, und kehrte dann an den Kartentisch zurück.

Hatchet Jack trank einen Schluck Screech und reichte Zebulon die Flasche. »Ich hab nachgedacht. Vielleicht sollten wir zwei nach Colorado zurückreiten. Ein paar Felle auftreiben oder was sich sonst so anbietet. Alles laufen lassen wie in früheren Zeiten, vielleicht auch mal wieder zum Rendezvous runter an den Purgatory reiten.« Er machte eine Pause. »Außer, du hast eine bessere Idee.«

»Wüsst ich jetzt nicht.« Zebulon leerte die Flasche. »Aber in die Berge zurück will ich auch nicht.«

»Lasst doch die Karten entscheiden«, schlug Delilah vor. »Der Gewinner bekommt alles. Die Verlierer versprechen, wegzugehen und nie wiederzukommen.«

»Euch ist nicht zu helfen«, sagte Dorfheimer. »Poker ist kein Hundertmeterlauf mit einer Ziegelmauer am Ende oder ein bescheuertes Revolverduell. Es ist ein Marathonlauf. Ein Geschicklichkeits- und Ausdauerspiel. Wär's sonst der Mühe wert?«

Als keiner von beiden antwortete, mischte Delilah die Karten.

»Eine Hand.« Sie legte ihre goldene Rubin-Kette und ihr ganzes Geld auf den Tisch. »Alles oder nichts.«

»Ich passe.« Dorfheimer raffte sein gewonnenes Geld zusammen und marschierte zur Tür.

»Ein Gewinner«, wiederholte Delilah, »zwei Verlierer. Oder ein Verlierer und zwei Gewinner, je nachdem, wie man's sieht.«

Sie mischte die Karten noch einmal und schob sie Zebulon hin, der langsam abhob und den Stoß an Hatchet Jack weitergab, der noch einmal abhob.

»Warum willst du unbedingt geben?«, fragte Zebulon Delilah. »Warum nicht der, der die höchste Karte zieht?«

»Ich bin der Geber«, sagte sie. »Ich war's von Anfang an, ob ihr's gemerkt habt oder nicht.«

Zebulon legte den fossilen Walrosspenis auf den Tisch, dazu das ganze Geld, das er gerade beim Billard gewonnen hatte. Hatchet Jack zog gleich – mit Ivans Taschenuhr, der Lakota-Sioux-Rassel, der Mandan-Kriegskeule des Gefängnisdirektors und schließlich dem Colt.

Von dem Moment an, als Delilah die Karten über den Tisch schob, fühlte sich Zebulon in einer Wiederholung gefangen, der er sich nicht entziehen konnte und nicht entziehen wollte. Er hatte schon früher hier in der Falle gesessen, immer und immer wieder, seit er Delilah in dem Saloon in Panchito gesehen hatte. Es war dieselbe schwach beleuchtete Cantina, die Öllampen fast alle zerschossen oder ausgebrannt, dieselben ruhelosen Klavierakkorde, über dem Tresen ein Bild von einer nicht abgeschlossenen Reise, ein Stoß abgegriffener, schmieriger Karten, zwei Huren, die sie von ihren Barhockern aus beobachteten, und Delilah, die ein Blatt verteilte, bei dem Gewinner und Verlierer schon von vornherein feststanden. Und da war noch etwas anderes. Er fühlte sich dazu verdammt, niemals dieses Etwas zu erkennen oder anzuerkennen.

Bei dem Gedanken musste er lachen, statt aus dem Raum zu laufen, als wären er und sie alle Figuren in ein und demselben Witz: Als wüssten sie nicht, was sie oder irgendjemand sonst tatsächlich vorhatte.

Als die Saloontür aufging und plötzlich blendendes Tageslicht hereinfiel, schlug er mit der flachen Hand auf den Tisch, sodass ein Glas hochsprang und am Boden zerschellte.

»Quién es?«, fragte der Junge an der Tür, und sein Vater tauchte hinter ihm auf und hielt ihn zurück.

Zebulon antwortete laut: »Einer, der kommt und schon

gegangen ist und nicht bereit ist wiederzukommen, es aber trotzdem tun wird.«

Als sich seine Augen schließlich auf die Tür scharfstellten, waren der Junge und sein Vater verschwunden.

»Du hast wirklich einen Schatten«, sagte Hatchet Jack.

»Das kommt davon, wenn zu viel Licht durch den Türspalt fällt«, sagte Zebulon.

Hatchet Jack musterte Zebulons Augen, die Linie seines Mundes und schließlich seine Hände. Er entdeckte kein Anzeichen von Verwirrung oder Zweifel.

»Es nützt nichts, mich zum Narren zu halten«, sagte Hatchet Jack. »Nicht, wenn du ein schlechtes Blatt hast.«

Alles, auch das Leben selbst, lag auf dem Tisch.

Als Delilah die letzte Karte mit dem Bild nach unten austeilte, bemerkte Zebulon, dass ein Zittern ihren Ärmel hinablief und sich dann durch ihre Finger fortpflanzte.

Hatchet Jack nahm eine Pikzehn auf und hatte damit ein Full House mit drei Zehnen und zwei Achten.

Delilah zeigte ihm eine Herzkönigin, womit sie einen Straight Flush hatte, mit der Königin als höchster Karte.

»Warum überrascht mich das nicht?«, fragte Hatchet Jack.

Zebulons letzte Karte war eine Sieben, die seinen niedrigen Straight komplettierte.

Delilah sah ruhig von einem zum anderen, raffte dann alles zusammen, was auf dem Tisch lag und stand auf. »Ich gehe, und ich komme nicht zurück. Jetzt habt ihr beiden nichts mehr, worum ihr euch prügeln könnt.«

Als sie zur Tür ging, stolperte der O-Beinige an ihr vorbei und gab einen Pistolenschuss in die Decke ab.

»Es ist tatsächlich Zebulon Shook«, rief er. »Wie er verdammt noch mal leibt und lebt. Tot oder lebendig gesucht, gegen tausend Dollar Belohnung, und die werd ich alter Sack mir verdienen!«

Hatchet Jack griff nach seinem Colt, der auf dem Tisch lag, doch bevor er abdrücken konnte, zerschoss der O-Beinige eine Öllampe.

Zebulon merkte, dass er den Colt nahm und einen ungezielten Schuss in Richtung auf den O-Beinigen abgab. Noch zwei Schüsse fielen, und Schreie ertönten, als eine weitere Öllampe explodierte.

Dann wurde es finster im Raum.

★

ZEBULON LAG AUF DEM BAUCH in einem Graben voller Whiskeyflaschen und stinkender Fischeingeweide. Er sah nicht die Nebelschichten, die über ihn hintrieben wie zerfetzte Decken, und auch nicht den Abfall fressenden Ziegenbock oder die Silhouette des kleinen Jungen, der am Ende der Planke stand und auf ihn hinuntersah.

»Ist da unten jemand?«

Er drehte sich auf den Rücken. Sein Kopf dröhnte, als wäre er in eine riesige Kirchenglocke eingeklemmt.

»Ich hab Sie in dem Saloon gesehen«, sagte der Junge. »Sind Sie tot, Mister, oder sind Sie ein Geist?«

Wer war er tatsächlich, fragte er sich noch ein letztes Mal. Und woher kam er? Und wohin war er unterwegs? Er setzte sich auf und wischte sich das Blut aus den Augen. Ein Mann lag neben ihm, umgeben von zerschlagenen Flaschen, der Mund in Leichenstarre weit geöffnet. Der Mann hatte ein Loch in der Stirn. Zebulon schaute genauer hin. Eine Fliege kroch über einen von Hatchet Jacks Augäpfeln. Sie legte einen weiten Weg zurück, dann blieb sie stehen, dann kroch sie weiter. Am Ende der Welt gefangen, dachte er, zwischen den Welten schwebend, vom Leben zum Tod und wieder zurück. Er schloss die Augen. Er erinnerte sich an ein Full House und eine Herzkönigin, dann einen Schuss, dem noch mehr Schüsse folgten. Wenigstens war er nicht tot. Nicht dass es so schlimm gewesen wäre, tot zu sein, so wie es in letzter Zeit gelaufen war. Und wenn er doch tot war, und das schon die ganze Zeit, dann kümmerte es ihn keinen Dreck mehr, wie die Karten fielen.

Die Stimme des Jungen kam gedämpft durch den Nebel. »Können Sie mich hören, Mister?«

Konnte er hören? Konnte er sprechen? Konnte er riechen? Er hatte sich immer darauf verstanden, Veränderungen im Wind wahrzunehmen, die feuchte Erde und sein Pferd unter sich zu riechen, während es weitertrottete, immer weiter. Er kannte das rituelle Gemurmel der betrunkenen Pokerspieler, die ihre Karten auf den Tisch knallten, auswendig, genau wie die windigen Geschichten der Barkeeper. Und er roch Delilahs Moschusduft, wenn ihr Körper sich seinem ergab. Unterwegs ins Nirgendwo, dachte er, schwebend zwischen den Welten, seit – Er erinnerte sich an Nicht-hier-nicht-da in dem Moment, als ihre Augen die seinen fanden, bevor sie durch das Eis verschwand. Und jetzt war auch er verschwunden. Plötzlich wusste er, dass er nicht mehr zwischen den Welten gefangen war. Dass er alles verloren hatte, woran er jemals gehangen hatte, und dass es kein Zurück gab zu dem, was nicht mehr existierte. Der Ziegenbock kam näher und schaute ruhig auf ihn hinab, als wollte er ihn daran erinnern, dass seine Uhr abgelaufen war, dass es für ihn an der Zeit war, sich mit dieser Tatsache abzufinden. Er machte sich nicht die Mühe, nach seinem Colt zu greifen, sondern rappelte sich auf und kroch die Böschung hinauf, auf den Jungen zu, der die Straße hinunterlief und lachte und lachte, obwohl er so tat, als sei ein Geist hinter ihm her.

★

ZEBULON GING AUF DEN SALOON ZU, vor dem Large Marge allein am Ende der Veranda saß, eine Pfeife rauchte und aus einer fast leeren Flasche Screech trank. In der Morgensonne hatte sich der Nebel größtenteils aufgelöst, und der Saloon lag in milchigem Licht. Die Tür war mit zwei Brettern vernagelt, und auf einer Seite stand in großen roten Lettern GESCHLOSSEN. Er schaute durch eines der kaputten Fenster hinein. Nur zwei geborstene Lampen, ein Einschussloch im Klavier und ein weiteres im Auge eines Elchs erinnerten daran, dass es eine Schießerei gegeben hatte.

Er setzte sich zu Large Marge auf die Bank. Sie war nicht überrascht, ihn zu sehen.

»Die haben mir gesagt, du wärst tot«, sagte sie. »Hab ich natürlich nicht geglaubt. Das sagen immer alle, seit ich das Pech hatte, dir zu begegnen. Bei Hatchet Jack liegen die Dinge anders.«

»Wer hat ihn erschossen?«

»Weißt du das nicht mehr?«

»Ich weiß noch, dass ich einen Straight Flush mit Dame hatte und Hatchet ein Full House. Dann ist ein Schuss gefallen. Vielleicht auch zwei. Eine Lampe ging in die Brüche. Sonst nichts.«

»Du hast auf keinen geschossen?«

»Schon möglich, doch. Es war wie in einem Traum.«

»Ist das denn nicht dasselbe wie die Wirklichkeit?«, fragte Large Marge. »In letzter Zeit sehe ich das Leben immer öfter so – als einen verdammten Traum nach dem anderen.«

Large Marge seufzte und schaute über den Hafen, wo der letzte Nebelstreif über dem Horizont stand.

»Als ich die Schüsse gehört hab, bin ich vorsichtig die Treppe runter. Wär ja blöd, sich wegen einem Kartenspiel eine Kugel einzufangen. Wie ich in den Raum komme, ist alles finster. Eine von den Nutten hat hinter dem Tresen gekniet und einen Anfall gehabt. Wie ich sie nach dir gefragt habe, hat sie gesagt, du hättest dir mit Hatchet Jack eine Schießerei geliefert. Keiner hatte genau mitgekriegt, was passiert war. Der Barkeeper hat gemeint, Hatchet hat auf den O-Beinigen geschossen, wie der reingekommen ist, weil er scharf auf die Belohnung war, und dann hat jemand auf dich geschossen, wie du hinter Hatchet zur Tür raus bist, oder vielleicht auch umgekehrt. Einer von den Russkis hat gesagt, du hast auf Hatchet geschossen, aber der Klavierspieler meint, es war Delilah – die hätte den Revolver vom Boden aufgehoben und auf dich geschossen und wär dann Hatchet nach. Alles ist so schnell gegangen, dass keiner richtig mitgekriegt hat, wer wem was getan hat.«

Sie seufzte und trank den letzten Schluck Screech. »Ich hab immer gewusst, dass ihr eines Tages aufeinander losgehen würdet. Schwachköpfe aus den Bergen. Das macht ihr doch alle. Schießt euch gegenseitig direkt in die Hölle. Jetzt ist das ganze Haus zu, und alle haben Schiss. Sieht aus, als wärst du davongekommen, du Mistkerl.«

»Und Delilah?«, fragte er.

»Die ist mit der *Rhinelander* auf und davon. Man würde meinen, sie hätte sich wenigstens die Zeit genommen nachzusehen, ob du tot bist oder nicht. Aber wahrscheinlich hat sie's auch so gewusst, die alte Hexe. Jedenfalls hat sie sich das ganze Geld von dem Pokerspiel gekrallt und damit ihre Schiffspassage bezahlt.«

Zebulon riss die Bretter von der Tür ab und ging in den Saloon und zum Billardtisch. Er nahm sich ein Queue und stieß ein paar Kugeln herum, nur um zu sehen, ob er es noch konnte.

Als er nach einer Stunde immer noch nicht wieder herausgekommen war, spähte Large Marge durchs Fenster hinein. Von Zebulon war nichts zu sehen, und sie hatte auch nicht den Mut nachzusehen, was mit ihm passiert war. So wie es in letzter Zeit gelaufen war, hielt sie es für möglich, dass sie sich alles nur eingebildet hatte und dass er gar nicht dagewesen war.

Sie erzählte niemandem, dass sie Zebulon auf der Veranda gesehen hatte, weil sie wenigstens diesen Teil der Legende für sich behalten wollte, wenn auch nur aus reiner Sentimentalität.

★

ALS DER GEFÄNGNISDIREKTOR eine Woche später mit dem Sheriff, dem Fotografen und einem halben Dutzend Soldaten vor dem Trail's End Saloon ankam, war von Zebulon weit und breit nichts zu sehen. Über seinen Verbleib gab es unterschiedliche Berichte. Manche sagten, er sei nach Kanada hinauf, zu dem neu entdeckten Goldfeld am Frazier, das allem Anschein nach das größte in der Geschichte der Menschheit war. Andere waren überzeugt, er sei ins Hochgebirge von Colorado zurückgekehrt. Und es gab auch das Gerücht, dass er sich mit einer Bande entlaufener Kwakiutl- oder Tlingit-Kannibalen nach den Aleuten eingeschifft habe.

Der Gefängnisdirektor und seine Soldaten ritten samt Fotograf und Sheriff nach San Francisco zurück.

Large Marge, die sich in einem Vorratsschuppen versteckt und sich so der Gefangennahme entzogen hatte, wurde Puffmutter eines Bordells über dem Trail's End Saloon. Es war ein erfolgreiches Etablissement, fast ausschließlich mit entlaufenen asiatischen und schwarzen Sklavinnen besetzt.

Delilah starb im Alter von einhundertfünf Jahren auf der Isle of Wight, wo sie zurückgezogen gelebt, Sufi-Gedichte aus dem Arabischen ins Französische und Portugiesische übersetzt und in der Abgeschiedenheit eines ummauerten Gartens Heilpflanzen angebaut hatte. Sie hinterließ einen Sohn, der als Schauspieler und Theaterleiter in den meisten großen Hauptstädten Europas ebenso Furore machte wie in New York, Boston und San Francisco.

Zehn Jahre nachdem Delilah mit Kapitän Dorfheimer in See gegangen war, wurden Bilder des Fotografen, die Porträts von Zebulon sowie ein Dutzend seiner Landschaftsaufnahmen aus dem Wilden Westen, in einer New Yorker Galerie ausgestellt und stießen auf enthusiastisches Interesse. Das berühmteste Porträt wurde von einem französischen Sammler gekauft. Es zeigte Zebulon im Last Chance Saloon auf einem Billardtisch sitzend. Er schaute direkt in die Kamera und hielt seinen sterbenden Vater in den Armen.

Die Fotografie wurde später an ein Museum in San Francisco verkauft, wo sie jedoch nie ausgestellt wurde, weil sie so stark verblasst war, dass Zebulons Gesicht sich in einen leeren Fleck verwandelt hatte.

★